Frédéric Lenormand est l'auteur de nombreux romans et essais historiques et de pièces de théâtre jouées sur scène et à la radio. Sa fameuse suite des aventures du juge Ti compte aujourd'hui plus de dix romans.

Frédéric Lenormand

MORT D'UN CUISINIER CHINOIS

Les nouvelles enquêtes
du juge Ti, vol. 6

ROMAN

Fayard

email : Lenormand@LeJugeTi.fr.fm

TEXTE INTÉGRAL

ISBN 978-2-7578-0053-9
(ISBN 2-213-62667-7, 1re publication)

Personnages principaux

Ti Jen-tsie, magistrat.
Dame Lin Erma, première des trois épouses du juge Ti.
Dame mère, mère du juge Ti.
Po Zhi-Xin, jeune eunuque du palais.
Sheng, cuisinier de dame mère.
Maître Siu, banquier.

L'action se situe en l'an 677. Le juge Ti, âgé de quarante-sept ans, vient d'être nommé à la Cour métropolitaine de justice de Chang-an. La capitale de l'empire des Tang était à cette époque la plus grande ville du monde, deux fois plus vaste que Bagdad, trois fois plus que Constantinople.

I

Le juge Ti retrouve la capitale ; il y cherche en vain sa place.

Dès qu'il apprit sa nomination à Chang-an, capitale impériale des Tang, le juge Ti expédia les affaires courantes et se mit en route en compagnie de Ma Jong, son fidèle lieutenant. Ses trois épouses restèrent à Peitcheou, dans les plaines du Nord, afin de superviser le déménagement.

Un seul compagnon de voyage lui parut une escorte suffisante. Fidèle à son esprit d'indépendance, Ti aimait voyager sans contrainte, en restant libre de s'arrêter à sa guise ou de poursuivre si le temps et l'humeur s'y prêtaient. En outre, Ma Jong, véritable colosse aux épaules de portefaix, valait à lui seul un bataillon. La convocation impériale semblait exiger une réponse rapide. Ti n'aimait pas traîner pour obéir, pas plus qu'il n'aimait qu'on prenne son temps lorsqu'il s'agissait d'exécuter ses propres ordres.

Les deux hommes chevauchèrent de conserve pendant deux semaines, s'arrêtant dans des auberges plus ou moins bien tenues, quémandant l'hospitalité chez l'habitant, dormant à côté de leurs montures dans des étables, ou parfois même bivouaquant en pleine forêt, autour d'un feu de camp, entre une natte et une couverture matelassée, faute d'habitation dans les parages.

Ils croisèrent ou dépassèrent de plus en plus souvent des convois de chameaux dont les longues files s'étiraient sur les routes convergeant vers le cœur de l'empire. Ti avait toujours trouvé ces animaux sympathiques, tant qu'on ne lui demandait pas de grimper sur leur dos bossu. Autant leur démarche chaloupée leur conférait quelque chose de comique à force de nonchalance, autant elle provoquait immanquablement le mal de mer chez ceux qui n'en avaient pas l'habitude. Les caravanes venues du Nord sauvage acheminaient des peaux tannées vers les échoppes des maroquiniers. Elles repartaient avec des chargements d'étoffes et d'ustensiles produits par les ateliers de la région. Aux abords de la ville s'élevaient d'importants caravansérails, points de départ des routes commerciales qui reliaient la Chine à toute l'Asie, et même à l'Europe lointaine et mystérieuse, par la route de la Soie.

Ils parvinrent à la hauteur des puissantes murailles de terre battue qui enserraient la ville en un rectangle parfait. Non que les Tang eussent sérieusement craint de voir un ennemi les menacer jusque dans leur résidence principale – la tendance était plutôt à l'inverse –, mais, comme tout un chacun, ils aimaient avoir l'absolue certitude d'être tranquilles chez eux.

Organisée selon un plan rigoureux, la métropole était constituée de cent dix quartiers disposés en damier autour de la Cité interdite, le tout ceinturé d'un immense rempart qu'ils franchirent par la majestueuse porte monumentale de la Vertu lumineuse. La ville qu'ils traversèrent avait bien changé depuis que Ti l'avait quittée, quatorze ans plus tôt. Entre-temps la gloire de l'empire n'avait fait que croître au même rythme que la mainmise de l'impératrice Wu sur les rouages de l'État. Tous les événements heureux qu'avait connus le pays se reflétaient dans l'activité et l'architecture de sa capitale – de même d'ailleurs que d'autres événements plus discutables. Ti nota que des temples bouddhistes s'élevaient dorénavant un peu partout, ainsi que les officines des confréries religieuses les plus inattendues ou les plus exotiques.

L'Impératrice, fort versée dans la religion de l'Éveillé, avait envoyé des émissaires au Tibet et jusqu'en Inde rechercher d'anciens textes sacrés que les nouveaux sanctuaires conservaient pieusement. Sous son influence, la capitale s'était bientôt changée en un centre de pèlerinage pour les bouddhistes de toute l'Asie. L'université attirait des étudiants de Syrie, de Corée, de l'Annam, et même du Japon, qu'une récente défaite face aux forces du Dragon avait engagé à s'intéresser à la culture de son vainqueur dans le but de mieux lui résister la prochaine fois.

Ils virent beaucoup de « Hues », d'étrangers, reconnaissables à leurs costumes ridicules, à la couleur blafarde ou recuite de leur peau et à leurs mauvaises manières – c'est-à-dire qu'ils étaient rarement au fait des us et coutumes en vigueur dans le Céleste Empire, polis par plusieurs millénaires d'une civilisation raffinée, jusqu'à atteindre cette perfection indiscutable qui faisait la fierté du moindre de ses sujets. Persans, Mongols et Turcs, principalement, bien accueillis et même protégés par les deux derniers souverains, avaient ouvert des commerces d'artisanat ou d'alimentation qui présentaient au moins l'avantage de l'excentricité. On voyait bien que Chang-an était devenue le centre du monde connu, en tout cas de ce qui valait la peine de l'être.

Ti arrivait d'un long exil dans des provinces plus reculées les unes que les autres, sans parler de ses deux dernières affectations chez les barbares du Nord et de l'Ouest, des gens qui n'étaient presque plus chinois tant ils s'étaient mélangés aux peuples nomades ou guerriers qui campaient sur leurs frontières. On aurait cru que sa hiérarchie s'était ingéniée à lui confier la gestion des contrées les plus rétrogrades possible, où la vue d'un fonctionnaire en robe de soie était aussi incongrue qu'une apparition de la déesse Guanyin dans son halo de flammes rougeoyantes. Aussi se sentit-il un peu déconcerté par cette effervescence autour de lui, avec ces flots de porteurs, de courtiers en tous genres, de palanquins chamarrés et de cavaliers revêtus du splendide uniforme de la garde impériale.

Ils traversèrent les nouveaux quartiers huppés, admirant au passage les porches monumentaux que les nobles avaient fait élever pour proclamer leur réussite, les murs cernant des jardins coquets réservés à l'élite, et les demeures voyantes des favoris du moment. Ils en atteignirent un autre, plus calme, aux maisons moins clinquantes, qui avait connu de meilleurs jours sous les précédents règnes. Ti constata que l'endroit où son père était venu s'installer lors de sa nomination au Conseil impérial avait cessé d'être à la mode depuis son départ ; ou bien il en avait enjolivé le souvenir au cours de sa longue absence.

Il finit par reconnaître la maison familiale, une habitation cossue mais quelque peu défraîchie. Lorsqu'ils furent parvenus à l'entrée principale, Ma Jong souleva le lourd heurtoir de bronze à tête de chimère accroché sur la porte, provoquant l'apparition d'un portier que son patron ne connaissait pas. Le magistrat tira de sa besace une carte de visite :

– Dis à ta maîtresse que son fils est arrivé.

Le serviteur ouvrit des yeux ronds, dévisagea un instant le personnage à longue barbe noire broussailleuse qui ne payait guère de mine dans son costume de voyage fatigué et poussiéreux. Il s'inclina à plusieurs reprises et courut à l'intérieur.

– Le ruffian ! s'exclama Ma Jong. Il ne nous a même pas fait entrer ! Le portail était resté entrouvert. Ils attachèrent leurs montures à l'extérieur et enjambèrent le seuil surélevé.

Si le mur d'enceinte avait besoin de menus travaux, la cour intérieure leur parut franchement décrépite. Seule touche de gaieté, deux magnifiques rosiers flanquaient l'entrée, et un massif d'orchidées cultivées avec une attention méticuleuse longeait la paroi qui les protégeait du soleil. Ti se remémora la passion de sa mère pour ces plantes rares. Il la revit se pencher sur ces végétaux pour leur procurer avec amour les mille soins que réclamait une espèce si délicate.

Une femme aux cheveux gris, voûtée par l'âge, mais dont la vivacité montrait qu'elle n'avait rien perdu de sa vigueur, surgit sur le perron. Elle s'immobilisa un instant, plissa les yeux dans leur direction, puis descendit les quelques marches en toute hâte et courut vers eux en tendant les bras :

– Mon fils ! Mon cher fils ! Ce jour est béni des dieux !

Ti, d'une taille supérieure à la moyenne, se courba pour embrasser sa mère, qui s'accrocha à son cou comme s'il avait été en train de la sauver d'une rivière en crue. Le visage de la veuve fut bientôt humide de larmes. Ma Jong vit le reste de la maisonnée s'assembler progressivement sous l'auvent du bâtiment pour assister aux retrouvailles.

– Si c'était possible, je dirais que tu as grandi ! s'exclama la vieille dame en faisant un pas en arrière pour mieux le contempler. En revanche, tu as maigri, n'est-ce pas ? Ta Première ne prend-elle pas soin de te nourrir comme il faut ?

– Je viens de faire un long voyage, mère, pas une promenade gastronomique, dit le juge avec un sourire attendri.

– Je vois : tu as mangé n'importe quoi, des plats achetés au bord des chemins ! Entre donc, je vais te faire servir des pomponnettes cristallines comme tu les aimes.

Elle avisa le solide gaillard planté derrière son fils.

– Qui c'est, celui-là ? Ton esclave ?

– Ma Jong est mon lieutenant, répondit Ti en faisant signe à ce dernier d'approcher. Il m'aide dans mes enquêtes et me sert de garde du corps à l'occasion.

Le colosse s'inclina profondément devant la mère de son patron, tandis que celle-ci le considérait sans beaucoup de bienveillance.

– Mieux vaut ne pas demander où tu l'as trouvé, je suppose, persifla-t-elle. Enfin ! Il a l'air bâti pour l'emploi que tu en fais. Qu'il aille aux cuisines, on lui donnera quelque chose de consistant. J'imagine qu'il mange comme quatre ? Dis-moi : je dois enfermer la vaisselle précieuse, ou tu l'as bien dressé ?

Ti jeta un regard désolé à Ma Jong avant de se laisser entraîner vers les pièces de réception.

Après deux jours de repos et quelques travaux de toilette qui lui rendirent sa digne figure de magistrat, Ti se leva de bon matin pour se préparer à se rendre au ministère. Sa mère et les suivantes quittèrent le pavillon des femmes pour l'admirer dans son vêtement d'apparat, robe de soie verte aux finitions brodées et bonnet noir à ailettes empesées.

– Comme tu es beau, mon fils ! s'écria la vieille dame en joignant les mains.

Elle l'accompagna jusqu'au portail pour lui faire signe tandis qu'il s'éloignait. Il sentait son regard dans son dos et se crut obligé de se retourner à plusieurs reprises pour la saluer. Il ressentait la même impression que lorsqu'elle l'envoyait chez ses maîtres, chaque année, après le congé estival. Il n'avait fallu que quelques heures à cette maîtresse femme pour faire à nouveau de lui le petit garçon qu'il serait toujours à ses yeux.

Le centre administratif de Chang-an était presque aussi vaste que la Cité interdite, à laquelle il était accolé et qu'il reliait comme un filtre au reste de la ville. Le fait qu'il eût revêtu son costume officiel ne dispensa pas le juge de présenter sa convocation au commandant du poste. Comme il se rappelait mal la disposition des lieux, un soldat l'escorta jusqu'au bâtiment abritant la Cour métropolitaine de justice, le saint des saints en matière de magistrature. L'immeuble se trouvait à l'intérieur de la première enceinte entourant le domaine réservé ; autant dire qu'on était là dans l'antichambre du pouvoir, au plus près de Leurs Majestés, récipiendaires de l'autorité absolue conférée par les dieux et par la force des armes. Le garde le laissa dans le vestibule. Un employé attendait là, debout, les mains croisées sur le ventre. Le juge lui tendit sa carte de visite, où l'on pouvait lire « Ti Jen-tsie, magistrat de sixième degré ». L'homme la considéra comme s'il voyait ce genre de carton pour la première fois.

– Oui ? Et vous venez pour quoi, exactement ? demanda-t-il avec une pointe d'étonnement poli.

Constatant qu'il n'était pas aussi attendu qu'il l'aurait cru, Ti sortit une nouvelle fois de sa manche le précieux document impérial qui l'attachait désormais à la Cour métropolitaine, ce point de mire de tout mandarin soucieux de progresser dans la hiérarchie. L'homme parcourut attentivement la lettre. Une lueur de compréhension s'alluma tout à coup dans son esprit.

– Ah ! Je vois ce que c'est. Il ne fallait pas tant vous presser, noble juge. Rien n'est prêt pour vous accueillir.

– C'est-à-dire que…, bredouilla Ti. J'ai pensé… un ordre de l'Empereur…

L'employé eut un geste laissant entendre qu'il n'avait entre les mains qu'un banal formulaire ministériel. Il répondit avec lenteur, en articulant bien, comme s'il cherchait à se faire comprendre d'un demeuré :

– Oui, oui, mais il en nomme vingt par an, des comme vous. Si nous devions nous occuper de chacun, nous ne saurions plus où donner de la tête. C'est que nous avons en charge la justice de l'empire, ici, voyez-vous ? Nous ne sommes pas là pour contenter tous les petits juges de province qui croient bon de débarquer. Enfin ! Asseyez-vous quand même. Je vais voir ce que je peux faire.

Ti remercia et prit place sur un banc posé contre un mur, entre deux potiches monumentales. Il eut la surprise de voir l'employé reprendre sa position statique, près de la porte, les deux mains sur son ventre, comme s'il ne s'était rien passé. Au bout de quelques minutes, Ti se leva et s'inclina de nouveau devant cet infime sous-fifre dont la suite de sa carrière semblait dépendre :

– N'allez-vous pas prévenir quelqu'un de mon arrivée ? demanda-t-il sur le ton le plus respectueux dont il fut capable.

L'employé eut un sourire plein d'indulgence pour

une question qui témoignait si naïvement d'une totale méconnaissance du fonctionnement d'un ministère.

– Oh, mais il n'y a personne, à cette heure-ci, noble juge.

Ti comprit qu'on n'était pas si matinal, dans la capitale. C'était sans doute qu'on avait de quoi employer ses soirées, contrairement à ces trous de province dont il venait de s'extraire par miracle. Cela expliquait que son seul interlocuteur fût ce portier compassé à défaut d'être utile. Ti prit son mal en patience durant quelques minutes supplémentaires. Voyant que rien ne bougeait, aussi bien à l'intérieur qu'à l'extérieur du bâtiment, il décida de ressortir pour aller prendre une collation dans un estaminet, en attendant que les hauts fonctionnaires se résignent à quitter le confort douillet de leurs belles demeures pour venir mériter leurs émoluments.

– Je m'absente un moment, dit-il à l'employé. Si l'on me demande, je serai de retour bientôt.

– Oui, oui, fit l'homme, dont le sourire exprimait un doute très net quant à l'éventualité qu'on s'intéressât à lui en son absence.

Une heure plus tard, Ti constata avec satisfaction que les entours du ministère s'étaient animés : il croisa au moins trois coursiers, dont deux apportaient des plats chauds ou des boissons dans des paniers en osier. L'homme qui l'avait reçu se tenait toujours près de sa porte, aussi impassible qu'une statue de céramique. Ti s'inclina et retourna s'asseoir. S'étant ravisé, il s'approcha de l'employé pour s'assurer qu'il n'avait pas été appelé.

– À quel propos ? demanda celui-ci, dont le plissement du front suggérait qu'il cherchait réellement dans sa mémoire.

Ti constata le gouffre qui s'étendait entre ses chères

petites villes, où le sous-préfet était considéré comme un seigneur tout-puissant, et la capitale, où il se fondait dans une masse anonyme de quémandeurs importuns.

– Ti Jen-tsie, répéta-t-il. Récemment nommé. Vient pour son poste.

– Ah, oui ! fit l'huissier. Justement, M. Li Bao-Tian est arrivé. C'est tout à fait la personne qu'il vous faut. Je vais lui annoncer votre présence.

– M. Li s'occupe des nouvelles nominations ? demanda Ti avec espoir.

Son interlocuteur eut un geste de dénégation dont la promptitude suggéra que personne ne s'occupait de son genre de cas :

– Pas du tout. Mais il est d'une parfaite urbanité, vous aurez un très bon premier contact. Et puis il est là.

Ti laissa l'employé disparaître dans le corridor. Il ne s'était pas levé de si bon matin pour établir « un très bon premier contact » avec un inconnu « d'une parfaite urbanité », dont la principale qualité était de se trouver dans son bureau. Il était venu pour se rendre utile à son empereur et commençait à se demander si le meilleur moyen n'aurait pas été de continuer à traquer les délinquants dans sa cité des steppes perdues.

L'huissier revint un moment plus tard. Dès qu'il aperçut le visiteur, il esquissa dans l'air des signes qui n'inspirèrent à celui-ci qu'une seule interprétation : on venait de sauver toute sa famille de la misère pour les trois générations à venir.

– Il va vous recevoir, dit l'homme à mi-voix, comme si c'était là une faveur dont le secret ne devait pas être ébruité, de peur de faire des envieux. Je vous avais bien dit que c'était celui qu'il vous fallait. Veuillez me suivre.

Il le guida dans un méandre de couloirs sur lesquels s'ouvraient des panneaux percés d'écrans de papier circulaires, tous clos. Ils s'arrêtèrent devant l'un d'eux. Le cicérone précéda le visiteur à l'intérieur et l'annonça après avoir jeté un coup d'œil à la carte de visite pour se rafraîchir la mémoire. Ti pénétra dans une petite pièce où s'entassaient des boîtes d'archives. Le seul agrément de ce vaste placard était une croisée ouverte sur une courette garnie de plantes en pots. Un homme plutôt rondouillard, assis derrière une table chargée de documents et de tampons de jade, se leva à son entrée et s'inclina. « C'est donc cela, un haut fonctionnaire de la Cour métropolitaine de justice », se dit Ti. Il se prépara mentalement à s'enterrer lui aussi dans un réduit similaire, où la poussière le recouvrirait au même rythme que se développerait son embonpoint. Il ne lui restait plus qu'à espérer qu'il existait diverses façons d'exercer la tâche de conseiller à la Cour. Il ne voyait pas quel obstacle, en tout cas, empêchait qu'on lui libérât un recoin du même type afin qu'il pût débuter dans son nouvel emploi, quel qu'il fût.

M. Li indiqua qu'on pouvait les laisser seuls. L'employé salua une dernière fois et ferma derrière lui.

– Hum, fit le fonctionnaire en considérant la carte de visite. Ti Jen-tsie. Une parenté avec le fameux Ti Jen-tsie, celui des enquêtes tordues ?

Après un instant de perplexité, Ti s'autorisa à supposer que c'était de lui que l'on parlait.

– Je n'en connais pas d'autre, répondit-il avec une flexion du buste.

La révélation de son identité suscita chez son interlocuteur la première trace d'intérêt pour sa personne dont on le gratifiait depuis qu'il avait pénétré dans ce bâtiment.

– Ah, mais vous êtes une célébrité, dans votre genre, dites-moi ! s'écria M. Li, dont le visage devait s'animer de la même façon aux heures des repas.

Ti aurait aimé l'entendre préciser à quel genre il faisait allusion, mais se retint de poser la question. Il préféra se raccrocher à l'idée qu'une irréductible ténacité dans l'exercice de ses fonctions lui avait valu d'être distingué parmi ses pairs. Li Bao-Tian jaugea son habit, qui avait servi dans ses trois dernières affectations. L'étoffe n'en était plus très fraîche, et la coupe en était franchement démodée, si l'on se référait au vêtement chatoyant du haut fonctionnaire.

– Vous n'avez pas dû recevoir votre dotation de soie depuis un moment[1], commenta ce dernier avec un hochement de tête significatif. Il faudra arranger ça.

Ti se demanda s'il était reçu à la Cour métropolitaine ou chez les experts en fanfreluches chargés d'habiller les courtisans.

– On m'avait nommé dans une ville éloignée où l'on m'a, je crois, quelque peu oublié, expliqua-t-il. Ou bien les livraisons y accédaient-elles difficilement. Les zones frontalières, vous savez…

La figure de M. Li exprima la plus grande compassion, bien que les connaissances de ce fonctionnaire strictement métropolitain en matière de zones frontalières aient sûrement relevé de l'abstraction la plus pure. Il s'y connaissait, en revanche, en intrigues de cour. Son interprétation du fait que Ti se fût retrouvé à administrer une ridicule bourgade aux confins du désert septentrional fut immédiate :

1. Les émoluments annuels des magistrats leur étaient souvent versés sous forme de rouleaux d'étoffes précieuses, couramment utilisés pour les gros versements.

– Ah ! La disgrâce est une chose bien triste. On a beau se démener pour Sa Majesté, un mot de travers répété à l'un de ses conseillers et l'on échoue en bord de mer, face aux féroces Japonais, ou pire, aux limites de la Mongolie, à compter les chameaux.

Ti songea que c'était précisément là qu'il avait exercé son dernier mandat. Li avait-il mis le doigt dessus au hasard, ou bien en savait-il plus sur son compte que le juge ne l'avait imaginé ?

– Mais tout cela est terminé, maintenant, reprit Li : vous êtes dans les petits papiers du secrétariat impérial – ou, devrais-je dire, de l'Impératrice. On vous a remarqué. Vous avez plu. Vous avez manœuvré avec une grande finesse.

– Mes services dévoués, sans doute ? supposa Ti avec un air de modestie qui aurait demandé à être peaufiné.

– Pas du tout, dit Li, tout sourires. Voyez-vous, Leurs Majestés sont comme tout le monde : elles s'ennuient, le soir, au coin du feu, dans leur intimité. Même les banquets et les artistes de cirque finissent par lasser, jour après jour. Elles ont pris l'habitude de se faire lire les rapports d'enquêtes que vous faisiez parvenir au ministère des Fonctionnaires, au fil de leur arrivée. Je dois dire que ces textes ont recueilli un assez grand succès dans toute cette enceinte. D'aucuns prétendent que Leurs Majestés ne peuvent plus s'en passer, savez-vous ? En vous nommant dans une ville populeuse, diverse, insaisissable, dangereuse, où le vice et la corruption sont plutôt la règle que l'exception, telle notre chère capitale, elles ont voulu s'assurer que vous vivrez toujours de belles histoires criminelles, pleines de meurtres affreux, d'abominables forfaits et d'assassins odieux. Dites-moi la vérité : vous en inventez les trois quarts, n'est-ce pas ?

Ti mit un moment à accepter l'idée qu'on lui avait accordé son avancement au titre de conteur, d'amuseur public, ce qui le ravalait au niveau d'un acrobate ou d'un contorsionniste. C'était là un détail qu'il allait être préférable de taire à sa mère. Cette célébrité inattendue, en tout cas, avait le mérite de faire tomber les barrières qui auraient pu se dresser entre ses futurs collègues et lui.

M. Li le poussa du coude comme un vieux camarade de promotion :

– Allez, mon vieux, racontez-m'en une, salée de préférence. Il paraît que vous n'hésitez pas à mener l'enquête dans les maisons de plaisir… Vous devez en avoir vu de belles !

Le fonctionnaire se montra fort désireux de s'entendre rapporter de croustillantes anecdotes sur ces contrées lointaines et mystérieuses, où l'on attribuait un crime sur deux à ces spectres qui avaient la fâcheuse habitude de se mêler aux mortels. Ti tâcha de le ramener en douceur vers le sujet de son affectation.

– Mais oui, au fait, que puis-je pour vous ? demanda M. Li.

Le juge lui montra le document qui l'appelait à Chang-an pour y servir l'État :

– Je viens prendre mon poste, comme cette lettre officielle m'y invite.

– Oh, comme vous y allez ! s'écria Li. Sa Majesté nomme des conseillers, mais cela ne signifie pas que nous disposons d'un quelconque poste à leur confier. Attendez donc un peu, ne soyez pas si pressé. Vous êtes jeune encore, vous avez tout votre temps. Le maître mot est ici : « patience ». Tout vient à point. Ne brusquez pas les choses.

Ti se demanda s'il avait une chance d'être intronisé

avant d'avoir les tempes grises et le crâne chauve. Il songea avec regret qu'il aurait mieux fait de rester dans sa petite ville de Pei-tcheou en attendant qu'on lui trouve une place à l'intérieur de ce bâtiment. Il n'avait rien réclamé et aurait très bien pu continuer à administrer sa bonne cité, plutôt que de venir faire antichambre dans ce ministère où il perdait son temps. Li continua sur sa lancée, dont la ligne directrice semblait être : « Pour quelle étrange raison êtes-vous venu nous encombrer ? »

– Pourquoi ne vous a-t-on pas versé au Censorat, plutôt ? Un homme tel que vous, qui aime chercher la petite bête partout où il passe ! Oui, je sais, ce sont tous des individus amers qui emploient leur temps à embêter tout le monde avec leurs vaines critiques. Vous y auriez été comme un poisson dans l'eau !

Ti se sentait de plus en plus las. Il demanda comment il devait se comporter en attendant qu'on sût quoi faire de lui.

– Prenez du bon temps ! Profitez de la vie ! Cette ville est magnifique : divertissez-vous ! Vous n'avez pas dû avoir tant d'occasions de vous amuser, chez vos éleveurs de brebis.

Il se rapprocha de Ti pour lui glisser en confidence :

– Les femmes ici usent de parfums envoûtants venus de l'Arabie lointaine ou même de l'Europe impénétrable. Quand vous les aurez vues sous leur meilleur jour, les bergères de vos steppes vous paraîtront aussi laides et poilues que leurs biques.

Ti le remercia de ses précieux conseils et prit congé en se demandant ce qu'il allait bien pouvoir répéter à sa mère de tout cela.

II

Madame Première connaît une cuisante déconvenue ; Ma Jong et Tsiao Taï changent d'employeur.

Plusieurs semaines passèrent sans que Ti obtînt rien de plus que des rendez-vous occasionnels avec d'éminents conseillers plus désireux d'entendre des récits de femmes mongoles aux tétons percés que de lui fournir l'emploi promis par leur souverain. Les mille curiosités offertes par l'exploration de la capitale ne l'avaient pas distrait éternellement. Quant à Ma Jong, il s'encroûtait. Le pire était encore à venir : le reste de la famille n'allait pas tarder à toucher au terme de son voyage sur les routes caillouteuses qui menaient à la capitale. Or le but de ce voyage était précisément cette maison. Telles que Ti connaissait sa mère et sa Première, les retrouvailles n'allaient pas se faire dans l'allégresse. La paix relative qui régnait encore ne tarderait pas à voler en éclats.

Madame Première arriva pourtant d'excellente humeur sous les hautes murailles de Chang-an, « Paix éternelle », malgré les fatigues accumulées au cours d'un si long trajet. Elle était enchantée de regagner enfin sa ville natale. Elle avait l'impression de renouer avec la civilisation brillante qu'elle avait connue dans sa jeunesse. La deuxième épouse était surtout contente de se rapprocher de sa famille. Quant à la troisième, elle découvrait un monde nouveau dont elle n'avait aucune idée.

Elles étaient escortées par ceux des lieutenants que Ti n'avait pas emmenés avec lui[1]. Tsiao Taï était encore ébahi à l'idée que son service auprès du magistrat l'eût conduit depuis les vertes forêts où il exerçait le métier de brigand jusqu'à la plus grande cité de l'univers. Quant à Tao Gan, en dépit des capacités intellectuelles qui faisaient sa fierté, il manquait d'imagination pour évaluer les opportunités qu'un lieu si populeux pouvait offrir à ses talents de petit escroc mal repenti.

Les chariots transportant les épouses, leurs enfants et les coffres où l'on avait entassé leurs biens longèrent les larges avenues plantées jusqu'au quartier nommé « Sérénité perpétuelle », où s'élevait la demeure familiale des Ti. Une fois là, madame Première bondit sur ses pieds pour guider le convoi. Elle n'avait pas de mal à se rappeler l'endroit, ayant cohabité plusieurs années avec sa belle-famille, une expérience inoubliable. Tout son espoir allait à l'éventualité que sa belle-mère fût décédée en leur absence et qu'on eût omis de les en informer.

Elle reconnut aisément le mur d'enceinte, bien qu'elle eût gardé le souvenir d'une maçonnerie mieux entretenue et d'une teinte moins fanée. La porte principale béait à moitié. Elle se contenta de la pousser un peu pour découvrir l'intérieur de la cour. Des échafaudages de bambous et de cordes avaient été montés çà et là.

1. Le sergent Hong a trouvé la mort lors d'une précédente enquête.

Trois ou quatre ouvriers s'appliquaient à badigeonner d'enduit les façades des bâtiments. Elle fit quelques pas dans ces lieux où elle avait vécu les premières années de son mariage – jusqu'à leur départ pour la province, en fait ; Ti Jen-tsie n'était pas homme à rompre aisément avec ses habitudes de vieux garçon. Seul ce changement de carrière radical lui avait enfin permis de commencer à vivre par lui-même, dans le même temps où il lui évitait, à elle, de sombrer dans une tristesse définitive.

Elle contempla un moment, avec une certaine nostalgie, ces murs qu'elle avait si bien connus, auxquels un petit groupe de courageux s'efforçait de rendre une nouvelle jeunesse dont ils avaient bien besoin. Un détail attira son attention : il y avait là un maçon dont la stature peu commune lui en rappelait une autre, bien qu'elle le vît de dos. Il étalait avec vigueur son mélange à la chaux entre deux fenêtres. Elle aurait juré que cette façon de se tenir ne lui était pas inconnue. N'eût-ce été cet habit de peintre en bâtiment… L'intuition fut soudain plus forte que la voix de la raison.

– Ti Jen-tsie ! dit-elle.

Ti se retourna, croisa le regard de sa femme, puis baissa les yeux sur les vêtements qu'il portait et comprit d'où venait l'expression effarée qui se peignait sur les traits de la voyageuse.

– Nous sommes en train de retaper la maison de maman, dit-il en désignant de sa truelle Ma Jong et la poignée d'hommes montés sur l'agencement de planches.

– Il lui a suffi d'un mois pour vous transformer en larbin corvéable à merci, s'écria sa Première. Et votre poste à la Cour de justice ?

Ti aurait préféré qu'on n'en vînt pas si vite aux questions épineuses.

– Je vais vous expliquer. Je suis en quelque sorte en attente.

– Et notre logement de fonction ? Où se trouve-t-il ?

Il tenta de lui expliquer que des retards allaient les forcer à patienter un certain temps.

– Ici ? Avec elle ? J'aime encore mieux retourner chez les barbares du Nord !

Ti l'engagea à prendre son mal en patience ainsi qu'il le faisait lui-même : après tout, sa mère n'était pas si terrible.

– Elle a changé ? répliqua madame Première.

Le juge parut embarrassé.

– Je ne dirais pas cela. Mais peut-être aurons-nous une bonne surprise si nous lui donnons une chance de s'améliorer ?

– Auriez-vous de nouvelles accointances avec les forces démoniaques ? s'enquit son épouse.

Elle trouvait qu'il en prenait à son aise. Lui se ferait bichonner par sa vieille mère, ravie de récupérer son enfant chéri. Il était peu probable que la brave femme nourrît les mêmes sentiments à l'égard de sa bru, avec qui elle ne s'était jamais bien entendue.

– Vous allez m'emmener à ce ministère, dit-elle. Je vais leur parler, moi, à vos supérieurs. Et s'ils ne m'écoutent pas, nous les enfermerons avec votre chère mère, ils verront ce que c'est.

Ti sentit que le torrent n'allait pas tarder à surgir de la montagne. Sa Première s'accrocha à son habit maculé d'enduit. Toutes ces années à subir la tyrannie de sa belle-mère lui revenaient tout à coup.

– Dites-moi que nous ne revenons pas à la case départ, gémit-elle.

Elle semblait sur le point d'éclater en sanglots.

– Mais non, bien sûr, dit-il.

Lui pouvait s'accommoder de cette situation. Il comprenait que, pour sa femme, le choc était plus rude. Ce retour quatorze années en arrière représentait la négation de tout ce qu'elle avait vécu depuis lors. Elle quittait le statut de première dame du district pour passer de nouveau sous le joug d'une personne autoritaire, aux yeux de qui elle n'était pas grand-chose.

Il jeta un coup d'œil par le portail et vit, comme il s'y attendait, le reste du convoi arrêté le long du mur. Ses épouses secondaires lui firent des signes depuis leur chariot. Ses enfants accoururent pour l'embrasser.

Une fois les retrouvailles consommées, il fit entrer tout le monde dans la cour et leur indiqua la partie de la maison qui leur était dévolue. Il venait de la restaurer avec l'aide de ses maçons. Cela sentait la peinture et l'enduit, mais le toit était complet, la charpente, solide, et du papier neuf avait été tendu aux fenêtres. Il y avait là plusieurs pièces en enfilade qui ouvraient toutes sur deux petites cours. Pour décatie qu'elle fût, la demeure familiale était vaste et sous-habitée. L'installation de ce petit monde demandait juste un peu d'organisation et l'abandon de toute exigence personnelle. Les trois épouses allaient dormir ensemble. Les enfants occuperaient une seconde pièce. Le personnel rejoindrait les logements de service, que les rares serviteurs de dame mère étaient loin de remplir. Les lieutenants s'aménageraient un coin dans un appentis attenant à l'écurie. On ne pouvait pas jurer que chacun fût ravi de son sort, mais chacun avait les pieds au sec et une natte où s'allonger.

Dès qu'on eut vidé le chargement, les femmes firent chauffer de l'eau pour une toilette générale. Leurs vêtements, leurs cheveux, leur peau même étaient imprégnés de la poussière du chemin. Il convenait de se décrasser avant d'aller présenter ses respects à la maîtresse des lieux, qui n'aimait pas le débraillé. Madame Troisième, que Ti avait épousée dans une ville côtière lors de son premier mandat, n'était jamais venue dans la capitale et n'avait jamais rencontré sa belle-famille. Elle était curieuse de savoir ce qui l'attendait :

– Notre mère doit être une personne exceptionnelle pour avoir produit un homme tel que notre époux.

Ses deux compagnes échangèrent un regard entendu.

– Exceptionnelle, elle l'est, répondit la Première. Pour le reste, je vous laisse la surprise. Si elle est restée telle que je me la rappelle, elle ne vous décevra pas. J'ai passé presque quinze ans dans cette maison avant que notre maître n'opte pour cette merveilleuse carrière de sous-préfet qui a illuminé notre existence. Je crois d'ailleurs que la personnalité de ma belle-mère n'a pas été étrangère à ce choix. Je n'ai pas souvenir d'un seul jour où elle ne m'ait rappelé avec plus ou moins de tact que j'étais là pour perpétuer leur lignée. Espérons que les ans auront adouci son caractère.

Une fois rafraîchies et recoiffées, les trois épouses allèrent s'agenouiller devant leur mère à toutes, suivies de la cohorte de leurs enfants. Lorsque Ti les vit traverser la cour, il se hâta de les rejoindre, dans l'espoir de servir de tampon entre les quatre femmes.

Madame mère inclina légèrement le buste devant les deux qu'elle connaissait et parvint même à esquisser un sourire.

– J'ai aussi une troisième compagne, annonça Ti. Votre nouvelle belle-fille, dame Tsao.

Le visage de la matriarche se crispa dans une grimace qui n'avait rien d'une expression de bienvenue.

– Oui, tu me l'as écrit. Je suis contente de faire enfin votre connaissance, ma fille. Vous n'appartenez pas à une lignée de fonctionnaires, m'a-t-on dit ?

Ti sauta sur l'occasion pour mettre la jeune femme en valeur :

– Dame Tsao est la fille d'un poète célèbre du Chan-tong, mère. C'était un homme d'une grande renommée, que sa sagesse a poussé à se retirer du monde pour composer au calme de la nature.

Il était inutile de préciser que cet écrivain, que ses désillusions avaient changé en misanthrope amer, s'était compromis dans un trafic d'or qui lui avait coûté la tête. La mine de dame mère laissait d'ailleurs entendre que la cote des poètes du Chan-tong n'était pas à son zénith.

– Lesquels de ces enfants sont d'elle ? demanda-t-elle.

On lui en indiqua deux parmi les plus jeunes. Elle parut juger l'intérêt de cette troisième union à la santé des fils qui en étaient issus. Une moue déforma cependant sa bouche ridée :

– J'ai toujours déploré ta tendance à exagérer dans tous les domaines, Jen-tsie. Trois épouses ! Enfin ! Soit ! Il est vrai qu'il fallait compenser le manque de fécondité de ta Première. Toujours pas d'enfants, dame Lin[1] ? Vous n'en aurez plus, maintenant, je suppose ?

– Mère ! s'écria Ti.

Celle-ci poussa un soupir.

– Oui, je sais, je ne dois pas me plaindre : c'est ton père et moi qui avons arrangé ce mariage. La faute retombe entièrement sur nous. J'ignore de quoi les dieux ont voulu nous punir.

1. Il était d'usage que les femmes mariées continuent de porter leur nom de naissance.

– Dame Lin s'est montrée une compagne fidèle et attentionnée durant toutes ces années passées ici et là, affirma Ti. Je n'ai pas le moindre reproche à lui faire.

– Oh, je suis sûre qu'en cherchant bien…, murmura la vieille dame. On trouve toujours, n'est-ce pas ? Même chez la meilleure des mères…

Ti savait que sa mère n'avait jamais compris son choix d'une carrière provinciale qui l'avait éloigné d'elle et représentait un net recul par rapport aux ambitions qu'elle avait nourries pour lui dès le début de ses études classiques. Bien que ce retour à Chang-an représentât pour elle le renouveau de ses espoirs, elle ne parvenait pas à étouffer sa rancœur.

Dans un effort pour apaiser les tensions, Ti proposa que le dîner fût pris en commun. Ses femmes objectèrent qu'elles étaient fatiguées et madame mère ne fit rien pour les retenir. Elles traversaient la cour en sens inverse lorsque la Première toucha la Troisième à l'épaule :

– Vous voyez : c'est un vrai rayon de miel.

– Oui, répondit la plus jeune. Trempé dans un jus amer.

Au moment du coucher, dame Lin eut la surprise d'apprendre que son mari allait dormir dans une autre partie de la maison. En fait, il avait réintégré sa chambre d'enfant, tout près de celle de sa mère. Trente ans de mariage venaient d'être biffés d'un coup de pinceau.

Au bout d'une heure, n'ayant pu trouver le sommeil, elle passa une robe d'intérieur et alla le rejoindre en tâchant de ne réveiller personne. Elle se voyait réduite à courir après son époux, comme s'ils avaient été deux amants illégitimes. Il ne dormait pas non plus. À la lumière flageolante d'une lampe à huile, il relisait de vieux textes littéraires acquis durant ses études. On les avait conservés sans y toucher, de même que l'ensemble de la chambre, dans l'attente d'un retour qui ne pouvait manquer d'advenir.

Madame Première s'allongea à ses côtés à l'intérieur du lit fermé et commença à lui exposer toutes les raisons pour lesquelles il était si important qu'ils prennent un logement à part, même si cela les obligeait à s'installer dans un quartier moins huppé. Il fut forcé de lui avouer qu'il ne touchait pas un sou, n'ayant pas encore officiellement d'emploi au ministère. Elle tomba des nues.

Dès qu'elle fut remise de sa mauvaise surprise, elle passa en revue toutes les sources de subsides à leur portée. Elle ne fut pas longue à conclure que le moment était venu de réclamer leur part d'héritage sur la succession paternelle, puisqu'ils avaient eu la tristesse d'apprendre le décès de l'honorable Ti père, une dizaine d'années plus tôt. Il y aurait là amplement de quoi s'établir en attendant sa nomination.

Bien qu'il déplût à Ti d'ennuyer sa mère avec des questions d'argent, force lui fut d'admettre que ce pécule tomberait à point nommé. Le bien-être de son foyer le poussait à imposer à la matriarche le petit désagrément d'avoir à lui compter sa part de la fortune familiale.

Dès qu'il eut avalé son riz du matin, Ti alla souhaiter une bonne journée à sa mère avec l'intention de lui faire comprendre que l'état de ses finances le plongeait dans un dénuement intenable. Il avait décidé d'aborder la question de manière détournée. Il lui expliqua que, momentanément privé du budget dévolu aux hauts fonctionnaires, il lui était impossible de rémunérer ses adjoints. Une fois nommé, il lui serait facile de leur faire attribuer un grade dans la garde. En attendant, ils n'avaient aucune existence légale. Il lui fallait les entretenir sur sa cassette. Cette idée suscita chez sa mère une vive réprobation :

– Ce n'est pas acceptable, admit-elle.

– Je le pense aussi, approuva Ti, plein d'espoir.

– Renvoie-les !

Il lui sembla qu'elle venait de s'exprimer dans une langue étrangère.

– Pardon ?

– Tu en trouveras toujours d'aussi bons que ceux-là, si jamais il te faut quelqu'un. Il y en a plein qui cherchent du travail, ici, ce n'est pas la main-d'œuvre qui manque. Quand tu auras pris ton poste au palais, quel besoin auras-tu de ces gros imbéciles ? Ils sont une charge plus qu'autre chose. Chasse-les donc de chez nous !

Ti avait l'impression d'avoir abordé une terre étrangère, peuplée d'indigènes dont les mœurs lui étaient inconnues.

– Ils me sont fidèles jusqu'à la mort, je ne peux pas m'en séparer ! plaida-t-il.

Les traits de sa mère se durcirent autant qu'il était possible.

– Ah, c'est de la pitié, alors ? Moi aussi, j'ai mes pauvres. Mais je les laisse dormir sur les marches des temples, je n'en encombre pas ma maison.

Elle ne pouvait comprendre que son fils avait formé ces hommes, qu'ils avaient partagé nombre d'aventures périlleuses et s'étaient sauvé la vie réciproquement à plusieurs reprises. Qu'aurait-elle pensé s'il lui avait dit toute la vérité : qu'il les avait rencontrés alors qu'ils exerçaient la profession de bandits de grand chemin, qu'ils lui devaient leur réhabilitation, et que pour cette raison il se sentait responsable d'eux ?

Abattu, Ti abandonna la lutte le temps de revoir sa tactique, qui laissait à désirer. S'il n'osa rien dire à ses lieutenants de la manière dont sa mère envisageait leur cas, ceux-ci comprirent d'eux-mêmes qu'ils étaient devenus un fardeau. Et s'ils ne l'avaient pas compris, le regard de la vieille patronne, lorsqu'elle les voyait avachis dans le coin ombragé de sa cour, où ils disputaient la place à ses chères orchidées, le leur aurait fait sentir très vite. L'inaction leur pesait, de toute façon. Plus de tribunal, cela signifiait qu'il n'y avait plus d'enquête à mener, plus de malfrats à combattre, plus de mauvais quartiers à surveiller… La vie s'était arrêtée, et les ressources de leur esprit n'étaient pas propres à les préserver longtemps d'un ennui mortel.

Tsiao et Ma Jong eurent l'idée de se louer comme portefaix. Ils se rendirent sur le grand marché de l'ouest. On y débarquait les marchandises en provenance des provinces méridionales, les sacs de riz des grandes rizières, les légumes qui avaient séché sur le pont des bateaux pendant le transport, les jarres de saumures des bords de mer, et ainsi de suite. Ils se laissèrent étourdir par l'animation extraordinaire qui les entourait, les gros bras qui déplaçaient les chariots, les marchands discutant le prix des approvisionnements, les clients à l'affût d'un rabais. Tout cela était nouveau pour eux : ce marché, destiné à alimenter une bonne partie d'une ville immensément populeuse, était plusieurs fois aussi vaste que le plus grand qu'ils eussent connu.

Tsiao Taï poussa soudain son compagnon du coude. Un ruffian aux airs furtifs était en train de couper la corde d'une bourse pendue à la ceinture d'un commerçant à l'ample bedaine.

– Hep ! cria le lieutenant du juge Ti, retrouvant ses réflexes d'inspecteur appointé par le tribunal.

L'homme s'immobilisa, tourna la tête de leur côté, ainsi que toutes les autres personnes présentes. Voyant le regard de ces deux grands gaillards braqué sur lui, il lâcha la bourse, encore retenue à son propriétaire, et prit ses jambes à son cou. Ma Jong se lança à sa poursuite. Le fuyard était plus petit et moins bien nourri. Quelques enjambées lui suffirent pour le rattraper et le faire chuter d'une bourrade. Il eut alors la surprise d'entendre le voleur appeler au secours :

– Aidez-moi ! On m'attaque !

Les deux lieutenants restèrent ahuris devant ce renversement des rôles. Clients et boutiquiers s'attroupèrent autour d'eux. Le voleur expliqua à qui voulait l'entendre que ces étrangers s'en prenaient à lui pour le voler. Avant que la situation ne tourne à leur désavantage, Tsiao Taï le saisit par les épaules et se mit à le secouer fortement, ce qui parut confirmer les dires de leur victime ; jusqu'au moment où un lot de bourses diverses tomba de part et d'autre de l'honnête badaud.

Un personnage bedonnant qui semblait jouir d'une certaine autorité venait d'apparaître, accompagné de deux bonshommes à la solide stature qui devaient être ses employés. Il contempla la scène, le petit sournois rouge de colère qui continuait de se débattre bien que Ma Jong le retînt par le col, le sol jonché de bourses bien remplies, et s'arrêta sur les redresseurs de torts, qu'il jaugea d'un œil expert. Il fit signe à ses sbires de conduire le voleur au poste le plus proche.

– Vous ne chercheriez pas du travail, par hasard ? demanda-t-il.

Tsiao Taï répondit qu'ils étaient justement venus s'employer comme portefaix.

– J'ai mieux à vous offrir, répondit l'homme. Moins pénible et plus dans vos cordes. Il vous suffira d'avoir l'œil à tout et de veiller à ce que ce genre d'incident ne se reproduise pas. Vous m'avez l'air doués pour ça. Vous toucherez trois fois le salaire d'un manutentionnaire. Ainsi qu'une prime pour chaque malfrat attrapé et un intéressement aux sommes récupérées. Cela vous va ?

Cela leur allait merveilleusement. Ils ne furent pas longs à se rendre compte que leur nouvel emploi pouvait représenter une nette amélioration par rapport à ce que le juge avait coutume de leur donner.

Ils se hâtèrent, le soir venu, d'annoncer la bonne nouvelle à ce dernier. Contrairement à leur attente, Ti se réjouit modérément de leur bonne fortune, il sembla même en concevoir un certain dépit. Il se sentait diminué par la constatation que ses compagnons devaient travailler ailleurs pour subsister – ou simplement pour donner un but à leur existence. Il se demanda combien de temps allait s'écouler avant que chacun trouvât des centres d'intérêt en dehors de cette maison et de lui-même : ses serviteurs feraient des commissions pour les voisins, ses enfants partiraient en apprentissage ; ses femmes elles-mêmes n'allaient-elles pas finir par se faire couturières ou entremetteuses à la petite semaine ? Il avait chaque soir un peu plus de mal à imaginer que le lendemain lui apporterait le poste convoité, qu'il pourrait enfin endosser sa robe verte pour de bon, qu'il cesserait de n'être rien pour redevenir cet auguste magistrat plein d'autorité qu'il avait été dans une autre vie dont il gardait un vague souvenir.

III

Le juge Ti en apprend de belles sur sa mère ; les informations sur son père se révèlent pis encore.

Si les lieutenants du magistrat avaient su mettre en valeur leurs talents physiques, Tao Gan avait d'autres ressources. Il parcourait la ville le nez au vent, flairant les bons coups, et rentrait, le soir, avec de l'argent plein les revers de ses manches. Ma Jong et Tsiao Taï ne tardèrent pas à le plaisanter sur ce sujet :

– Eh, vieux frère ! Prends garde que nous ne te tombions pas sur le poil ! Évite notre marché dans tes pérégrinations. Il se pourrait que nous te mettions la main au collet, un de ces jours !

Ti, lui non plus, n'était pas dupe des frasques de son secrétaire. Il s'aperçut par ailleurs que celui-ci remettait des sommes en cachette à ses épouses pour améliorer le quotidien de la maisonnée. Lorsqu'il remarquait un fort renflement dans l'habit d'un Tao de retour de ses promenades, on lui servait en général au dîner quelque volaille coûteuse ou quelque lapin de garenne qui n'avait pas dû arriver là par une intercession céleste. Il le prit à part à la première occasion :

– Fais en sorte que je n'aie pas à te tirer de nouveau d'un mauvais pas, dit-il avec lassitude. Je ne suis pas aussi puissant dans cette ville que je l'étais à Han-yuan quand nous nous sommes rencontrés. J'aurais bien du mal à empêcher la foule de t'écharper, ou l'un de mes collègues de te condamner aux travaux forcés dans les mines de sel.

– Que Votre Excellence ne s'inquiète pas pour moi, répondit Tao avec un sourire complice. Ces grandes cités sont conçues pour permettre aux plus habiles de survivre sur le dos de moins malins qu'eux. Dans un village, on peut aisément repérer un aventurier solitaire. Sur une place populeuse, cela tient de l'exploit. Il suffit d'être plus subtil que la foule. Et il n'y a pas plus bête qu'une foule !

– Mettons que je n'aie rien entendu. En tout cas, dès que notre situation se sera améliorée, je te prierai de cesser tes exactions. Je ne suis pas venu dans la capitale pour y voir déshonorer mon nom. Ceux qui travaillent pour moi, qui servent mon clan ne peuvent être soupçonnés d'aucun forfait, entends-tu ? Il te faudra redevenir blanc comme neige. Je compte que tu te refasses très bientôt une innocence de nouveau-né.

Tao Gan inclina la tête à la manière d'un gamin conscient de ce que les vacances n'ont qu'un temps et qu'il faut bien un jour retourner chez son maître pour y étudier la morale. C'était bien là ce qu'ils étaient, tous, dans l'esprit de Ti, ceux qui dépendaient de lui : des enfants confiés à sa garde par les circonstances ou le dessein divin. S'il voulait rester fidèle à son devoir d'assistance, il était urgent que leurs finances s'améliorent. Pour cela, il ne connaissait qu'une seule solution. Il alla trouver sa mère, occupée à ravauder de vieux draps qu'on aurait mieux fait d'abandonner aux pauvres.

– Mère, voici dix ans, vous m'avez averti que mon père n'était plus de ce monde.

Madame mère poussa un profond soupir sans lever le nez de ses travaux d'aiguille :

– Eh oui… Comme le temps passe.

– Dans votre lettre, vous n'avez guère été diserte sur les funérailles ni sur les circonstances de son décès.

– Eh non…, fit sa mère avant de couper son fil avec les dents.

– À présent que je suis là, peut-être pourriez-vous me donner quelques détails. Comme, euh… la cause de cette mort.

Dame mère fronça les sourcils. Elle venait de piquer à côté.

– Est-ce que je sais ! dit-elle. C'est ton métier, de définir les causes de la mort des gens. Il s'est éteint, voilà tout. C'est ainsi que cela survient le plus souvent, non ? On va bien, la face rubiconde, l'esprit content ; on s'écroule, on est bon à enterrer, voilà. Voulais-tu que je t'envoie le corps ? Il est déjà assez pénible de se retrouver veuve, à mon âge, sans avoir à se poser de questions !

– Pourtant…, persista le magistrat.

Dame mère jugea qu'il avait déjà franchi les bornes. Elle posa son ouvrage sur ses genoux.

– Qu'est-ce que c'est que ces manières d'interroger sa mère ? Est-ce cela qu'on t'a appris, à l'école mandarinale ? Confucius ne dit-il pas : « Honore tes père et mère sans les harceler de questions déplacées » ? J'ignorais que tu rapporterais de telles manières de tes séjours aux confins de l'empire. On y côtoie de drôles de gens, qui vous enseignent de drôles de façons !

– Mais…, bredouilla-t-il.

– Il suffit, Jen-tsie ! Cette conversation est hors de propos. Je n'ai rien à te dire de plus. Ton père n'est plus, nous l'avons inhumé dans les règles, il n'y a pas à y revenir.

Le sujet était apparemment trop douloureux pour que la malheureuse pût l'évoquer sans s'énerver. Ti estima que c'était là une plaie ouverte qu'il valait mieux ne pas fouiller. D'autant que sa véritable préoccupation était tout autre. Il désirait s'informer de la succession. Il n'avait jamais rien demandé jusqu'à ce jour. À présent, il aurait aimé disposer de sa part afin de reprendre les rênes de sa vie. Il tâcha d'aborder ce sujet sans heurter la pudeur maternelle, qu'il découvrait si chatouilleuse. Aux premiers mots qu'il lui en toucha, elle le dévisagea de ses yeux pleins d'étonnement.

– Mais… Je n'ai rien, mon petit. Ce que tu vois est tout ce qu'il me reste, hormis une ferme à la campagne, qui produit tout juste de quoi nous nourrir tous.

Ti pensa qu'il y avait un malentendu.

– Enfin, mère ! Notre père était conseiller impérial ! Les Ti dont il est issu ont toujours été des gens aisés. Il a perçu un traitement plus que confortable pendant de longues années ! Je ne peux croire que les biens qu'il avait ajoutés à ceux hérités de nos ancêtres se soient envolés en fumée !

Dame mère agita l'index comme on gronde un enfant mal élevé :

– Ton passage en province t'a décidément rendu bien impertinent, mon fils. Te voilà à peine rentré que tu ne songes qu'à vider mes fonds de tiroirs. Ce n'est pas le souvenir que j'avais gardé de toi.

Ti passa sur ces insinuations pour faire mentalement le compte des richesses dont il se souvenait. Ce modeste train de vie ne correspondait pas aux rentes dont avait joui l'éminent mandarin de la Cour. Il se souvenait notamment d'un domaine près de la capitale de l'Est,

Luoyang, qui faisait l'admiration de tous leurs amis.

– Nous avons dû nous en séparer, à mon grand regret, répondit-elle sur un ton pincé, tout en reprenant son ouvrage.

– Est-il possible qu'il n'en subsiste rien ? s'étonna Ti.

Dame mère poussa un nouveau soupir, où perçait de l'irritation.

– Je dois dire que ton père, paix à ses cendres, était meilleur fonctionnaire que gestionnaire de ses propres deniers.

– Enfin quoi ! On ne dilapide pas un tel patrimoine en si peu d'années !

Sa mère s'était refermée comme une huître.

– Je n'ai rien de plus à te dire. J'ai eu jusqu'ici ce qu'il me fallait pour vivre. C'est avec joie que je le partage avec toi. Si ce n'est pas assez pour satisfaire tes envies de luxe, tu m'en vois navrée.

Elle replia son drap et se leva pour s'en aller, visiblement vexée. Lui était assommé. On lui demandait d'accepter sans protester que la majeure partie de leur fortune, telle qu'il l'avait connue avant de partir, fût tout simplement manquante. Il eut du mal à annoncer la mauvaise nouvelle à sa Première. Il dut lui expliquer que ce qu'ils voyaient autour d'eux représentait tout ce qu'il y avait à voir ; ils ne devaient pas attendre de secours d'aucune sorte.

Madame Première resta pensive un long moment. À son avis, la vieille prétendait être ruinée pour éviter d'avoir à leur donner le moindre sou : elle entendait garder son bien, et son fils par la même occasion. Son matelas devait reposer sur un tas d'or. Souvent les personnes âgées se complaisaient dans une gêne de façade par peur de manquer.

– Il faut enquêter sur cette succession, conclut-elle. Cela vous occupera : vous dépérissez depuis que vous n'avez plus rien à faire. Ce sera toujours mieux que de repeindre la maison. Cette enquête pourrait d'ailleurs déboucher sur des éléments plus intéressants qu'une simple histoire d'argent.

En son for intérieur, elle se demandait si la belle-mère n'avait pas éliminé le papa parce qu'il dilapidait leurs biens avec des femmes de mauvaise vie. Quelques vagues souvenirs lui revenaient pour confirmer ce soupçon. Elle ne se priva pas d'exprimer à haute voix cette idée abominable, horrifiant son mari.

– Non seulement vous me proposez d'enquêter sur les finances de ma sainte mère, s'exclama-t-il, mais vous lancez sur son compte des suspicions épouvantables !

Il passa l'heure suivante à engager sa femme à plus de commisération envers une pauvre veuve.

Madame Première, sûre de ce qu'elle pressentait, résolut de faire parler les domestiques. Sa cible était tout identifiée : elle avait repéré un vieux cuisinier qui vivait déjà là du temps où elle habitait avec ses beaux-parents. Elle se rendit dans les communs, où le brave homme était en train de préparer le prochain repas.

– Comme c'est bon de revoir des visages connus, dit-elle en considérant la mine du serviteur, déjà bien fripée à l'époque où elle gaspillait sa belle jeunesse entre ces murs.

Un gros tas de légumes attendait d'être jeté dans la friture. Elle affecta de vouloir l'aider :

– Laisse-moi émincer tout ça. J'ai l'habitude de mettre la main à la pâte, tu sais.

Le cuisinier protesta pour la forme. Dame Lin lui paraissait moins fière que dans son souvenir. En réalité, ce n'était pas les haricots qu'elle était venue cuisiner. Sous prétexte d'évoquer les jours anciens, elle se mit à l'interroger sur les événements survenus dans la maison en son absence. Les maîtres avaient-ils vécu dans l'harmonie jusqu'à la disparition du patriarche ?

La question suscita un certain embarras. Sans lever le nez de son plan de travail, le serviteur admit qu'on n'avait plus guère vu le seigneur Ti durant les mois qui avaient précédé son décès. Madame Première se le tint pour dit : il y avait tout lieu de croire que son beau-père avait entretenu une liaison qui l'éloignait de son foyer. Cela sentait l'affaire de cœur. Connaissant sa belle-mère, elle ne voyait là rien d'étonnant.

À la première occasion, elle fit part à son mari de sa nouvelle hypothèse.

– Vous voyez : je n'avais pas tort quand je disais qu'il y avait anguille sous roche !

Ti était atterré. Sa Première s'était d'abord permis les assertions les plus scandaleuses au sujet de sa mère ; elle lui expliquait à présent que son père était un mauvais sujet ! L'honneur de sa famille n'allait pas résister longtemps à cet assaut mené par un esprit mal disposé, la cohabitation forcée des deux matrones allait lui être fatale. Il importait de mettre au plus vite un terme à cette intimité. Le juge ne souhaitait pas voir s'allonger la liste des turpitudes prêtées à ses parents. Combien de temps faudrait-il à sa chère et tendre pour suggérer qu'il était issu d'une lignée de meurtrières et de viveurs impénitents ?

Le matin suivant, Ti se leva très tôt pour se livrer à ses ablutions. Il revêtit sa plus belle robe de magistrat, la moins râpée, d'un vert émeraude rendu chatoyant par les reflets mordorés de la soie. Il posa sur ses cheveux noués son bonnet de feutre aux ailettes soigneusement amidonnées par les servantes de dame mère. Ce fut d'un pas décidé qu'il prit la direction de la Cour métropolitaine de justice, avec la ferme intention de mettre fin à une situation insupportable.

Aux abords de l'esplanade des ministères, le courage lui manqua. Il attribua cette défaillance au fait qu'il avait omis de se sustenter avant de sortir. Il avisa une auberge ouverte où l'on servait sûrement une nourriture de bonne qualité, le genre d'endroit où les fonctionnaires devaient avoir leurs habitudes. Il s'attabla sous l'auvent et se fit apporter un plat de nouilles sautées propre à lui procurer l'énergie dont il allait avoir besoin pour prendre d'assaut les créneaux escarpés de la forteresse ministérielle.

Tout en savourant ses pâtes, il contemplait les allées et venues des serviteurs qui empruntaient la triple porte ouvrant sur le domaine administratif. L'heure était trop matinale pour y voir autre chose que d'humbles gratte-papier ou des esclaves affairés. Aussi éprouva-t-il une certaine surprise lorsque son regard fut attiré par un luxueux palanquin qui venait de surgir sur la place. L'équipage marcha droit sur le portail. Le passager écarta le rideau pour échanger deux mots avec l'un des plantons. L'homme lui parut assez gros, à en juger par la main potelée qui retenait le taffetas. Le garde s'inclina et fit signe à ses compagnons de laisser passer. Le palanquin s'engouffra sous le portique, suivi d'une série de serviteurs chargés de marmites et de paniers. « Sûrement un haut responsable des cuisines », songea le juge. Il constata avec plaisir qu'il n'était pas le seul à conserver l'habitude provinciale de se lever si tôt. Il avait donc une petite chance qu'un conseiller de la Cour métropolitaine ait fait de même. Il déposa quelques sapèques sur la table, vida ce qu'il restait de thé vert dans sa tasse et se leva pour aller affronter la bête fabuleuse tapie en ce sombre château.

Sa convocation assortie du précieux sceau impérial lui permit de franchir le vaste porche, comme chaque fois qu'il trouvait le courage ou l'inconscience d'accomplir ce genre de tentative, depuis un mois qu'il végétait à Chang-an. À vrai dire, les gardes ne jetaient plus au parchemin qu'un coup d'œil de pure forme ; la silhouette de l'éternel quémandeur leur était désormais aussi familière que celles de la centaine d'autres naïfs qu'on voyait s'illusionner de la sorte chaque année. Il parcourut le long corridor voûté qui traversait la structure monumentale dite « Porte de l'Oiseau pourpre ». De l'autre côté s'étendait le parvis sur lequel donnaient les larges pavillons bureaucratiques constituant à eux tous le cœur palpitant de l'empire. À sa droite s'élevait celui qui motivait son entêtement.

Plus il s'en approchait, plus l'endroit lui parut être la proie d'une animation inhabituelle, surtout de si bon matin. Un petit groupe d'eunuques en robe grise en sortit comme le juge gravissait les marches du perron. Ils arboraient une mine soucieuse et échangeaient à voix basse des commentaires qui n'avaient pas l'air sereins. Une dizaine de préposés avaient été postés en faction près des portes, au lieu du seul qui s'y tenait habituellement. Avant l'heure du déjeuner, c'était au moins le signe qu'une révolution était en train de se produire. Tout cela ne faisait guère les affaires du magistrat. Il pénétra dans le vestibule sans grand espoir de trouver quelqu'un susceptible de tendre une oreille attentive à l'exposition de ses petits ennuis personnels.

Ayant reconnu parmi les huissiers celui qui s'était

vaguement occupé de son cas à sa première visite, il s'inclina de loin, soucieux de ne pas froisser son unique allié dans la place. À son grand étonnement, l'employé, au lieu de lui rendre son salut, haussa les sourcils, donna une petite tape sur le bras d'un de ses collègues et le désigna du menton en prononçant des mots que Ti ne put entendre. Le second huissier se précipita à sa rencontre, s'arrêta respectueusement à deux pas de lui et se plia en deux. Son discours de bienvenue se révéla beaucoup plus poli que ce à quoi on l'avait habitué jusqu'alors :

– Votre Excellence a volé jusqu'à nous tel le faucon regagnant le bras de son dresseur. Votre célérité n'a d'égale que votre incommensurable sagesse. Elle est un exemple pour nous tous, pauvres limaces arthritiques qui nous traînons avec une déplorable lenteur. Notre coursier vient à peine de partir !

– Euh, certes, répondit le juge, qui n'entendait rien à ce discours.

L'huissier se redressa et claqua dans ses mains. Deux gros bonshommes à la carrure monumentale surgirent de nulle part pour venir s'incliner à leur tour devant le visiteur.

– Ces hommes vont vous escorter, noble juge, dit le préposé. On vous attend avec impatience.

Sans comprendre ce qui arrivait, Ti se dirigea vers l'arrière du bâtiment, encadré par les deux malabars à la mine rébarbative, qu'il n'aurait pas aimé rencontrer au coin d'un bois. Il se dit que sa situation avait indubitablement progressé, quoi qu'il en fût : la porte qu'on ouvrit bientôt devant lui donnait sur l'intérieur du domaine réservé.

Une fois arrivés à une seconde muraille puissamment gardée, ses deux anges gardiens le confièrent à trois eunuques chargés de le guider dans la suite de son parcours. Une fois que les cinq hommes se furent salués, un soldat ouvrit le lourd portail. Jamais Ti n'était parvenu aussi loin. Il lui fallut se rendre à l'évidence : c'était au palais impérial, qu'on l'emmenait.

IV

Le juge Ti rencontre un haut commis de l'État ; il fait preuve de sa légendaire sagacité.

Ti commençait à se demander si son irruption inopinée allait le mener jusqu'à la salle du trône ou s'il s'arrêterait avant. Cette partie de la Cité interdite était nettement plus animée que celle consacrée à l'administration. Ils croisèrent à plusieurs reprises des servantes chargées de linge, de paniers ou de plateaux : le service des princes n'attendait pas. Ti remarqua deux soldats accompagnant une femme du peuple qui ne portait rien mais pleurait abondamment.

Les trois eunuques en robe grise lui firent parcourir une allée bordée de statues représentant diverses chimères, qui menait à un élégant pavillon au toit orné de dragons en terre cuite. Ti se dit qu'il n'allait pas voir le Fils du Ciel ce jour-là, si extravagante que fût son incursion dans cet univers à part : il s'était écoulé trop peu de temps depuis la dernière porte, et le paysage, si beau fût-il, ne correspondait pas à la succession de temples, de kiosques et de jardins féeriques où se déroulait l'existence du Dragon. L'un des eunuques s'entretint brièvement avec un secrétaire, qui s'inclina devant le visiteur :

– Son Excellence le grand chambellan va vous recevoir immédiatement, noble juge. Il sera ravi de voir que vous avez répondu aussi prestement à sa convocation.

Ti comprit que le messager avait dû courir chez lui tandis qu'il prenait sa collation sur l'esplanade. Alors qu'il avait fait si longtemps antichambre, il eut à peine le temps de passer en revue quelques suppositions sur ce qui pouvait motiver sa présence en ces lieux. Cela faisait un mois qu'on souhaitait plutôt le voir disparaître ; le changement était frappant.

Le secrétaire revint bientôt l'informer qu'il pouvait entrer. Il pénétra dans une superbe pièce lambrissée ouvrant sur un jardin où se promenaient des paons, traînant derrière eux leur longue queue si évocatrice de la dignité impériale. Un homme en robe rouge, assis dans un large fauteuil garni de coussins, le regardait de ses petits yeux vifs surmontés d'épais sourcils blancs. Ti fit trois pas, fléchit les genoux et posa son front contre l'épais tapis recouvrant le sol.

– Ti Jen-tsie, dit le grand chambellan, du ton posé d'un homme qui n'avait jamais eu à élever la voix pour se faire obéir. Relevez-vous donc. Ce que je vais vous dire nécessite votre attention la plus complète : il ne s'agit plus de régler de stupides différends entre des paysans aux mains calleuses, dans ces territoires arriérés où vous avez perdu trop de temps. Nous allons voir si vous êtes à la hauteur du petit renom qui vous a conduit jusqu'à moi.

Ti constata que son interlocuteur, qui n'était après tout rien de plus qu'un larbin monté en grade en écrasant ses collègues, ne se prenait pas pour la cinquième roue du chariot céleste. Il se redressa, mais conserva les yeux baissés. Le chambellan émit un léger soupir.

– Regardez-moi, Ti. Je souhaite que vous lisiez sur mon visage tout ce qu'il me sera interdit d'exprimer avec des mots. Nous ne sommes pas ici au tribunal. Une certaine subtilité s'impose.

Ayant obéi, Ti put contempler à loisir le visage de son hôte. Ses traits allongés lui donnaient une parenté avec la tête d'un échassier. La fine moustache qui courait de chaque côté de sa bouche et jusqu'à mi-cou était aussi grise que le bouc qui ornait la pointe de son menton. Avec ses yeux effilés à demi clos sur des pensées indéchiffrables, avec son expression compassée, bien qu'on devinât qu'il était parfaitement compétent pour le poste qu'il occupait, l'ensemble de son visage respirait l'élégance d'un homme qui s'honorait d'être l'un des premiers serviteurs de ses maîtres éminents. Le grand chambellan prit une profonde inspiration de cet air extraordinaire dont il semblait se nourrir, ce même air que respirait l'Empereur.

– Il est parvenu à nos oreilles que vous possédiez un certain talent dans votre domaine. Il se trouve que des circonstances exceptionnelles ont porté quelques personnes à penser que nous pourrions avoir l'usage de ce don particulier.

L'attitude d'humilité respectueuse à laquelle Ti devait se tenir l'empêchait de poser aucune question. Le chambellan se tut néanmoins, comme s'il attendait que son visiteur s'enquît du motif de sa présence. Sa voix trahit une légère impatience lorsqu'il reprit la parole :

– Eh bien ? N'êtes-vous pas curieux de savoir quelles sont ces circonstances exceptionnelles ?

– Puisque Votre Seigneurie m'autorise à parler, je me permettrai de supposer qu'il s'agit d'un décès suspect, répondit le juge.

Le chambellan leva les yeux au ciel.

– Un décès suspect, oui, c'est cela. Je crains qu'il ne soit pas nécessaire de se nommer Ti Jen-tsie pour le deviner : n'est-ce pas là votre grande, votre seule spécialité ?

– Le décès d'un cuisinier d'environ cinquante ans, reprit Ti, un homme ordinairement employé dans la cuisine générale située à l'est de ce bâtiment ; un décès survenu ce matin, à l'heure du dragon[1], dont on vous a informé il y a peu. C'est vous-même, après avoir tenu à contempler en personne l'objet du délit, qui vous êtes rendu compte de l'aspect étrange de ce trépas. Aussi avez-vous fait appel au premier président de la Cour métropolitaine de justice, lequel vous a recommandé ma misérable personne, qu'il avait justement sous la main.

Le grand chambellan resta silencieux quelques instants. Ti vit distinctement ses paupières s'entrouvrir sur le mince interstice par lequel se devinaient ses iris sombres.

– Voilà qui est mieux, articula-t-il avec lenteur. Je suppose que, en vous laissant rôder une heure de plus entre ces murs, vous me diriez le nom du trépassé, que pour ma part j'ignore, le métier de ses parents et les petits péchés de son arrière-grand-mère.

Bien que l'attitude de Ti ne se fût en rien modifiée, tout en lui acquiesçait à cette idée, aussi fortement que s'il avait été doué d'un don télépathique. Le chambellan fit un geste exprimant aussi bien la fatalité que l'agacement devant une incommodité passagère :

– La disparition de ce serviteur nous importe peu en elle-même. Un cuisinier de plus ou de moins… Ce qui nous tracasse, c'est que ce décès ait eu lieu dans

1. Entre 7 et 9 heures.

l'enclos de la Cité interdite. Comme on vous en a sûrement déjà averti, il est interdit d'y être malade, *a fortiori* d'y mourir. Seule Sa Majesté et ses enfants possèdent ce droit.

Ti se dit qu'on en avait d'ailleurs fait grand usage ces dernières années. L'Empereur était valétudinaire et ses descendants avaient une fâcheuse tendance à pousser le dernier soupir avant d'avoir pu faire de l'ombre à l'Impératrice actuelle, leur belle-mère. Le grand chambellan n'aurait pas arboré une mine plus dégoûtée si l'on avait maculé le bas de son habit de fiente de pigeon bien graisseuse.

– Le décès de ce simple cuisinier constitue une usurpation de privilège impérial. Il n'y a guère ici de plus grand crime. C'est une affaire d'État.

Ti fut rassuré de voir que l'État n'avait pas trouvé d'affaires plus importantes sur lesquelles se pencher ce matin-là. L'empire était donc assis sur des bases susceptibles de lui assurer un avenir de dix mille ans. Le chambellan poursuivit son discours avec la gravité que méritait ce cas d'une importance majeure.

– Nous aurions pu passer l'éponge si ce décès avait été naturel : nous nous serions contentés de condamner le médecin de cet homme à l'esclavage perpétuel pour n'avoir pas su prévenir un accident si déplaisant. S'il s'était donné la mort, nous aurions pu inculper sa famille pour le même motif ; brûler sa maison aurait été une bonne manière de replacer les choses dans leur axe.

Ti se dit que ses administrés des plaines perdues étaient bien heureux d'habiter aux marges de l'empire : on les y laissait vivre et mourir en paix, même au cas où certains membres de leur fratrie commettaient la faute impardonnable de se suicider. Ti crut percevoir dans la mince ligne oculaire de son interlocuteur ce qui s'apparentait à de la contrariété.

– Or il apparaît, pour notre plus grand déplaisir, que ce décès pourrait bien être d'origine criminelle. Vous nous direz que cela, bien sûr, c'est votre partie. J'ai cru comprendre que vous vous y connaissiez quelque peu en ces matières. La tranquillité dans laquelle nous vivons auprès du Joyau céleste nous avait jusqu'ici préservés de ce genre de désagrément. Hélas, certains détails entrevus ce matin sur les lieux de l'outrage m'ont induit à soupçonner qu'une main humaine pouvait n'être pas étrangère à l'événement.

Ti se retint de demander ce qu'il y avait vu qui l'avait tant inquiété. Le chambellan se leva de son fauteuil sous l'effet d'une froide colère. Il dressa vers le ciel un index noueux et sec, doté d'un ongle d'une longueur peu commune :

– Si le fait de mourir dans la proximité de Sa Majesté constitue le signe patent d'une légèreté scandaleuse, y provoquer la mort d'autrui est la marque d'un indubitable manque de tact. Autant dire une insulte envers le Dragon et tous les siens. Plus encore : une faute de goût. Nous comptons sur vous pour découvrir le responsable de cette grossièreté. Votre enquête évitera à une centaine de personnes de subir le châtiment de leur inconséquence.

Ti préféra ne pas imaginer quel pouvait être le châtiment d'un coupable après avoir entendu la liste de ceux destinés aux innocents.

– Certains auraient été partisans d'envoyer tout ce monde au billot sans tergiverser. Il s'est trouvé des âmes sensibles pour plaider la cause de la cuisine numéro 4. Par ailleurs, nos généraux apprécient certains plats qu'on y prépare, il leur déplairait de perdre deux ou trois pâtissiers dans le lot, des bienheureux qui, par leurs efforts, ont su charmer les papilles de l'état-major. Au reste, la perte d'une cuisine entière désorganiserait notre système dans son ensemble. Cela ne doit pas être. Nous comptons sur vous pour l'éviter. Indiquez-nous les têtes qui doivent tomber, nous nous en remettons à votre clairvoyance.

Ti saisit le fond de la pensée du chambellan : en tant qu'organisateur de l'intendance, il ne pouvait tolérer qu'un meurtre ait pour conséquence une complète anarchie dans l'un des services dont il était responsable. Il comptait sur le juge pour lui épargner un contretemps déshonorant.

L'entretien était sur le point de se conclure, son hôte allait lui faire signe de se retirer quand il se ravisa. L'arc délicat de ses sourcils blancs s'incurva juste assez pour laisser percer une trace de curiosité :

– Dites-moi, Ti… Comment se fait-il que cet événement impensable se produise précisément au moment où vous faites votre apparition chez nous ?

Ti eut envie de lui répondre qu'il ne venait pas d'apparaître : cela faisait plus d'un mois qu'on le faisait lanterner dans les cabinets ministériels. Il avait fallu qu'un crime soit commis pour qu'on se préoccupe de son sort. C'était le genre de réponse qu'il était évidemment impossible de faire à un mandarin si haut placé. Il se contenta d'exprimer sa tristesse quant à ce regrettable concours de circonstances et se retira à reculons, plié en deux.

Dans le couloir se tenait un jeune homme vêtu de la robe grise des eunuques. Il se prosterna sitôt qu'il vit le juge :

– L'insignifiant vermisseau qui rampe à vos pieds a nom Po Zhi-Xin, auguste seigneur. Mon maître m'a donné pour tâche de guider à travers notre demeure Son Excellence l'enquêteur impérial extraordinaire plénipotentiaire.

– Bien, répondit Ti. Dès que ce seigneur sera là, nous pourrons commencer.

– Que Votre Excellence veuille bien pardonner mon manque de précision, répondit l'eunuque sans changer de posture. Le secrétariat de Sa Majesté vient de vous conférer ce titre, avec rang de conseiller hors cadre assimilé à celui de mandarin du palais de première classe.

Il fallut à Ti un petit moment pour déchiffrer ce langage administratif. Voilà qui allait avoir du mal à tenir sur sa carte de visite. Il se voyait subitement à portée de tutoyer les ministres, ou peu s'en fallait. Sa Majesté ne faisait pas les choses à moitié. La punition de la moindre erreur serait-elle à la hauteur des honneurs qui pleuvaient tout à coup sur sa personne ? On attendait de lui des résultats rapides. Se pourrait-il que sa tête vînt à partager le sort des serviteurs de la cuisine numéro 4 en cas d'échec ? Mieux valait n'y pas penser.

Lorsque Ti, fatigué de s'adresser à la partie supérieure d'un crâne, eut prié le jeune monsieur Po de se remettre sur ses pieds, il put contempler la figure de son nouveau guide. Il lui trouva quelque chose de féminin qui le troubla. Sa jeunesse, la douceur de ses gestes, les aigus de sa voix… Ce n'était pas l'un de ces acteurs spécialisés dans les rôles féminins, entraînés à singer les façons des femmes. Il n'y avait rien de volontairement affecté dans sa manière d'être. Il ne jouait pas, il était parfaitement en accord avec sa nature. Il souriait beaucoup. Ce sourire était celui d'un très jeune homme, il avait même quelque chose d'enfantin. La mutilation qu'il avait subie semblait l'avoir figé dans son adolescence, comme si le temps s'était brusquement suspendu. Son développement intérieur n'avait pas suivi le cours naturel. Il avait grandi, pris l'apparence d'un homme, mais une part de lui était morte et n'avait pu évoluer : il y avait un enfant mort à l'intérieur de ce corps gracile aux larges épaules.

Po, le plus jeune secrétaire du chambellan, allait lui servir de sauf-conduit : son état lui permettait d'entrer presque partout, étant à la fois homme et femme.

– Ce qu'il y a de commode, expliqua-t-il lorsqu'ils quittèrent le pavillon, c'est que nous allons traverser le cloisonnement de la Cité interdite comme s'il n'existait pas. Cet enchevêtrement de prérogatives imbriquées, superposées, opposées va devenir immatériel.

– Sous l'effet de quelle magie ? demanda le juge.

– Sous l'effet de ma présence, répondit l'eunuque en le gratifiant une nouvelle fois de son sourire angélique.

Tandis que les deux hommes cheminaient à travers les diverses cours en direction du lieu du crime, Ti se fit expliquer le système qui permettait à chaque résidant du palais de se sustenter tout au long de la journée. Il apprit que le complexe palatial possédait quatre cuisines. Tous les employés de la cuisine numéro 4 attendaient leur éventuelle promotion à la cuisine numéro 3 et rêvaient d'accéder, un jour béni, à la cuisine numéro 1, celle dont les plats étaient directement servis à la table de l'Empereur. La cuisine numéro 2 était affectée au service de la famille impériale au sens large, princes et princesses, cousins plus ou moins éloignés, parents, alliés, concubines, tous ceux qui pouvaient se prévaloir d'un traitement de faveur étant donné leur lien plus ou moins étroit avec Leurs Majestés. La cuisine numéro 3 nourrissait les hauts fonctionnaires, ministres et conseillers, courtisans, majordomes, responsables en tous genres. La 4 alimentait la garde, les domestiques, les eunuques non gradés, le menu fretin. C'était une pyramide : la clientèle devenait moins nombreuse au fur et à mesure qu'on s'élevait dans la hiérarchie ; le degré de sophistication des préparations suivait le même mouvement. Chaque cuisine employait le même nombre de cuistots, bien que la quantité de plats à concevoir ne fût pas du tout la même de l'une à l'autre. Cela signifiait que, plus on s'approchait du trône, plus le soin apporté à la conception des mets était grand.

– Ce qui n'empêche pas notre garnison d'être la mieux nourrie de tout le pays, commenta l'eunuque. Je puis vous en parler : c'est cette même cuisine qui me ravitaille… pour le moment.

L'éclair qui passa dans le regard du jeune Po laissa entrevoir de manière fugace l'ambition qui le tenaillait, comme sans doute chaque habitant du palais, depuis les nobles aux titres ronflants jusqu'au plus humble balayeur. Combien faudrait-il de bassesses et d'intrigues pour que le charmant jeune homme qu'il avait devant lui se transformât en chambellan froid et calculateur ?

L'eunuque crut urgent de préciser en deux mots les règles régissant le personnel attaché au Fils du Ciel. Il y avait au palais toute une série de fonctionnaires. Le grand chambellan avait sous ses ordres le chef des plaisirs de la bouche, lequel commandait aux différents responsables des quatre cuisines, qui dirigeaient chacun une centaine de cuisiniers en tous genres.

Une interrogation semblait tarabuster le jeune homme. Se sentant en confiance avec le magistrat, il trouva l'audace d'exprimer ce qu'il avait sur le cœur :

– J'ai suivi votre entretien avec Son Excellence.

Puis-je demander d'où vous tirez les conclusions que vous lui avez livrées au sujet du défunt ? Comment avez-vous deviné son métier, son âge, le lieu de son travail, l'heure du décès, et le fait que le grand chambellan avait personnellement douté qu'il s'agît d'une mort naturelle, au point d'en informer le premier président de la Cour métropolitaine ?

Ti eut un petit sourire. Contrairement aux magiciens de foire, il aimait exposer les rouages de ses raisonnements lorsqu'on le sollicitait, pour l'édification de ceux que les miracles de la logique intéressaient.

– Rien de plus simple, répondit-il. Il y avait sur le parvis des ministères, quand j'y suis arrivé ce matin, un splendide palanquin de luxe. Il abritait un gros bonhomme infatué qui m'a eu tout l'air d'un haut responsable des services culinaires : il était suivi de mitrons qui portaient des marmites et du gibier. C'était votre fameux chef des plaisirs de la bouche, je suppose. Il semblait dans ses petits souliers. Par ailleurs, si le défunt avait été un prince ou un homme d'une quelconque importance, ce n'est pas le chambellan, si puissant soit-il, qui m'aurait reçu, mais le ministre lui-même, le premier secrétaire du palais ou le général commandant la garde. Une fois établi qu'il y avait un mort, puisqu'on daignait faire appel à mon humble personne, j'ai donc déduit de mes observations qu'il s'agissait d'un simple serviteur, probablement un cuisinier, ce qui expliquait qu'on eût fait appeler ce chef de la bouche à une heure où les personnes de son rang ronflent encore au fond de leur lit. L'emplacement de la cuisine concernée était facile à identifier : étant donné le sens du vent chargé de fumées odorantes et le va-et-vient des gardes chargés de surveiller tout ce petit monde en proie à la panique, je n'avais pas besoin d'un compas et d'un plan de la Cité pour me repérer. Or je venais de croiser une femme en pleurs qui se dirigeait précisément dans cette direction ; elle m'a paru âgée d'une grosse quarantaine d'années. J'en ai conclu que le mort – son mari ? – devait en avoir à peu près cinquante. Le décès ne pouvait être survenu qu'à l'heure du dragon, ainsi que je l'ai dit : s'il s'était produit hier soir, on n'aurait pas mis tant de temps à découvrir le corps, il y a des rondes régulières, et je suppose que les grandes cuisines sont fermées pour la nuit. Elles doivent rouvrir au petit matin, pour le premier riz. Le lieu d'un meurtre est comme le cadavre lui-même : il évolue très vite. Vu l'état de l'agitation ambiante, la découverte du drame datait d'environ une heure, une heure et demie tout au plus. L'heure du dragon, décidément. Le ton que le chambellan avait employé pour m'indiquer que « certaines personnes » avaient cru devoir faire appel à mes talents m'a clairement fait comprendre qu'il parlait de lui-même. En bon conseiller impérial, il a l'habitude de masquer ses propres choix derrière de prétendues décisions collectives, pour se mettre à couvert au cas où des difficultés surgiraient. En réalité, il s'était écoulé trop peu de temps pour qu'on ait pu organiser des conférences à mon sujet. Il fallait donc qu'il ait lui-même contemplé le cadavre – et je ne doute pas qu'il soit assez intelligent pour en tirer les conclusions qui l'ont décidé à s'en remettre au plus vite à un expert dans ces questions. Il y avait des serviteurs en livrée dans le hall de la Cour métropolitaine : cela signifiait que le premier président était présent dans son bureau. De là à penser qu'il constituait le lien entre le chambellan et le choix d'employer ma modeste personne, il n'y avait qu'un pas. Voilà.

Le jeune Po contemplait le juge avec des yeux ronds. Sur ses traits s'était dessinée petit à petit l'expression qu'il aurait eue si un bonze lui avait révélé les mystères de l'Illumination avec les mêmes mots qu'on emploie pour décrire le temps qu'il fait.

V

Le juge Ti visite des parties cachées de la Cité interdite ; il cause de l'émoi à sa mère.

Ti et son compagnon s'arrêtèrent devant un long bâtiment dont les cheminées fumaient abondamment. Po l'avait conduit sur les lieux où travaillait le défunt. Il poussa la porte et s'écarta pour laisser entrer le visiteur, puis se planta sur le seuil :

– Je vous amène l'enquêteur impérial extraordinaire plénipotentiaire, Son Excellence Ti Jen-tsie ! clama-t-il de façon à couvrir le brouhaha ambiant.

L'ensemble du personnel se figea. Il y eut un bruit de casseroles et d'ustensiles qu'on se hâtait de poser. Puis tout ce petit monde de mitrons et de plongeurs se prosterna entre les tables, comme si l'Empereur en personne était apparu dans la cuisine. Ti devina que ce n'était pas tant devant sa petite dignité de magistrat provincial de sixième rang qu'on s'inclinait, mais devant l'homme qui tenait le sort de chacun entre ses mains.

– Ces pauvres gens n'ont que moi pour les sauver, murmura-t-il.

– Pas précisément, répondit Po. Le personnel n'espère pas avoir la vie sauve, mais bénéficier d'une mort rapide, exempte de tortures, en dépit de la faute impardonnable qui s'est commise ici.

Les bourreaux de Chang-an étaient particulièrement renommés. Une condamnation pour crime de lèse-majesté allait constituer un défi à leur savoir-faire : nul doute qu'ils verraient là l'occasion de montrer leur fidélité à leur maître en déployant l'éventail complet de leurs talents. Ti, qui avait dû assister à un certain nombre d'exécutions décrétées par lui-même, imagina non sans horreur de quoi pouvaient être capables ces virtuoses en matière de sévices, d'après ce qu'il avait vu chez leurs collègues de province. On les recrutait sur leurs compétences, c'est-à-dire leur aptitude à faire souffrir le condamné le plus longtemps possible. Ce n'était pas là l'aspect de la justice qu'il appréciait le plus. Pour sa part, un bon coup de massue derrière la nuque, assené dans un coin sombre, aurait suffi à le satisfaire. Il avait toujours douté de l'effet d'exemplarité qui justifiait officiellement les châtiments publics. Il n'avait pas constaté que la délinquance se relâchât après ces cérémonies sanglantes, loin de là. Où était la dissuasion attendue ? Il savait en revanche que ces meurtres légaux et autres boucheries humaines à ciel ouvert constituaient un spectacle fort prisé par la populace. Une sorte de réjouissance générale offerte par l'Empereur à ses bons sujets. L'expression « vengeance publique » lui aurait paru mieux appropriée. Il avait espéré que sa nouvelle position de conseiller impérial le dispenserait désormais d'appliquer cette partie du code, et constatait avec effroi que sa situation avait au contraire empiré : au lieu d'avoir en charge le sort des coupables, on lui confiait celui des innocents !

La cuisine numéro 4 était une vaste salle remplie de fourneaux, sur lesquels chauffaient des marmites de toutes tailles. L'ensemble était impeccablement propre, depuis la tenue des cuistots jusqu'aux murs blanchis à la chaux de haut en bas.

– Ils ont tout briqué en prévision de mon inspection ? demanda Ti.

L'eunuque s'étonna :

– Votre Excellence fait-elle allusion à cette porcherie répugnante ? Je suis indigné. Comment ces chiens osent-ils se présenter à Votre Excellence au milieu d'un tel cloaque ? Il conviendrait de faire fouetter tout le monde. Ces scélérats savent bien que cela ne sera pas possible : les gardes attendent leur repas, et ils ne sont bons à rien l'estomac vide.

Il désigna du bout de son chausson deux fanes de légumes qui traînaient dans un coin et posa le doigt sur un bord de marmite qui n'était pas d'une netteté absolue. Ti se dit que le saint des saints du temple de Confucius ne devait pas être plus immaculé que cet endroit.

Le chef de la cuisine numéro 4 fit quelques pas pour venir se prosterner devant le puissant visiteur.

– Nous supplions Votre Excellence de bien vouloir pardonner l'affront qui lui a été fait. Jamais en temps normal nous ne nous serions permis de la déranger au milieu des hautes occupations qui sont les siennes.

Ti savoura ce discours, plus délicieux à ses oreilles que tous les mets que pouvait préparer cette centaine d'hommes apeurés.

– L'écart de conduite du cuisinier Gu remplit de honte notre groupe tout entier, reprit le chef de la cuisine, dont Ti n'avait toujours pas vu le visage. Seule la mort saura effacer cette tache indélébile.

Ti désirait examiner le lieu où l'on avait trouvé le cadavre. Po lui fit contourner le bâtiment, en s'excusant par avance de conduire un si haut personnage dans un lieu si peu fait pour sa grandeur. Il s'agissait des latrines. On en avait barré l'entrée à l'aide d'un ruban de papier tamponné par la Cour métropolitaine. Un garde muni d'une lance s'inclina à leur arrivée.

Ils pénétrèrent dans un couloir étiré, le long duquel courait une planche garnie de trous. Près de l'entrée étaient posés des seaux destinés à l'hygiène et des rameaux, dont on arrachait des feuilles pour se nettoyer. Ti constata avec satisfaction que nul n'avait déplacé le corps, qui gisait sur le sol, face contre terre : ses collègues du ministère connaissaient au moins les bases du travail d'enquêteur. La première impression était que le cuisinier Gu avait succombé à une brusque crise d'apoplexie, si foudroyante qu'il n'avait pas eu le temps d'appeler à l'aide et avait poussé son dernier soupir dans ces lieux peu flatteurs. Un examen plus approfondi permettait néanmoins de dégager les incohérences de cette hypothèse.

Sa culotte n'était pas baissée, sa veste toujours nouée : il n'était pas venu là pour soulager un besoin naturel. Les doigts de sa main droite étaient serrés sur le manche d'une cuillère mouillée de salive. Il avait donc tenté de se faire vomir, comme s'il avait ressenti une brusque et insupportable brûlure à l'estomac. Ti tâta le col de sa tunique : il était humide. Le cuisinier avait eu le temps d'accomplir un certain nombre d'actions, dont celle de se rendre ici et de s'humecter la face ou d'avaler de l'eau. Dans ce cas, pourquoi n'avait-il pas appelé à l'aide ? Peut-être parce qu'il savait pertinemment ce qui lui arrivait et avait bien conscience que nul ne pourrait rien pour lui. Pire : peut-être même craignait-il que le collègue qui entendrait ses appels ne fût animé de mauvaises intentions à son égard. S'il avait été empoisonné, il y avait de fortes chances pour que cela ait été le fait d'un de ses camarades.

Ti éprouva soudain de l'admiration pour le grand chambellan. Le vieil homme n'occupait pas son poste par hasard. Bien qu'il ne fût pas magistrat, encore moins inspecteur de terrain, le manque de logique de ce spectacle lui avait sauté aux yeux. Sans doute l'habitude de décrypter les attitudes des uns et des autres, à l'intérieur de ce marigot palatial, l'avait-elle formé à ne pas se fier aux apparences.

L'idée du poison mettait Ti mal à l'aise. Quoi de plus inquiétant, à l'intérieur d'une cuisine collective ? Il comprenait mieux qu'on eût fait appel à lui pour résoudre ce problème en toute hâte. Il comprenait aussi pourquoi le chambellan entrevoyait avec autant de sérénité l'éventualité d'exécuter tout le monde : c'était le moyen radical d'éliminer l'empoisonneur qui avait pu s'introduire entre leurs murs.

Ti remarqua que les feuilles mises à la disposition des cuisiniers étaient choisies pour être larges et couvrantes. Il s'agissait d'éviter que la main du serviteur chargé de la confection des plats n'entre en contact avec les excréments.

– Je vois qu'on a pris la précaution de poster un garde après la découverte du décès, nota-t-il.

– Il est là en permanence, le détrompa l'eunuque. Il a pour tâche de vérifier que les cuisiniers utilisent les feuilles et se nettoient soigneusement dans le seau que vous voyez là, dont l'eau est renouvelée à chaque heure. Leur propreté doit être impeccable. Outre qu'un manque d'hygiène aurait de quoi dégoûter ceux qu'ils nourrissent, il faut absolument éviter que des maladies ne se répandent chez le personnel de la Cité. On a pu observer que les démons qui provoquent les indispositions n'ont qu'un faible respect pour la personne sacrée de l'Empereur. Il est déjà arrivé que des épidémies commettent le sacrilège de traverser les murs de la dernière enceinte pour s'attaquer à l'entourage de Sa Majesté. Par ailleurs, les courtisans redoutent qu'un mal, même temporaire, ne les éloigne du Dragon. Tomber malade serait une erreur, et on leur pardonnerait difficilement d'avoir fait courir un risque à la santé du Fils du Ciel.

Les deux hommes longeaient l'un de ces murs interminables qui découpaient le domaine, lorsqu'ils entendirent de la musique et des chants dont le son, assourdi par la muraille, paraissait plus lointain qu'il ne devait l'être en réalité. L'eunuque s'immobilisa, l'oreille aux aguets :

– Entendez-vous ? Ce sont les musiciens de l'Impératrice. Elle est là, juste derrière cette cloison.

Il toucha les briques avec le même respect que pour la main dorée d'un bouddha offert à l'adoration des fidèles. Il s'était mis à chuchoter, comme si dame Wu avait risqué de l'entendre. Cette proximité avec l'une des deux personnes les plus importantes de cette cité, de cet empire, du monde l'émouvait. Il avait beau avoir passé la plus grande partie de sa vie en ces lieux, il ne s'était pas habitué à ce petit miracle. Tout à coup, au hasard d'un tournant, il pouvait se trouver à deux pas de la famille sacrée, qui n'avait par ailleurs aucune idée de sa présence ou même de son existence. Il était comme un piéton qui s'arrête subitement au milieu d'un pont pour admirer un paysage superbe dont la permanence ne parvient pas à le lasser ; sinon que, ici, le paysage était pratiquement invisible, immatériel. On ne pouvait que le deviner, la musique le suggérait à la manière dont le parfum signale la rose. Sa vie, son être même étaient définis en fonction de personnes qu'il ne rencontrait jamais, à qui il n'avait aucune chance d'adresser un jour la parole, et qui ignoraient tout de lui. Il y avait en cela quelque chose de religieux, un amour mystique, irraisonné, sur lequel se fondait la cohérence de cet univers artificiel. Après tout, qui lui assurait que cette famille existait bel et bien ? Qu'il y avait quelque part un empereur et que sa vie n'était pas bâtie sur une illusion ?

Il paraissait fasciné par cette mélopée si ténue qu'on la percevait à peine.

– C'est la plus belle musique du monde, n'est-ce pas ?

Ti acquiesça poliment. En réalité, l'effet qu'elle produisait sur cet homme l'intéressait beaucoup plus que le son lui-même. Po Zhi-Xin sembla soudain se souvenir que son service auprès de Leurs Majestés exigeait qu'ils se remettent en route sans tarder. Ti fut certain que les pieds du jeune homme ne touchaient plus tout à fait le sol.

Le magistrat décida de profiter de son nouveau statut pour voir s'il n'était pas possible de récupérer un peu de ces liquidités qui lui faisaient si cruellement défaut. N'avait-on pas prévu une dotation pour faciliter ses investigations ? On aurait pu s'étonner qu'il réclamât des subsides pour enquêter dans un lieu clos où l'argent n'avait pas cours. Il n'était plus dans ces faubourgs crasseux où le moindre renseignement se monnayait auprès d'indicateurs véreux, voleurs à la tire et filles légères. Le plus humble habitant du périmètre impérial se ferait un devoir de lui répondre afin de plaire à sa hiérarchie, au sommet de laquelle trônait un véritable dieu vivant. Po avait une mine navrée :

– Je suis désolé que Votre Excellence ait à se préoccuper de ces détails. Si vous voulez bien me suivre jusqu'à l'économat, nous allons faire en sorte que votre esprit se dégage des vils soucis matériels.

Cette réponse sonna agréablement aux oreilles du magistrat. Il tenta d'évaluer à quelle hauteur on allait le « dégager des vils soucis matériels ». Son imagination lui présenta la vision plaisante d'un coffret rempli de pièces d'argent fraîchement estampillées par la Monnaie.

Po le conduisit dans un bâtiment muni de barreaux, au porche bien gardé. Il aborda un fonctionnaire, à qui il glissa un mot de l'inconséquence qui lui avait fait omettre de fournir à Son Excellence les fonds indispensables à sa mission. Le trésorier échangea avec le jeune homme un hochement de tête entendu et disparut dans l'intérieur de l'édifice.

L'employé des finances revint avec un plateau sur lequel était posée une pile de lingots d'or qu'il lui remit en formulant l'espoir que cela couvrirait les premiers frais. Il fallut au juge un moment pour détacher ses yeux de cette vision merveilleuse. La somme était à l'égal du lieu où il se trouvait : impériale. C'était le pays du tout ou rien. À partir du moment où l'on avait décidé de l'employer, il n'était pas question de donner dans la médiocrité.

– Et maintenant, dit l'eunuque, il est temps pour Votre Excellence d'annoncer la grande nouvelle à vos parents et épouses. Vous reviendrez après le déjeuner.

Il l'accompagna jusqu'à un palanquin richement paré, qu'escortaient une dizaine de soldats en grand uniforme de la garde.

– Est-ce bien nécessaire ? demanda le juge, qui n'avait pas l'habitude des déploiements de fastes militaires.

– Votre Excellence a rang de mandarin du palais de première classe. Il est impossible de vous laisser circuler en ville comme un simple quidam, cela constituerait une offense envers le corps auquel vous appartenez. Encore avons-nous réduit l'apparat au strict minimum dans un souci d'efficacité. Les tambours, les porte-étendards et les crieurs ne m'ont pas paru indispensables.

Ce souci d'efficacité n'allait pas jusqu'à conférer à ses déplacements la discrétion qui aurait convenu à ses investigations. Lorsque le portier de la demeure familiale vit arriver cet appareil bruyant qui emplissait la rue, il ouvrit de grands yeux et s'enfuit comme s'il avait croisé un diable velu par une nuit sans lune. Les gardes impériaux aux casques de cuivre ornés de plumes se chargèrent d'ouvrir le portail. Le palanquin et sa troupe pénétrèrent dans la cour avec un fort cliquetis de métal. Tout le monde se mit aux fenêtres. Madame mère sortit sur le perron en compagnie de son portier, qui lui indiquait du doigt la scène, pour preuve qu'il ne délirait pas. Elle vit un grand gaillard en uniforme rouge et or s'incliner devant elle, tandis que deux autres aidaient son fils à s'extraire du palanquin aux couleurs de la maison impériale. Le premier mouvement de Ti fut d'aller la saluer :

– Pardonnez ce dérangement, dit-il, je n'ai pu faire autrement.

– Je savais qu'on allait rendre hommage à tes mérites, répondit-elle d'une voix où tout étonnement ou admiration avaient déjà disparu pour laisser place à la simple constatation d'un fait qui lui semblait dans la nature des choses.

Elle regarda la petite troupe quitter sa maison, soucieuse de ne pas perdre une miette de ce spectacle délicieux. Le regard qu'elle jeta ensuite à son personnel interloqué signifiait : « Eh bien ! Ne saviez-vous pas que vous apparteniez à un clan de la première importance ? » Puis elle rentra dans ses appartements d'un pas de duchesse qui n'aurait pas été différent si ce genre d'événement s'était produit chaque jour.

Ti s'en fut trouver sa Première, à qui il remit les pesants lingots :

– Voilà. Nous allons pouvoir déménager sans plus attendre.

Madame Première jeta au monceau d'or un regard imperturbable.

– C'est hélas impossible, répondit-elle. Je ne peux m'éloigner de cet endroit pour le moment. Vous savez bien ce qui m'y retient.

Il fallut un instant au juge Ti pour comprendre ce que sa Première venait de sous-entendre. Elle désirait poursuivre sa petite enquête au sujet de la succession. Elle détenait enfin quelque chose contre sa belle-mère, elle avait détecté une faille dans cette muraille impénétrable, et n'allait pas troquer sa vengeance contre un fragment d'or, si lourd fût-il. Ti jugea qu'elle n'était pas loin de valoir sa génitrice dans l'exercice des bons sentiments.

– Avez-vous remarqué que votre mère se fâche invariablement, dès qu'on insiste un peu pour lui parler de feu son époux ? demanda-t-elle en lui servant une tasse de thé.

À présent que leur situation financière s'était améliorée, ces dissensions familiales commençaient à agacer le magistrat :

– N'est-ce pas compréhensible, rétorqua-t-il, s'il l'a ruinée par une gestion de leurs biens qui n'avait rien de raisonnable ? Quelle tête feriez-vous si j'en usais de même ?

Elle se garda de répondre qu'elle avait vécu jusque-là dans une simplicité touchant au dénuement, qui ôtait à cette hypothèse toute chance de se produire.

Le déménagement fut donc remis à une date indéfinie. Au reste, les yeux émerveillés avec lesquels dame mère le contempla au cours du déjeuner suggéraient qu'elle n'avait nulle intention de le laisser partir, à présent qu'il couvrait d'honneur la demeure ancestrale.

Il lui faudrait déménager à la cloche de bois, ou passer sur le corps de sa chère maman. Cette vision des choses était d'ailleurs partagée par tout le monde. Il constata que les domestiques le servaient désormais comme s'il avait été quelque très haut personnage en visite.

À peine eut-il posé ses baguettes que le palanquin du palais et son escorte revinrent le chercher pour le ramener sur les lieux de son enquête. Dame Lin décida d'en profiter pour faire avancer la sienne.

VI

Madame Première visite un jardin de pierre ; elle découvre un curieux poème.

Madame Première alla prévenir dame mère qu'elle lui empruntait son cuisinier pour la journée, au motif qu'elle avait besoin d'un serviteur durant ses courses. Il n'était pas séant qu'une personne de son rang sortît seule.

– Pourquoi ce vieux tout décati ? s'étonna sa belle-mère sur un ton qui n'était pas dénué de suspicion.

– Il me rappelle les heureuses années que j'ai passées auprès de vous, répondit l'épouse du magistrat avec un sourire attendri.

En réalité, elle voulait quelqu'un qui eût assisté aux funérailles. Dame mère haussa les sourcils : elle ignorait que sa bru fût si sentimentale, tout comme elle ignorait que son séjour entre ces murs lui eût laissé un si bon souvenir. Ce n'était cependant pas la première fois que les faits et gestes de cette évaporée lui échappaient totalement. Aussi lui souhaita-t-elle un bon après-midi et retourna-t-elle à la direction des travaux de couture de ses servantes, qui, elles, ne s'enfuyaient pas pour courir la ville en compagnie de domestiques cacochymes. Elle se contenta de ranger dans un coin de sa mémoire qu'il faudrait avoir une petite discussion avec son fils à ce sujet. Laisser ses épouses batifoler hors de contrôle convenait peut-être à la vie en province ; dans la capitale, c'était une marque d'inconséquence. Chang-an était pleine de godelureaux qui avaient pour passe-temps principal de déshonorer les noms des meilleures familles, et dame Lin ne lui semblait pas assez fripée pour aller et venir ainsi à sa guise.

Le vieux cuisinier de la maison se rappelait fort bien le nom et l'adresse du service de pompes funèbres qui s'était occupé d'inhumer son maître, dix ans plus tôt. C'était ce même établissement qu'on employait pour conduire les serviteurs à leur dernière demeure, ce qui ne laissa pas de déconcerter madame Première.

Le quartier en question était excentré. Une enseigne qui aurait eu besoin d'un coup de neuf pendait sur une façade défraîchie. Le tout était sans prétention aucune. Elle constata avec surprise qu'on avait bien fait appel à une entreprise aux tarifs économiques, et non à la première de la ville. Elle vit là un signe supplémentaire de mauvaise entente entre les époux : la veuve avait voulu punir son mari par des funérailles de deuxième ordre, pour ainsi dire médiocres. Si ruiné qu'on soit, on préférait d'ordinaire se saigner aux quatre veines plutôt que de risquer le déshonneur avec une cérémonie miteuse.

L'intérieur de l'établissement tenait à la fois de la pagode et de l'épicerie. Un gros bouddha doré trônait au fond de la pièce, dans un brouillard d'encens, tandis qu'une multitude d'articles tels que crécelles funèbres, tablettes à inscriptions en bois précieux et plumeaux à repousser les démons de toutes les tailles garnissaient des étagères. Un employé vint à sa rencontre. Elle ne portait pas le deuil blanc, aussi en tira-t-il des conclusions logiques :

– Notre honorable cliente souhaite sans doute acquérir un cercueil ? C'est pour offrir[1] ? À une parente âgée, peut-être ? Nous avons ce mois-ci une excellente promotion sur le bois de cèdre teinté. Nous emballons pour les cadeaux, et la livraison est offerte dans les limites des fortifications. Je me permets de recommander à madame les laques noires, très prisées de notre clientèle. Moyennant un modeste supplément, on peut inscrire le nom du destinataire sur le couvercle en lettres d'or. Cela fait un effet merveilleux dans les pièces de réception. Les coussins de soie existent en dix teintes et sont disponibles sous vingt-quatre heures.

Madame Première songea qu'elle aurait volontiers offert ce genre de présent à la mère de son mari, à condition qu'elle promette de l'utiliser dans l'année.

– Je suis la belle-fille de Mme Ti, la veuve d'un conseiller d'État qui a profité de vos services il y a dix ans. J'espérais rencontrer quelqu'un qui se souvienne de ces funérailles.

Par une chance merveilleuse, on s'en souvenait. Le standing de l'établissement était trop modeste pour lui procurer une vaste clientèle de mandarins. Le fait d'avoir eu à enterrer autre chose qu'un boutiquier avait retenu l'attention du personnel.

– La veuve Ti… Bien entendu ! Charmante femme, vraiment très digne dans son malheur. Sa douleur faisait peine à voir.

1. Il était fréquent d'acheter son cercueil de son vivant pour s'assurer d'être enterré décemment. On pouvait alors l'exposer pour le faire admirer par les visiteurs. C'était aussi un cadeau très apprécié.

Madame Première se demanda s'ils parlaient bien de la même personne. Elle se dit qu'il devait s'agir d'un discours convenu, indifféremment applicable à toutes les veuves forcément éplorées. Elle voulut savoir si l'on avait remarqué quelque chose de particulier en ce qui concernait le défunt.

L'employé répondit que cela leur aurait été difficile. Le corps n'avait pas été exposé durant les trois jours rituels. La cliente avait expliqué qu'il n'était pas montrable, en raison d'un fâcheux rictus qui déformait ses traits. Le cercueil était resté scellé durant toute la période précédant l'inhumation.

« Ainsi donc, songea madame Première, le cadavre aurait pu être dans un état effroyable, personne ne s'en serait aperçu. » La veuve avait eu le loisir de le larder de coups de couteau, de le hacher menu ; la seule complicité de quelques fidèles domestiques suffisait à camoufler le forfait.

Il y avait dans ce souvenir des employés quelque chose d'étonnant.

– Excusez-moi, dit-elle, mais, si cet enterrement n'avait rien de spécial, comment se fait-il que vous ayez gardé en tête pareils détails ? Vous avez dû vous occuper de centaines de gens depuis lors.

L'employé des pompes funèbres eut un sourire rétrospectif :

– Nous avons moins la mémoire des cérémonies que des pourboires. Or votre chère belle-mère s'est montrée particulièrement généreuse envers nous. Pour cette raison, elle a droit à notre reconnaissance éternelle, qui n'est pas un vain mot.

Une telle dilapidation de ses deniers ne cadrait guère avec le personnage.

– Nous parlons bien de la veuve Ti, qui habite une

vieille demeure patricienne, dans le quartier de Sérénité perpétuelle ?

Le croque-mort fronça légèrement les sourcils pour se rappeler :

– Oui, oui. Nous avons conduit son mari au cimetière de l'Immuable Transcendance, à l'ouest de la ville. Mon commis peut vous y mener, si vous souhaitez présenter vos respects à feu votre beau-père.

Madame Première et son cuisinier remontèrent dans leurs chaises de louage, dont les porteurs furent priés de suivre le petit coursier jusqu'à la nécropole. Ils franchirent les murs de la cité, longèrent une interminable allée que bordaient des commerces liés au dernier sommeil : marchands d'encens, de plaquettes funéraires, fossoyeurs à l'affût des clients, mouleurs de terres cuites à l'effigie de danseuses ou de musiciennes, chargées de tenir compagnie dans l'au-delà. Après avoir traversé une porte ornementale très ouvragée, aux motifs de phénix, qui marquait symboliquement l'entrée dans le monde des morts, ils parcoururent un petit bois parsemé de monuments, jusqu'à l'emplacement que le patron avait désigné au gamin. L'épouse du magistrat déposa quelques sapèques dans la main de ce dernier et le renvoya.

L'enclos de l'Immuable Transcendance était à l'image de ces cimetières traditionnels, où les tombes des nobles et des riches se signalaient par des édicules en pierre reproduisant des stupas ou des pagodes en réduction. Ceux qui espéraient des visites fréquentes s'étaient offert des tables de pierre, où leurs parents pouvaient déposer leurs offrandes. Sur des stèles en marbre blanc étaient gravés des textes relatant la vie et les mérites des défunts : un tel avait présidé la guilde de sa corporation, une autre avait donné le jour à quinze enfants. Certaines familles avaient eu à cœur de planter autour de la tombe de petits arbustes verdoyants. Il y avait des miniatures de maisons très colorées, surmontées de vrais toits de tuiles et contenant de petits meubles qu'on pouvait voir à travers les fenêtres : lits, coffres, paravents, et même des chambres d'amis pour permettre à la vie sociale de se perpétuer dans l'au-delà. On trouvait aussi de simples colonnes, plus ou moins compliquées, qui faisaient comme une forêt de granit à l'intérieur de la forêt végétale. Les plus superstitieux avaient placé leur repos éternel sous la garde de quelque animal, réel ou fantastique, lion, chien, dragon, chimère, qui peuplaient ce curieux paysage d'un bestiaire pétrifié, rugissant, grimaçant, ou tout bonnement placide. Madame Première avait toujours aimé ces sortes d'endroits, qui exprimaient moins, à ses yeux, la triste immobilité de la mort que l'orgueil et le souci d'éternité de ceux qui avaient ouvert en grand leur bourse pour forger le paysage à l'image de leurs ambitions. Rien, même le trépas, et surtout pas cela, ne devait démentir la vision qu'ils se faisaient de leur existence, de son sens, de sa vocation ; leur demeure éternelle devait être aussi luxueuse que celle qu'ils avaient occupée jusqu'alors, et peut-être davantage si possible.

Quant au monument funéraire de Ti père, madame Première aurait pu croire qu'on s'était trompé tant il était dépouillé. Pourtant, une figurine en terre cuite, identique à celles qui ornaient le fronton de la demeure familiale, avait été posée sur le tumulus, presque par hasard, comme si ceux qui avaient conduit là le défunt avaient oublié de remporter leur matériel une fois les bénédictions accomplies. C'était un gros rongeur tenant une noix entre ses pattes avant, symbole emblématique des Ti, assez peu martial, en fait. Elle avait toujours soupçonné sa belle-famille de n'être pas issue, ainsi qu'elle le prétendait, d'une longue lignée de guerriers s'étant illustrés dans toutes les campagnes de l'empire depuis l'aube de sa fondation. La bonhomie de leurs traits lui évoquait plutôt d'anciens serviteurs affranchis et enrichis, dont les rejetons avaient saisi l'occasion de se lancer dans des carrières administratives plus ou moins brillantes. Le symbole du gros rat à la noisette donnait corps à cette hypothèse.

Ainsi donc, hormis l'œuvre d'art à deux ligatures de sapèques[1], la tombe du patriarche était sans fioritures. Si généreuse la veuve ait-elle été envers ceux qui enterraient le cher disparu, elle avait apporté un moindre soin à l'agencement de sa dernière demeure. Tous ses efforts étaient allés à museler ceux qui la débarrassaient du cadavre, et elle avait parfaitement réussi en cela, puisque les émoluments qu'elle leur avait versés étaient tout ce qu'ils se rappelaient de l'événement. Elle s'était en revanche peu souciée de décorer un endroit où nul ne se rendrait jamais, sauf peut-être pour la fête annuelle des morts, à l'occasion de laquelle il était d'usage de venir pique-niquer sur les lieux où reposaient les êtres chers pour leur faire partager, l'espace d'un jour, les usages des vivants, cette vie dont un événement fâcheux les avait brutalement coupés.

Les herbes folles avaient depuis longtemps envahi la motte de terre sous laquelle gisait le beau-père. On ne pouvait pas dire que la veuve eût fait de sa visite au gisant un pèlerinage hebdomadaire. À vrai dire, madame Première doutait qu'elle y fût jamais revenue.

1. Les sapèques, monnaies de cuivre sans grande valeur, étaient percées et liées entre elles par une cordelette.

L'endroit respirait l'abandon, pour ne pas dire le rejet et l'oubli.

– Voici donc ce qu'on reçoit, lorsqu'on a passé ses dernières années à décevoir les siens, murmura-t-elle.

N'ayant pas prévu la visite, elle n'avait pas apporté d'offrande. Elle fouilla dans sa manche, en tira quelques friandises enveloppées dans un papier de couleur, et les déposa sur le tumulus.

Le vieux cuisinier entama à mi-voix une prière pour le repos des âmes. Il ne semblait pas partager le désintérêt général envers celui qui les contemplait depuis l'intérieur de la terre ; sans doute n'avait-il pour sa part rien à lui reprocher. Le disparu ne l'avait pas trompé, ni ruiné. N'ayant jamais rien possédé, il n'avait rien perdu par sa faute. Le conseiller impérial n'avait entretenu avec ses domestiques que de lointains rapports, laissant à son épouse la tâche de distribuer ordres, menaces et réprimandes ; aussi était-il normal qu'il figurât, jusqu'après sa mort, comme le maître bonnasse et paternaliste dont il avait joué le rôle avec complaisance sa vie durant. Dame Lin n'était pas sûre que ce même cuisinier aurait grande envie d'aller se recueillir sur la tombe de sa maîtresse, lorsque celle-ci ne serait plus en état de lui présenter ses observations sur la qualité des plats ; encore qu'il fût difficile de présumer des sentiments animant un serviteur qui avait toujours vécu dans la maison, et pour qui ses employeurs étaient devenus une seconde famille.

Tandis qu'elle attendait patiemment qu'il eût fini les litanies, qui seules donnaient à leur présence un air de piété filiale, le regard de madame Première tomba sur un objet dont la présence lui avait échappé. Il disparaissait presque entièrement sous les feuilles qui s'étaient accumulées au fil des saisons. Elle les écarta et découvrit une minuscule chapelle en bois, dont la peinture s'était écaillée sous l'effet des intempéries. C'était une sorte de petit coffret à ouverture verticale, percé de deux portes. L'ayant saisi, elle en fit jouer les charnières, qui tournèrent en crissant. Ses doigts rencontrèrent, à l'intérieur, un emballage de papier huilé résistant à la pluie. Il contenait un morceau de parchemin plié en huit, qu'elle défroissa avec soin. La main d'un lettré y avait soigneusement tracé les caractères d'un poème :

« À celle qui m'a chassé de cette existence,
  puissé-je pardonner.
Aux nouveaux rameaux, je confie le soin de ma mémoire.
Sous les rosiers sont enfouies les racines de mon affliction.
Quand ils refleuriront, je trouverai enfin la paix. »

Madame Première resta perplexe. Elle avait tout à fait ignoré que son beau-père fût amateur de poésie au point de faire déposer pareil texte sur sa tombe. Elle ne parvenait pas à situer le recueil dont celui-ci était extrait.

Une autre explication la frappa. Son visage s'éclaira sous l'effet d'une soudaine félicité. Elle faillit éclater de rire, comme si l'on venait de lui raconter l'anecdote la plus drôle qu'elle eût jamais entendue. Pour un peu, elle aurait sauté sur place à la manière d'une petite fille. La jubilation qui l'habitait la rajeunissait de trente ans.

Ce qu'elle tenait entre les mains n'était autre que la preuve absolue de ce qu'elle soupçonnait depuis le début. Une personne inconnue, qui savait tout, avait écrit un message codé dans lequel elle accusait la veuve d'avoir expédié son époux « sous les rosiers ».

Le cuisinier interrompit un instant ses litanies pour jeter un regard d'incompréhension à la jeune maîtresse, qui trépignait à ses côtés comme si elle avait éprouvé une envie pressante. Elle fit un geste signifiant que tout allait bien et tâcha de se concentrer, tandis que le serviteur reprenait ses prières. Elle aurait aimé disposer d'une ou deux têtes supplémentaires pour l'aider à déchiffrer le poème. Elle sentait confusément que ces mots recelaient un sens caché qui accusait directement la veuve. De quels rosiers parlait-on ? Pourquoi devaient-ils refleurir ? À sa connaissance, son beau-père se préoccupait encore moins de jardinage que de littérature.

Madame Ti fourra le petit parchemin dans sa manche. Elle joignit les mains et s'inclina devant la tombe, moins pour saluer l'âme de celui qui y dormait que pour rendre grâce à l'inconnu qui avait pris soin de lui laisser un indice précieux. L'esprit tout occupé de cette énigme, elle s'éloigna en direction des chaises à porteurs qui attendaient un peu plus loin, où le cuisinier la rattrapa lorsqu'il se fut aperçu qu'elle l'avait oublié.

Elle ne vit rien du trajet du retour qui la conduisit entre les arbres centenaires, les stèles votives et les stupas, sous le porche monumental aux phénix, le long de l'allée des commerces funéraires, à travers la muraille de la cité, dans les avenues populeuses fourmillant encore de marchands et de badauds en cette fin d'après-midi, pour l'amener enfin devant la demeure ancestrale des Ti, où elle s'engouffra comme une poupée privée de conscience, laissant au cuisinier le soin de dédommager les porteurs de leur peine.

Elle franchit le seuil, toute à ses pensées, sans que les deux rosiers plantés de part et d'autre lui fissent plus d'impression que deux taches de couleur dans un décor indéfini. Elle avait en tête une idée qui l'occupait tout entière.

Une servante lui apprit que sa belle-mère était en train de surveiller l'arrivée des commissions dans les cuisines, où elle pestait contre l'absence de son cuisinier. Ce dernier fila de ce côté sans perdre de temps. Madame Première retint la servante par la manche.

– J'ai besoin d'un renseignement, dit-elle, provoquant sur le visage de la petite bonne femme la même expression d'angoisse que si elle lui avait déclaré que tout le personnel allait passer entre les mains des grands inquisiteurs impériaux.

– Oui, maîtresse ? répondit la malheureuse, apeurée.

– Qu'a-t-on fait des objets personnels de ton maître lorsqu'il est mort ?

– La maîtresse nous les a fait remiser avec précaution dans un lieu où ils ne risquaient pas d'être abîmés ; une salle où il lui est facile de venir se recueillir lorsqu'elle éprouve le besoin de communier avec l'esprit de notre défunt maître.

– Elle a fait aménager une chapelle à sa mémoire ? s'étonna la bru.

Elle se fit conduire à la pièce en question. La servante la guida jusqu'au fond de la demeure, un endroit où l'on entreposait les meubles d'appoint. On l'atteignait après avoir traversé la lingerie et le garde-manger où étaient remisés les sacs de graines et d'autres aliments secs. Elle s'arrêta devant ce que dame Lin prit pour les portes d'un placard, qui s'ouvrirent en grinçant sur un réduit sans fenêtre. La servante saisit une vieille lampe oubliée entre les toiles d'araignées et l'alluma. La bru avait devant elle la « chapelle » dédiée à la mémoire de son beau-père : un fourre-tout où l'on avait entassé les objets personnels du disparu, parce qu'il aurait été malséant de les vendre à l'encan devant la maison. On s'en était débarrassé de la manière la plus discrète en les enterrant entre deux cloisons. Vu la couche de poussière accumulée partout, la veuve ne devait pas souvent s'y recueillir.

Madame Première remercia la servante et la congédia. Elle posa la lampe sur un amoncellement de fauteuils qui avaient le tort d'avoir trop souvent supporté le postérieur d'un homme à présent poursuivi par une mystérieuse malédiction.

À force de remuer ces reliques d'un temps qu'une personne souhaitait si nettement oublier, elle finit par trouver ce qu'elle cherchait. Au fond d'un coffre au cuir ranci, elle dégota un paquet d'anciens rapports rédigés par feu le conseiller impérial à l'époque de sa splendeur, lorsque tout ce qui rappelait son existence n'était pas encore relégué dans les oubliettes de la maison. Madame Première tira de sa manche le papier ramassé sur le tumulus et compara les écritures. La conclusion implacable qui s'imposa à elle l'empêcha de regretter de s'être noirci les doigts à tripoter ce mobilier malpropre.

C'était indubitable : la main qui avait écrit le poème était celle du défunt lui-même. Il s'agissait bien d'un message post mortem destiné à donner un indice sur ce qui lui était arrivé. Son fils Jen-tsie était déjà un enquêteur réputé au moment du décès. Ti père devait bien se douter qu'il finirait par revenir à la capitale, qu'il se fût lassé de sa carrière itinérante, ou que ses mérites l'eussent appelé à de plus hautes fonctions. Il était évident que ce brillant rejeton se rendrait un jour ou l'autre sur le tumulus paternel. Pour la veuve, si elle l'avait lu, ce texte n'était qu'un poème sans conséquence, comme on pouvait en acheter dans les échoppes d'écrivains publics ou en recopier d'un florilège de poésie classique. Un message déposé au-dessus de la dépouille avait de fortes chances de parvenir à son destinataire. Sentant venir sa fin, il avait chargé son fils absent d'élucider le mystère de sa mort !

Elle se sentit investie d'une mission confiée par les mânes du beau-père assassiné. Ti était absorbé par ses nouvelles fonctions au ministère. C'était à elle de relever le défi. Non seulement elle enquêtait, mais cette enquête était diligentée par la volonté de la victime. Prise soudain d'une profonde émotion, elle jura intérieurement à son mandataire de confondre la meurtrière et de lui rendre justice, cette justice qu'il attendait dans l'autre monde depuis dix ans.

L'atmosphère de ce réduit poussiéreux était étouffante. Elle éprouva l'envie d'aller respirer à l'air libre.

Elle referma le placard aux souvenirs et se dirigea vers la grande cour de l'entrée, la plus aérée de la demeure. C'est alors, en pénétrant dans ce vaste quadrilatère fraîchement repeint, teinté d'une nuance orangée dans la lumière déclinante du jour, que la vue des buissons encadrant le portail la frappa. Rosiers, rameaux… C'était là que l'attendait la clé de l'énigme ! Elle fixa des yeux la terre meuble dans laquelle s'enfonçaient les plantes, se demandant à quelle heure de la nuit la maisonnée serait assez profondément endormie pour qu'elle pût y creuser en paix. Une voix de stentor retentit dans son dos :

– Dame Lin ! Ici tout de suite !

Elle se trouva nez à nez avec une petite servante intimidée, qui se plia en deux pour lui annoncer tout bas que madame sollicitait la faveur d'un entretien, dans les prochaines minutes si possible. L'intéressée se demanda tout à coup si sa belle-mère avait fait exprès de choisir pour domestiques des femmes fluettes, afin de mieux les dominer.

– Dame Lin ! tonitrua de nouveau sa belle-mère, qui devait pourtant se tenir à l'autre bout du bâtiment.

Madame Première se douta immédiatement de ce qu'on allait lui reprocher. Elle se rendit à petits pas à cette aimable invitation, pour se donner le temps de réfléchir à l'angle sous lequel elle allait présenter sa défense.

Dame mère était debout au milieu de son boudoir, entièrement décoré de vieilleries héritées des précédentes générations de Ti et de sa propre famille. Les murs étaient surchargés de peintures défraîchies représentant des oiseaux qui semblaient morts depuis longtemps. Les meubles étaient encombrés de bibelots passés de mode, vases en porcelaine de la précédente dynastie, brûle-parfums en bronze ajouré, qui reposaient sur de petites nattes jaunies et effilochées. Parmi ce fatras trônait le portrait des parents de dame mère, que sa bru avait toujours connu. Suspendu à son crochet, le vieux couple vénéré n'avait cessé de juger le foyer de sa fille d'un œil peu amène, contribuant à lui conférer un peu de cette paix merveilleuse qui avait marqué le mariage Ti. Le crime dont dame Lin s'était rendue coupable devait être fort grave pour qu'on la convoquât ainsi dans le sanctuaire, sous l'égide des dieux tutélaires.

Il apparut que la maîtresse du logis avait très vite appris tout ce que sa bru avait fait au cours de sa journée. Qu'est-ce que c'était que cette nouvelle dévotion au feu patriarche ? La veuve savait qu'on était allé se recueillir sur la tombe du vieux Ti, toute seule, sans en référer à personne, au lieu d'aller dépenser l'argent de son mari dans les boutiques de fanfreluches, ainsi qu'on l'avait annoncé.

– Je vois que votre vieux cuisinier ne sait rien vous cacher, constata calmement l'accusée.

Non contente de se lancer dans des visites solitaires aux stèles familiales, ce qui était d'une parfaite indécence, car tout portait à supposer qu'elles avaient pour but de faire passer les autres membres de la famille pour insensibles et négligents envers le culte des ancêtres, voilà qu'elle se mettait à fouiller les affaires du mort – pour y dénicher quoi ? Comptait-elle élever un autel personnel à ses mânes ? Croyait-elle que la maîtresse de cette maison ne lui rendait pas tous les honneurs auxquels les usages l'obligeaient ? Voulait-elle par hasard l'accuser d'avoir rejeté son mari dans un recoin obscur de sa mémoire ?

À vrai dire, madame Première n'aurait pas mieux exprimé le sentiment qui l'habitait, les mots avaient été parfaitement choisis : on avait enterré le vieux Ti une seconde fois dans son placard, de manière à lui faire occuper le moins de place possible dans la demeure, après que son corps eut cessé de déformer ses trois matelas superposés, et moins de place encore dans l'esprit de celle qui y régnait avec plus de fermeté que l'Impératrice en son palais. Elle aurait bien répondu à sa belle-mère que tout ce qu'elle venait de dire était exact – on ne pouvait douter qu'elle venait en fait de trahir ses pensées profondes sous l'effet de la colère. Il était bien certain, cependant, qu'un affrontement direct aurait considérablement nui à la suite de son enquête. Mieux valait laisser ignorer à la gardeuse d'oies que le loup s'apprêtait à lui ôter un à un ses précieux volatiles. Aussi l'accusée baissa-t-elle humblement la tête comme elle avait appris à le faire dès son entrée dans cette maison :

– Je prie madame de bien vouloir me pardonner si j'ai heurté sa susceptibilité à cause de mon inconséquence. Je comprends fort bien que le deuil qui l'a frappée est encore une plaie à vif, et que tout ce qui y touche la blesse cruellement. C'est justement pour lui épargner cette contrariété que je me suis rendue au cimetière sans l'en avertir, afin de présenter mes respects à mon beau-père le plus discrètement possible. Pour mon incursion dans la pièce où madame a pieusement entreposé les effets qui lui rappelaient avec trop d'intensité celui qui nous manque tant, j'y suis allée dans l'intention de chercher de quoi améliorer le confort du logement que vous avez eu la bonté de nous accorder, à mes compagnes et à moi-même. Je m'apprêtais à vous en faire part lorsque vous avez précédé ma requête.

Dame mère continuait de la fixer de son regard furieux. La Première sentit néanmoins que sa colère avait baissé d'un cran. Les seaux d'eau qu'elle venait de jeter sur l'incendie étaient en train de produire leur effet. La veuve avait eu peur qu'on ne fût en train de fouiller, non dans les affaires du mort, mais bien dans les siennes, dans ses secrets, enterrés beaucoup moins profondément que les restes de son époux. Sa bru venait de lui fournir une explication acceptable, sur un ton approprié. Elle lui offrait une tranquillité d'esprit séduisante, à laquelle il était tentant de se laisser prendre.

– Vous auriez dû m'en parler d'abord, grogna la veuve. Je dois savoir tout ce qui se passe sous mon toit. De quoi ai-je l'air devant les domestiques ?

Dame Lin songea qu'elle avait surtout l'air d'un chef de la sécurité, auquel chacun devait présenter son rapport dès qu'il se produisait quoi que ce soit. Les serviteurs n'étaient pas des alliés sûrs, elle se le tint pour dit. Elle se garda bien d'ajouter un mot, laissant son petit discours achever de tracer son chemin dans les pensées du procureur. Cela faisait plus de vingt ans qu'elle s'efforçait de manipuler son magistrat de mari sans qu'il s'en aperçoive ; elle avait de l'entraînement.

– De quel genre de mobilier avez-vous besoin? demanda la belle-mère, d'une voix où l'acrimonie ne parvenait pas à dissimuler qu'elle se sentait soulagée.

Madame Première cita au hasard deux lanternes et trois sièges, qu'on lui accorda à condition qu'elle jurât solennellement de ne pas les esquinter, car ils faisaient partie des chères et précieuses reliques du maître.

– Je vous les rendrai dès que nous n'en aurons plus besoin, promit l'obéissante belle-fille.

Le regard que lui lança malgré elle dame mère laissa clairement entendre que cette restitution ne présentait aucun caractère d'urgence.

Madame Première accueillit son époux, ce soir-là, dans un grand état d'excitation. Elle était contente du travail accompli, et il lui tardait d'en partager les fruits avec lui. Sa conclusion était que la belle-mère avait été forcée de dépenser une fortune pour étouffer le forfait dont maints indices sautaient aux yeux ; c'était cela qui avait écorné les biens légués par le conseiller. Il était probable que certains fussent au courant et la fissent chanter, à commencer par cet employé des pompes funèbres qui se souvenait si bien d'elle :

– Elle est deux fois criminelle : non seulement elle a fait un mauvais sort à votre père, mais elle vous a spolié de ce qui vous revenait, afin d'échapper au juste châtiment de ses fautes.

Ti était ébahi qu'elle osât lui tenir un tel discours. Sans doute l'habitude de l'entendre évoquer des affaires criminelles similaires, lors des repas ou sur l'oreiller, avait-elle déformé son jugement : elle voyait des meurtriers partout.

– Mais cela n'est qu'un détail, reprit-elle.

Il fut ravi d'apprendre que ces allégations abominables ne constituaient qu'un hors-d'œuvre ; il était curieux de connaître la suite, qui l'horrifiait d'avance.

– L'important, c'est que votre père nous a laissé ses instructions avant de succomber.

Ce n'était pas le genre de réconfort que Ti imaginait trouver dans son intérieur après la journée qu'il venait de passer, à enquêter le long des interminables ruelles aux murs rouge sang de la Cité interdite.

VII

Le juge Ti fait la connaissance d'un groupe de canards ; il met en lumière le dernier message d'un mort.

Après le déjeuner au cours duquel il avait remis à sa Première la petite fortune constituant le montant de son allocation d'enquêteur plénipotentiaire, le juge Ti franchit à nouveau l'enceinte du palais, à l'intérieur de son palanquin chamarré, cerné de gardes en armes. Mais, cette fois, il la franchit par la porte est, réservée aux membres du gouvernement et aux fonctionnaires les plus proches du trône. Par il ne savait quelle bizarrerie, un décès douteux, survenu aux limites de ce domaine, lui avait permis de renverser d'un coup des barrières que le commun des employés mettait parfois toute une vie à faire tomber, si cela lui arrivait jamais.

Le convoi s'immobilisa dans l'une des ruelles étroites séparant deux cours. Le capitaine du détachement s'approcha du rideau qui fermait l'habitacle où Ti reposait sur des coussins de soie :

– Où devons-nous conduire Votre Excellence ?

Le juge se voyait mal arriver dans cet appareil à la cuisine numéro 4. La présence de l'eunuque Po, avec son ton hautain et ses airs cassants, le coupait déjà suffisamment de ses témoins.

– Mon Excellence va marcher un peu, répondit-il en s'extrayant de la litière.

Deux porteurs se hâtèrent de l'agripper par chacun de ses bras, pour supprimer tout risque de le voir chuter dans la poussière, tandis qu'un troisième disposait sous ses pieds un petit tabouret qui facilita son retour sur la terre ferme.

Il fit quelques pas dans la ruelle aux murs badigeonnés de rouge, et finit par remarquer derrière lui un bruit léger mais persistant. S'étant retourné, il s'aperçut que les porteurs avaient repris leur place sous les palans et le suivaient au rythme de sa marche, ainsi que la garde tout entière, avec lances et panaches.

– Pst, pst ! fit-il, en même temps qu'il balayait l'air d'un petit geste qui signifiait : « Restez donc où vous êtes ! » Ne vous inquiétez pas. Je vous ferai appeler quand j'aurai besoin de vous.

Porteurs et soldats le regardèrent s'éloigner avec les mêmes yeux qu'un pauvre toutou dont le maître part seul en promenade. Contaminé par l'ambiance générale, Ti ne put s'empêcher de ressentir un peu de culpabilité. Il se hâta de passer l'angle afin de mettre de l'espace entre eux et lui. Ce fut alors qu'il se rendit compte qu'il errait entre des murs indifférenciés, dans un coin désert de cet immense complexe. Après avoir tourné un certain nombre de fois, il fut content de rencontrer une vieille servante pliée sous le poids d'un ballot de linge, à qui il put enfin demander son chemin.

Il traversait une esplanade aussi dépourvue de vie que les précédentes, lorsqu'une large porte en bois s'ouvrit tout à coup dans la muraille. Une foule compacte de canards s'engouffra dans la cour, cancanant à qui mieux mieux dans un brouhaha assourdissant. Ti était déjà pris dans leur masse grouillante quand apparurent les valets de ferme chargés de les pousser vers leur destination. À force d'errer, il s'était fourvoyé près du point de livraison des élevages impériaux. Les volatiles remplirent complètement les lieux, ne laissant au magistrat aucune aire de repli. Il lui fallut attendre plusieurs minutes pour qu'une porte s'ouvre de l'autre côté, permettant aux bruyants visiteurs de poursuivre leur marche. Il se trouva de nouveau seul, les deux barrières closes, au milieu d'un dallage maculé de plumes et d'excréments, sans qu'aucun bruit se fasse plus entendre. Les oiseaux s'en étaient allés servir la grandeur de l'empire, comme les eunuques ou lui-même. Il lui fallut quelques instants pour mettre fin à cette question lancinante : en quoi était-il véritablement différent d'eux ? Si on ne lui coupait pas le cou, une disgrâce impériale, qui le renverrait dans les ténèbres, ne seraitelle pas équivalente au coup de hache du volailler ?

Alors qu'il commençait à désespérer de rallier la cuisine numéro 4 ou d'échapper aux pensées funestes qui l'accablaient, un dernier tournant, un ultime porche lui révélèrent le bâtiment à un seul niveau, d'une blancheur de chaux immaculée, dont les innombrables cheminées indiquaient la fonction. À voir le va-et-vient ininterrompu des cuistots, il se demanda comment il avait pu vagabonder dans une complète solitude l'instant d'avant. L'inévitable Po l'attendait sous l'auvent en mâchonnant des tiges parfumées.

– Veuillez pardonner mon retard, dit Ti. J'ai eu du mal à me repérer.

– Comment est-ce possible, noble juge ? dit le jeune homme, sincèrement étonné. Il suffit de tourner deux fois à droite.

– Bon, passons aux choses sérieuses, déclara le magistrat, fâché d'avoir écorné son prestige d'enquêteur omniscient, en pénétrant d'un pas résolu à l'intérieur du pavillon.

L'intérieur de la cuisine était toujours cette ruche où une centaine de personnes s'affairaient à la préparation du dîner des collaborateurs subalternes. Ti estima qu'il n'était pas encore assez familiarisé avec cet univers pour s'y repérer. Il importait en revanche de revoir les lieux du crime avant que toute trace en ait disparu. Il avait conçu quelques idées, durant ses parcours en palanquin, quant à ce qu'il devait y chercher.

L'eunuque sur ses talons, il traversa la salle en direction des latrines. Po accrocha au passage le responsable local.

La seule issue de la pièce oblongue avait été barrée d'une nouvelle bande de papier, et les cuisiniers priés d'aller faire leurs besoins dans une vasque installée derrière une palissade en bambou. Ti déchira les scellés et entra. Ainsi qu'il le craignait, le corps avait été enlevé.

– C'est bien ici qu'il se trouvait ? demanda-t-il en désignant un espace au fond du couloir bordé par les planches à trous.

L'eunuque et le responsable du personnel acquiescèrent, bien qu'ils n'en eussent pas gardé un souvenir très net. Ti examina la paroi d'un air songeur. Il se rappelait la position du corps. Le bras droit était étendu par-dessus la tête, la main touchait presque le mur. Cette situation lui avait paru curieuse après coup. Une explication lui était venue. Il pria le chef de cuisine d'aller lui chercher un peu de farine de la première qualité, assez finement moulue pour être bien légère et bien blanche. Il lui recommanda de la lui verser dans un bol évasé. Po le contemplait avec des yeux ronds, tandis que le cuisinier en chef, bien que s'étant incliné avec respect, semblait se demander à quel rite mystérieux l'enquêteur comptait consacrer des produits comestibles qu'il n'était pas d'usage d'apporter dans les lieux d'aisances.

Une fois la farine arrivée, Ti grimpa sur la planche trouée et s'approcha au plus près de la cloison. Il haussa le bol à hauteur de sa bouche et commença à souffler doucement, créant un nuage blanchâtre dont la poussière tourbillonnait avant de retomber. Il parcourut ainsi la longueur de deux bras, puis recula pour juger de l'effet, tandis que la nuée se dissipait peu à peu. Quand l'air fut redevenu clair, il examina de près le mur. Son attention fut attirée par un endroit précis, situé tout en bas, qu'il gratifia d'une nouvelle volute blanche.

– C'est bien ce que je pensais, murmura-t-il en lissant les poils de sa belle barbe d'officier civil.

Les deux autres hommes vinrent voir ce qui suscitait sa satisfaction.

– Par les dieux ! s'exclama le chef de cuisine.

– Je n'en crois pas mes yeux ! renchérit l'eunuque. Comment Votre Excellence a-t-elle pu se douter…

– La position du corps suggérait que le cuisinier Gu avait écrit quelque chose avant de succomber. Ses doigts étaient humides de l'eau qu'il avait employée pour tenter de se rincer l'estomac. Il a pu tracer un seul mot, le premier qui lui soit venu à l'esprit.

Une petite partie de la farine projetée dans l'air s'était collée sur la paroi, de manière à former un caractère à présent parfaitement lisible. Chacun pouvait lire le mot « esprit de feu » écrit en blanc sur le mur des latrines.

– Quelqu'un ici souffre-t-il du cœur ? demanda le juge au chef de cuisine.

L'homme répondit qu'il l'ignorait. Il semblait ne rien comprendre à ce qui se passait. Le jeune eunuque ne put pas se contenir plus longtemps :

– Pardonnez-moi, mais quel rapport avec cette inscription ? demanda-t-il, en proie à une intense curiosité.

Ti jugea qu'il gagnerait du temps à expliquer ses raisonnements au fur et à mesure. L'esprit de feu était une herbe rare qui poussait dans les montagnes à l'ouest de l'empire. Ti, qui se piquait de médecine depuis qu'il avait vu un personnage à longue barbe grise ramener à la vie sa mère, que les prêtres avaient jugée perdue, se souvenait avoir appris qu'on la cueillait de préférence les nuits de pleine lune, pour une meilleure efficacité dans le traitement des troubles cardiaques. Le chef des cuistots, qui était illettré, tiqua en entendant le nom de la plante :

– Cette herbe est sur la liste des produits interdits, noble juge. On me l'a fait apprendre par cœur quand j'ai pris mes fonctions.

– Cela ne m'étonne pas, répondit le magistrat. Il suffit de quelques cuillerées pour en faire un poison mortel.

L'introduction de ce genre de toxine dans les communs de la Cité interdite était passible de la décapitation immédiate.

– Je me demande si, à forte dose, elle ne produit pas les effets que nous avons pu constater chez le cuisinier Gu, reprit le juge.

À ces mots, l'eunuque se hâta de sortir des latrines pour donner un ordre au soldat de garde. Nul doute qu'il venait de diligenter une expérimentation sur un malheureux chien qui allait connaître le bonheur d'offrir sa vie pour la tranquillité de son empereur.

– C'est étrange, dit le chef des cuisines, perplexe, l'œil rivé au dessin blanchâtre.

– Qu'y a-t-il d'étrange à ce qu'un homme empoisonné écrive le nom d'un poison avant de mourir ? rétorqua l'eunuque.

– Ce qui est étrange, c'est qu'il ne savait pas écrire. Très peu d'entre nous ont eu la chance d'apprendre.

Ti était pensif.

– Dans ce cas, l'affaire est plus grave que nous ne le croyions, murmura-t-il.

Il quitta les lieux d'un bon pas, les deux hommes derrière lui.

– Ces latrines n'ont plus rien à nous révéler. Vous pouvez les rouvrir au service.

Le chef de la cuisine avait la tête d'un homme qui vient d'assister à une brève apparition d'origine miraculeuse, aussi vite terminée qu'elle a commencé. L'eunuque courut sur les talons du magistrat, les mains jointes en manière de sollicitation pressante :

– Je supplie Votre Excellence de bien vouloir partager avec moi ses conclusions. Elle ne doit pas me laisser sur des charbons ardents dans une circonstance pareille !

Il craignait visiblement que le chambellan ne lui fasse grief de ne pas avoir soutiré à l'enquêteur toutes ses informations. Ti eut pitié de lui. C'était par ailleurs l'occasion de décrocher une faveur qui lui paraissait trop extraordinaire pour avoir de véritables chances de lui être accordée.

– Je vous le dirai. Mais, en échange, promettez-moi d'user de votre influence pour m'obtenir un passe-droit auquel je tiens, quand je vous le demanderai.

Po promit d'autant plus facilement qu'il n'aurait rien à faire pour le moment.

– Quelqu'un a trouvé un moyen de briser le tabou concernant l'introduction de substances toxiques dans la Cité interdite, dit le juge, juste assez fort pour que seul l'eunuque puisse l'entendre.

Les poils se hérissèrent sur les bras du jeune homme.

– Cette assertion est de la dernière gravité ! Comment Votre Excellence peut-elle en être certaine ?

– Je crains qu'il n'y ait aucun doute là-dessus. Si Gu a su tracer le caractère, bien qu'il ait été analphabète, c'est qu'il l'avait vu sur le flacon dont il venait d'absorber le contenu.

C'étaient les employés de la cuisine numéro 4 qu'il avait en ligne de mire. Cela lui mettait sur les bras une centaine de suspects, rien que ça ! Po était ébahi d'avoir une fois encore assisté à l'étonnante capacité de raisonnement du plénipotentiaire :

– J'aurais aimé être magistrat, comme vous, si les circonstances de ma vie avaient été différentes.

Pour son malheur, on avait inscrit les « circonstances de sa vie » dans sa chair de manière indélébile.

Un soupçon vint au juge : cet eunuque qui ne le quittait pas d'une semelle avait-il été attaché à ses pas pour faciliter ses déplacements ou pour le surveiller ? Il eut soudain la certitude que le jeune homme rendrait compte de ses faits et gestes au chambellan, chaque soir, avant de quitter son service. Il était les yeux et les oreilles de son supérieur. À travers lui, les hauts fonctionnaires qui l'avaient mandaté assisteraient à tous ses efforts, suivraient d'heure en heure les développements de son enquête. Po était un fil à la patte, un cordon qui le reliait directement à l'administration impériale ; autant dire une laisse.

– Ne devrais-je pas rédiger tous les jours un rapport sur mes initiatives ? demanda Ti insidieusement.

– Que Votre Seigneurie ne s'inquiète pas de cela, répondit Po avec un sourire de la plus grande amabilité. Il importe seulement au grand chambellan que vos investigations soient menées avec la clairvoyance qui a fait votre réputation. Il s'en remet à vous entièrement.

C'était bien ce que Ti avait imaginé. Il savait désormais à quoi s'en tenir. Aussi son esprit foncièrement indépendant commença-t-il à chercher un moyen de se débarrasser du boulet lorsque ses recherches requerraient un peu de confidentialité.

Il se fit montrer le poste de travail du défunt. Les cuisiniers étaient en général spécialisés dans un type de cuisson : fritures, ragoûts, sautés, vapeur… Ou bien ils suivaient la tradition régionale de la province dont ils étaient originaires. Certains même étaient étrangers à l'empire. D'autres cuisinaient sur des bases religieuses ou mystiques. Le défunt Gu était féru de cuisine bouddhiste, strictement dépourvue de viande, celle que l'Impératrice favorisait depuis qu'elle s'était résolument tournée vers la religion de l'Éveillé. Pensant entrer dans les ordres dans son jeune âge, Gu avait fait un long séjour dans une communauté, dont il était revenu doté d'une grande maîtrise de l'alimentation végétarienne. Il avait reçu à plusieurs reprises l'agrément des autorités bouddhiques du palais, très à cheval sur la régularité de ces compositions. Des écarts auraient souillé la pureté des croyants, chaque année plus nombreux dans les allées du palais.

Tout autour d'eux, on coupait, on hachait, on pilait ; Ti en avait le tournis. Il attira le responsable à l'écart et lui demanda directement s'il savait à qui ce décès avait pu profiter.

– À personne, noble juge. Tout ici est immuable. Nul événement ne peut profiter à quiconque parce qu'il ne se passe jamais rien. Gu était apprécié de tous ses collègues. On raconte que ses mérites étaient sur le point d'être récompensés : il avait une chance d'accéder à la cuisine numéro 3, qui nourrit les mandarins. Mon destin est de voir mes meilleurs éléments me quitter l'un après l'autre.

Dès que les bols eurent été remplis et que les serviteurs les eurent emportés pour en charger les tables du réfectoire, un héraut en grand uniforme se posta sur le seuil. Frappant dans un tambour, il réclama le silence, qui tomba immédiatement sur la salle. Toutes les oreilles étaient tendues vers ce qu'il allait dire. On n'entendait plus que le crépitement des feux qui continuaient de brûler sous les marmites. Quelques lèvres remuaient en une prière muette. Des regards apeurés se tournèrent vers le plénipotentiaire.

« J'espère qu'il ne vient pas annoncer la condamnation à mort de tout le monde », se dit le juge, qui craignait d'être privé de ses suspects et de ses témoins en même temps que de l'honneur d'arrêter le coupable.

L'émissaire annonça que le secrétariat impérial avait désigné trois d'entre eux, qui allaient avoir l'honneur d'être versés à la cuisine numéro 3. Ceux dont il égrena les noms accéderaient dès le lendemain à l'échelon supérieur.

– Tout est immuable ? répéta Ti. Voilà pourtant un changement de taille, il me semble.

Les heureux élus allaient avoir l'honneur d'exercer leurs talents pour les conseillers et les membres du gouvernement. Fini, la tambouille pour la piétaille. Le haut degré de raffinement de leurs préparations leur avait valu d'être remarqués.

– Si vous saviez comme je les envie, conclut leur chef en regardant les chanceux recevoir les congratulations de leurs confrères.

– Pourrait-on les envier jusqu'à tuer pour être parmi eux ? demanda le juge, à moitié pour lui-même. Comment s'y sont-ils pris pour être remarqués ?

Le chef de cuisine poussa un soupir d'ambitions inaccomplies.

– On dit qu'il arrive aux hauts fonctionnaires, de temps à autre, de se faire servir quelques-uns de nos plats, qu'on leur a signalés comme particulièrement réussis ou imaginatifs. Ils donnent aussi des banquets privés en l'honneur des princes, qui à leur tour peuvent souhaiter s'attacher tel ou tel cuisinier talentueux ; et voilà comment se gravissent les échelons.

– En sens inverse aussi, je suppose ?

Po Zhi-Xin, qui s'était approché, fit la moue :

– Oh, le retour en arrière est impossible, noble juge : il serait par trop déshonorant. Si un cuisinier n'a plus l'heur de plaire à ceux qu'il est chargé de nourrir, son intérêt est de quitter la Cité interdite. Un retrait volontaire est la seule sortie convenable. Au reste, je me suis laissé dire qu'avoir servi entre ces murs est une recommandation fort prisée de notre bourgeoisie. Il n'est rien de plus glorieux que de posséder chez soi un homme dont les mains ont conçu des mets pour Sa Majesté, ou même pour le dernier de ses esclaves. S'il est un privilège de vivre dans la lumière céleste, il peut devenir d'un bon rapport d'aller répandre une fraction de cette clarté chez des gens riches, avides d'en jouir à leur tour. Certains s'en vont d'eux-mêmes faire fructifier dans les demeures privées le capital inestimable que représente leur passage chez nous. C'est ce qui rend possible l'espoir d'obtenir de l'avancement : il y a constamment des postes à pourvoir. La règle veut qu'on n'en nomme pas plus de trois à la fois, pour ne pas désorganiser l'ensemble.

Gu aurait dû être du lot. En ce cas, l'un des trois heureux élus aurait vu ses espoirs reportés *sine die*.

– C'est toujours pour nous tous un immense honneur que de voir distinguer nos meilleurs éléments, dit le responsable. Peut-être accéderont-ils un jour à la cuisine numéro 1 ! Un peu de leur gloire rejaillira alors sur nous. Même si ceux qui restent bloqués ici sont par définition les moins doués.

Ti comprit qu'il avait autour de lui les moins ambitieux, ceux qui se contentaient d'assurer la production de base, sans plus, ceux qui venaient là pour toucher leurs émoluments et faire vivre leur famille.

– Certains ont donc d'autres buts que de remplir leur fonction..., remarqua-t-il.

– L'orgueil est la principale composante de la volonté humaine, noble juge, répondit Po. D'aucuns serviraient leurs père et mère en cassolette si cela pouvait leur permettre d'accéder au premier rang.

Les trois héros du jour étaient un spécialiste des recettes taoïstes, un natif du Setchouan, région renommée pour ses traditions culinaires, et un Mandchou, nation dont les préparations exotiques étaient très recherchées. Ce dernier lui sembla plutôt crasseux. C'était un vrai Mongol, vêtu du costume traditionnel de cette peuplade d'éleveurs de chameaux, la tête ornée d'un bonnet à poils. Ses cheveux étaient tressés en une longue natte luisante de graisse, dont Ti soupçonna qu'il ne la défaisait jamais pour la laver. Le taoïste portait le vêtement bleu nuit des prêtres de cette religion. L'homme du Setchouan était lui aussi en costume national, veste courte brodée sur une robe en soie écrue typique du Sud-Est. Sans doute prenaient-ils soin de ne pas avoir l'air comme tout le monde pour être plus facilement identifiables par ceux qui apprécieraient leur cuisine. C'était pari gagné, puisque tous trois venaient de devancer leurs confrères.

Les veilleurs chargés d'indiquer les heures dans les rues qui bordaient la Cité sonnèrent les huit heures du soir. Les serviteurs devaient se retirer avant la fermeture des portes du palais. Il était interdit d'entrer ou de sortir durant la nuit. Une fois le dernier parti, la clé serait confiée à la maison des services. Pour l'obtenir, il fallait passer par l'intendant, qui notait la date et le motif de la demande sur un dossier que le ministère de l'Intérieur consultait chaque jour par souci de sécurité. De rares eunuques restaient en service de nuit pour surveiller les accès aux appartements impériaux. Seules les suivantes avaient le droit de demeurer à l'intérieur pour assister Leurs Majestés.

Po raccompagna le magistrat afin de lui éviter d'errer toute la nuit à la recherche de la sortie.

– Au fait, seigneur Ti, quelle est cette faveur que vous souhaitez me voir solliciter pour vous ?

L'eunuque songeait déjà à son entretien tout proche avec le chambellan. Ce serait l'occasion de lui faire part des *desiderata* du plénipotentiaire.

– J'aimerais assister à un repas de l'Empereur, répondit Ti sur le ton le plus naturel qui soit. Pour les besoins de mon enquête, bien entendu.

Po fut soufflé qu'il eût une telle audace.

– Il serait plus facile à Votre Excellence d'exiger son poids en or ! rétorqua-t-il.

Ti s'abstint de répondre quoi que ce soit et s'éloigna d'un air satisfait en direction du palanquin d'apparat qui allait le ramener chez lui, laissant un eunuque désarçonné s'interroger sur la manière qu'il allait bien pouvoir employer pour présenter pareille requête à son supérieur sans le faire tomber de sa chaise.

VIII

Le juge Ti se livre à une expérience de chimie ; il prend une leçon de cuisine philosophique.

Le marché de l'ouest était en train de fermer lui aussi. Comme chaque soir à la même heure, les manœuvres barricadaient les entrées à l'aide d'épaisses palissades dont les ouvertures étaient renforcées de lourds chevrons. Ma Jong et Tsiao Taï s'apprêtaient à recevoir le salaire de leur journée des mains de leur employeur. Le gros commerçant était ravi de leurs prouesses : depuis qu'ils étaient en charge de la sécurité, les voleurs à la tire n'osaient plus se montrer. Forts de leur expérience sous les ordres du juge Ti, les deux anciens inspecteurs parvenaient à déjouer toutes les ruses. Ils arrivaient chaque jour sous des déguisements différents, afin que les tire-laine et vide-goussets ne puissent s'habituer à repérer leurs silhouettes au milieu de la foule. Le seul danger était de voir leur travail devenir ennuyeux. Ils avaient reçu de l'augmentation, les responsables des autres marchés ayant tenté de les attirer chez eux, effrayés par l'arrivée des mauvais sujets que leur présence avait chassés du quartier ouest.

– Où avez-vous donc appris de telles méthodes ?

s'enquit leur patron. J'aimerais taper dans le dos du bienheureux qui a laissé filer deux gaillards aussi efficaces que vous. Ce doit être le plus grand imbécile de cette ville !

– Le voici justement ! répondit Ma Jong. Vous allez pouvoir lui faire votre compliment.

Le responsable du marché vit s'approcher un somptueux équipage impérial, flanqué de soldats empanachés, qui s'arrêta à deux pas de lui. Il crut à une plaisanterie jusqu'à ce qu'une main soignée, ornée d'une pierre précieuse, eût repoussé le rideau pour leur faire signe. Sa stupéfaction fut à son comble quand il vit l'auguste personnage, sans doute un ministre, un général ou même un duc, s'entretenir avec les gros bras qui assuraient son service d'ordre. La tape dans le dos n'était plus à l'ordre du jour.

– Que nous vaut l'honneur d'une visite de Votre Excellence ? demanda Tsiao Taï.

Le juge Ti murmura quelques mots, puis referma le rideau et lança un ordre bref. Le palanquin se remit en route vers la résidence familiale.

Le président de la guilde n'en croyait pas ses yeux.

– J'espère que ce seigneur n'a pas exigé que vous rentriez à son service ? s'inquiéta-t-il.

– Eh bien, répondit Tsiao Taï, décidé à tirer parti de cette apparition inattendue, pour dire le vrai, Son Excellence est venue s'assurer que nous étions satisfaits de notre nouvel emploi et qu'on nous traitait selon notre rang.

Le commerçant tira de sa manche quelques grosses pièces d'argent, qu'il fourra dans la main de ses employés en insistant beaucoup pour qu'ils veuillent bien les accepter. Puis il prit le chemin de son domicile, impatient d'informer les siens qu'il s'était attaché pour une somme dérisoire les gardes du corps d'un maître de l'empire.

Lorsque son palanquin l'eut déposé dans la cour d'honneur de la demeure maternelle, le juge Ti avisa d'un œil désapprobateur son serviteur Tao Gan, en train de fanfaronner devant les servantes de la maison, qui gloussaient à qui mieux mieux en se cachant la bouche derrière la main. Ses épouses secondaires, elles aussi présentes sous l'auvent, à cette heure où chacun aimait à prendre le frais, parurent mal à l'aise en le voyant arriver. Il devina que Tao avait encore apporté quelque gâterie obtenue par des moyens douteux. Jamais il n'avait été mieux en fonds que depuis qu'ils étaient ruinés. La capitale l'inspirait visiblement. Ti estima urgent de mettre fin à ces mauvaises habitudes avant que la police ne débarque chez eux. Les subsides remis par l'intendance rendaient par ailleurs les petits cadeaux de son secrétaire totalement superflus.

La mort du cuisinier Gu allait obliger le chef de la cuisine numéro 4 à recruter au plus vite un remplaçant, afin de reconstituer ses effectifs. Ti avait une idée quant à la personne qui lui serait le plus utile pour enquêter dans cette vaste salle.

– Tao, je suis triste de te voir perdre ainsi ton temps, dit-il en posant une main sur l'épaule du ruffian. Sois satisfait : je t'ai trouvé une occupation, en attendant que mes fonctions à la Cour de justice me permettent enfin de te donner officiellement un poste d'attaché ministériel.

– Votre Excellence est trop bonne de se pencher sur mon sort, répondit Tao Gan en s'inclinant, inquiet de ce qui allait lui tomber sur la tête.

Il était pour sa part tout à fait content de ses nouvelles

activités. Il escroquait à plaisir les benêts dont cette fourmillante cité ne manquait pas. Cela lui donnait l'impression de renouer avec l'époque de sa belle jeunesse. Ses talents pouvaient s'exprimer dans une impunité à peu près totale. Il se sentait comme un oiseau échappé de sa cage, enfin libre de déployer ses ailes dans l'environnement le plus propice qui soit. Hélas, le fauconnier s'apprêtait à tirer sur sa longe. Ti lui annonça qu'il allait le faire engager comme cuisinier au palais, ce qu'il le priait de considérer comme un avancement inespéré.

Le secrétaire ouvrit des yeux ronds. Ses dons, pour multiples qu'ils fussent, ne s'étendaient pas jusqu'à savoir faire rissoler les légumes dans les règles de l'art :

– Mais, noble juge, je cuisine comme un haricot !

– Je suis sûr qu'il n'y a rien là que mes épouses ne puissent rattraper d'ici demain matin. Demande-leur de t'enseigner le principal. Tu es malin, tu apprends vite. J'ai toute confiance en tes capacités.

Satisfait de son idée, il le quitta pour aller annoncer à ces dames qu'elles avaient toute la nuit pour changer ce petit escroc en un saucier hors pair, digne de charmer le palais des gardes impériaux.

Tao Gan n'était pas seulement ignorant de toute technique, il était aussi remarquablement peu doué. Le fait qu'il vécût cette nomination comme une punition destinée à l'arracher à une agréable vie de bohème n'arrangeait rien. Seule la fidélité à son maître, qui l'avait tiré plus d'une fois d'un mauvais pas, l'empêchait de le quitter pour se faire mauvais garçon de profession. Il fallut commencer par lui inculquer les bases : épluchage et découpage des légumes, hachage de la viande, utilisation parcimonieuse du sel et des épices. Les épouses secondaires de son patron le prirent en main dès qu'elles eurent fini de dîner. Au bout d'une veille[1] de cris et de douleur, elles le confièrent au cuisinier de dame mère, afin de pouvoir se coucher. Ce ne fut que vers le milieu de la nuit que le professeur et son élève abordèrent l'art sublime des sauces, après avoir fait bouillir, frire et rissoler l'éventail complet des denrées disponibles dans la maison.

Au matin, après avoir pris à peine trois heures de repos, Tao Gan absorba plusieurs tasses de thé fort pour se maintenir éveillé. Tout se mélangeait dans sa tête, raviolis et marinades ; il se sentait prêt à faire sauter les nouilles avec la pâte d'amandes et à servir une soupe de pastèque à la graisse de bœuf.

Ti prit son temps pour se rendre au palais. Il se fit servir sa première collation devant la fenêtre donnant sur le portail. Celui-ci s'ouvrit bientôt sur ses deux lieutenants, venus lui apporter ce qu'il leur avait demandé la veille au soir. Ma Jong déposa sur la table, à côté du riz du matin, un petit ballot de tissu écru fermé par une cordelette :

– Voici les produits que vous avez réclamés, noble juge.

– Pas au milieu de la nourriture, bougre d'âne ! s'écria le magistrat en ôtant précipitamment le ballot. Si vous avez suivi mes recommandations, il y a là de quoi assassiner un régiment !

Il les avait priés de repérer les vendeurs de produits toxiques dès l'ouverture des stands, et de lui apporter un échantillon de chaque poison qu'ils pourraient se procurer. Il ordonna à la servante venue emporter les bols de lui fournir tout ce que sa mère possédait d'assiettes en argent. Il se souvenait qu'elle disposait de

1. La veille dure deux heures.

plusieurs exemplaires, dont certains avaient fait partie de son trousseau et d'autres lui étaient échus en héritage. Puis il confia à chacun de ses adjoints de petites barrettes de cire à cacheter, qu'il leur ordonna de malaxer entre leurs grosses mains calleuses afin de les ramollir.

Quelques instants plus tard, la servante réapparut, munie de deux petites coupelles argentées dépourvues du moindre décor :

– Madame vous fait dire qu'elle consent à vous prêter ceci, mais rien d'autre tant qu'elle ignorera l'usage que vous comptez en faire. Elle souhaite aussi les récupérer dans l'état où elle vous les a remises.

Sa mère se souvenait de quelques expériences auxquelles s'était livré son fils, lors de précédentes enquêtes, à une époque où il vivait encore chez ses parents, à qui ces manipulations, si utiles qu'elles aient été dans la chasse aux criminels, avaient déjà coûté plusieurs ustensiles précieux et autres pièces de mobilier ancien qu'on avait bien regrettés.

– Ça ira, dit le juge, après avoir poussé un soupir à la pensée que les meilleures intentions sont en général mal secondées, en ce bas monde.

Il reprit aux lieutenants la cire qu'il leur avait confiée, à présent réduite à l'état de boulettes molles, qu'il façonna en forme de petits bâtonnets. Il appliqua ceux-ci en travers des coupelles, de façon à en cloisonner la surface. Ce ne fut qu'alors qu'il ouvrit le paquet apporté du marché. L'enveloppe de toile renfermait une série de petits sachets d'étoffe grossière ou de papier huilé, sur lesquels on avait inscrit un ou deux caractères indiquant le contenu. Il les ouvrit l'un après l'autre, se gardant bien de toucher ce qui était à l'intérieur, mais humant et observant pour se faire une idée de ce que c'était. Il y avait là des poudres de différentes couleurs, des fibres agglutinées, des substances pâteuses, collantes et brunâtres.

– Eh bien, dit-il pour lui-même, je comprends mieux pour quelle raison nos gouvernants se méfient tant. N'importe qui peut acheter, à deux pas de la Cité interdite, de quoi en trucider tous les occupants s'il avait la possibilité d'accéder à leur nourriture. C'est faire cohabiter le crime et la vertu sur la surface d'un mouchoir.

La servante lui avait laissé la théière encore fumante. Il en versa le contenu dans les différentes séparations qu'il avait créées sur les coupelles et y mêla poudres, fibres et pâtes, en prenant soin de ne pas les mélanger entre elles. Afin de laisser aux produits le temps de faire effet, il interrogea ses hommes sur leur nouvelle vie au marché de l'ouest. Ils lui racontèrent quelques anecdotes sur l'imagination déployée par les bandits, et lui décrivirent leurs propres ruses, qui faisaient d'eux les dignes émules d'un si grand maître. Des différentes contrées où le juge avait été affecté, ils avaient conservé diverses panoplies qui leur permettaient de changer tous les jours d'apparence. Ti rit de leurs aventures, bien que la nostalgie du temps où il était son seul patron et menait la vie simple d'un sous-préfet, entouré de quelques serviteurs fidèles, se fît déjà sentir. Tout cela faisait déjà référence à quelque existence antérieure, suivie d'une réincarnation punitive dans la peau d'un factotum tour à tour méprisé ou manipulé selon d'obscurs desseins.

Lorsqu'il estima qu'assez de temps s'était écoulé, il vida soigneusement le contenu des coupelles dans un seau, qu'il leur recommanda d'aller vider dans le ruisseau, afin que nul, pas même un animal, ne risquât d'en absorber ne fût-ce qu'une infime portion. Il put alors examiner le résultat de ses efforts.

Les coupelles, n'en déplût aux instigateurs des règlements en vigueur au palais, étaient pratiquement aussi nettes qu'avant d'avoir été mises en contact avec les produits interdits. Seules deux poudres d'origine minérale avaient noirci la surface. Pour le reste, preuve était faite qu'il était possible de mêler des poisons végétaux aux aliments destinés aux courtisans ou à Sa Majesté sans que la coloration des assiettes donnât l'alerte. Cela avait-il pu échapper au ministère de l'Intérieur ? Certes pas. Il était évident que les fonctionnaires chargés de la sécurité laissaient croire que cette méthode permettait de prévenir toute tentative crapuleuse, dans l'espoir de dissuader les esprits malintentionnés et de rassurer les autres. À la vérité, la technique était loin d'être infaillible. Il suffisait que l'un des cuisiniers s'en soit aperçu. Mais quel intérêt pouvait-on avoir à introduire un substrat mortel à l'intérieur de la cuisine numéro 4 ? Nul, hormis Gu, n'avait succombé à une mort suspecte ces derniers temps. Et puis les repas étaient collectifs : comment savoir qui allait s'empiffrer du plat vénéneux ? Rien de tout cela n'avait de sens.

Le seul bon moment dans la journée de Tao Gan fut quand son maître l'invita à partager son magnifique palanquin escorté par une garde impériale aux uniformes briqués comme l'argenterie de dame mère. Son unique regret fut que les rideaux restent tirés, privant le secrétaire de la joie qu'il aurait eue à parader en si bel équipage devant les curieux du voisinage. Jamais il n'avait posé son séant sur des coussins d'une soie si fine et si douce. Il regretta que la Cité interdite ne fût pas plus éloignée. En fait, il commençait à s'assoupir, vaincu par sa nuit blanche, lorsque le magistrat lui annonça qu'ils étaient arrivés. Deux serviteurs l'aidèrent à s'extraire de sa couche comme s'il avait été quelque important visiteur. Le rêve se brisa quand il découvrit, au détour de la venelle rouge sang, les murs blancs de la cuisine numéro 4, où il était prié d'exercer ses tout nouveaux talents.

– Tu as compris ? lui souffla le juge. Je suis obligé de suivre mes principaux suspects dans un autre bâtiment.

Je compte sur toi pour surveiller les employés d'ici, au cas où mon intuition m'aurait trompé.

Une fois que Tao Gan eut acquiescé d'une voix ensommeillée, Ti expliqua en deux mots au responsable qu'il lui avait trouvé un remplaçant, un cuisinier hors pair qui le suivait depuis plus de dix ans, dont il consentait à se défaire dans le souci d'arranger tout le monde. Le chef de cuisine n'avait pas l'intention de contredire l'éminent plénipotentiaire qui tenait leur sort entre ses mains :

– Si cet homme nous est donné par Votre Excellence, nul doute qu'il doit s'agir d'un cuisinier tel que nous n'en avons jamais eu ! répondit-il en se pliant en deux de façon à suggérer une reconnaissance inexprimable.

Ti se dit que le brave homme ignorait à quel point il avait raison. Il laissa derrière lui un cuistot en chef occupé à s'incliner un aussi grand nombre de fois que le lui dictait l'ampleur de sa gratitude, et un secrétaire fort embarrassé de ce qu'il allait pouvoir faire en cet endroit.

On affecta à ce dernier un poste de travail recouvert d'instruments qu'il n'avait jamais vus. À côté de lui, une sorte de colosse, expert en découpage rapide, était en train de débiter des morceaux de viande à la vitesse de l'éclair. Tao Gan se laissa hypnotiser par ce spectacle, imaginant les exploits qu'aurait accomplis ce gaillard sur un champ de bataille, si on lui avait confié un sabre au lieu d'un couteau. L'homme interrompit ses mouvements et se tourna vers son admirateur, la lame encore dressée :

– Tu veux quelque chose ?

– Il ne doit pas faire bon se frotter à toi, camarade ! lança Tao Gan pour détendre l'atmosphère.

Il n'avait échappé à personne que le nouveau venu avait été amené par le plénipotentiaire.

– Est-ce que tu m'accuses d'avoir tué Gu ? grogna l'homme au couteau.

Tao fit énergiquement « non » du menton.

– Vraiment, reprit le colosse en agitant son hachoir, crois-tu que je prendrais la peine de me débarrasser de quelqu'un à l'aide de poison ?

Il tenait sa lame affûtée de manière à dissuader quiconque de poser des questions déplacées. Tao se força à sourire et reporta son attention sur ses autres voisins, occupés à préparer les crêpes à la vapeur, le pain farci et les raviolis qui constituaient la nourriture de base en Chine du Nord.

Soucieux de ne pas réitérer l'épisode de son errance dans le labyrinthe palatial, Ti retourna à son palanquin et se fit conduire à la cuisine numéro 3. Nul doute que le flair légendaire qui lui valait d'être là lui eût permis d'y parvenir sans l'aide de personne, mais il préférait s'économiser pour la rude journée d'investigations qui s'annonçait.

Cette cuisine était bâtie sur le même modèle que la précédente, un grand souci de rationalisation ayant prévalu à la construction de la Cité. Seule la teinte du toit la différenciait. Celui du numéro 4 était gris, couleur emblématique des eunuques qu'elle avait pour destination de nourrir. Le toit du numéro 3 était vert, emblème de la magistrature.

Les recrues étaient déjà à pied d'œuvre. Les trois hommes avaient pris connaissance de leurs nouveaux postes et tenté de déployer leurs talents dans la concoction des collations servies aux plus matinaux des mandarins – Ti fut étonné d'apprendre qu'il y en avait. Des détails retinrent bientôt son attention. La façon dont les autres cuistots préparaient et agençaient les plats n'était pas celle de ses suspects. Elle lui parut manquer de componction. On ne prenait guère la peine de disposer les mets avec l'application à laquelle il se serait attendu, étant donné que ceux-ci allaient terminer sur la table des grands directeurs de l'État. Ceux qui les faisaient cuire avaient l'air peu motivés. Il s'approcha du responsable :

– Toutes ces choses délicieuses ne sont pas réellement pour les conseillers, n'est-ce pas ?

L'homme, un obèse, approuva du menton.

– Rien n'échappe à Votre Excellence, répondit-il, navré. Des perles données aux cochons, voilà comment j'appelle cela !

Il ne se leurrait pas sur la raison d'être des plats qu'on lui faisait préparer si tôt. La plupart des fonctionnaires qui faisaient servir une collation matinale dans leur bureau n'étaient pas là : ils ordonnaient à un sous-fifre de passer la commande en leur nom, pour faire croire à leur supérieur, au cas où celui-ci aurait été présent, qu'ils se trouvaient à leur poste dès les premières lueurs du jour. C'était un secret de papier. Les chefs de départements faisaient d'ailleurs eux-mêmes semblant de surveiller tout ce monde, ayant mieux à faire et se voyant davantage préoccupés de plaire à leur propre maître que de contrôler l'emploi du temps des subalternes. Toutes ces grillades soigneusement caramélisées, ces bols de riz parfumé aux essences rares finiraient dans le gosier d'esclaves censés s'approvisionner à la cuisine des inférieurs.

Ti s'intéressa à ses suspects. Par un curieux concours de circonstances, il ne cessait de leur arriver des misères. L'expert en cuisine taoïste dut sortir se changer : il avait été aspergé par accident. Un cri retentit à travers la salle en même temps qu'on entendit un choc sur le pavage : quelqu'un venait de passer au Setchouanais un bol en grès qu'on avait malencontreusement fait chauffer sur le feu l'instant d'avant. Le malheureux plongea ses doigts dans le liquide froid le plus proche, une soupe de fèves sucrées, ce qui arracha des cris de protestation au Mandchou. Ti se dit que cet endroit était un marécage peuplé de bêtes venimeuses.

Ceux qui s'étaient fait leur place en ces lieux voyaient d'un mauvais œil l'arrivée de la concurrence. Ils remplaçaient trois hommes dont l'un avait eu de l'avancement, un autre était parti travailler en ville, et le troisième avait été chassé pour cause de paresse. Le taoïste se retrouvait de nouveau à côté d'un bouddhiste, dans le coin réservé aux cuisines d'inspiration religieuse. Le Setchouanais avait rejoint la partie dévolue aux traditions régionales, où il s'était immédiatement lancé dans la préparation du fromage de soja aux épices du Sud-Est. Le Mandchou s'était fait une place parmi les autres cuisiniers étrangers, entre un Coréen et un Tibétain qui ne jurait que par la graisse de yak.

Un Cantonais était spécialisé dans les animaux répugnants ou nuisibles : scorpions frits, brochettes de mille-pattes, confits d'araignées… Ti vit qu'on lui apportait toutes les saletés qu'on trouvait dans la Cité, punaises, vers de terre, mouches, qu'il changeait en beignets.

Les mandarins appréciaient les plats provinciaux parce qu'ils étaient fréquemment issus de ces régions, ou y avaient occupé des postes, à l'image du juge Ti.

– Vous-même avez sans doute une préférence, noble seigneur ? demanda Po Zhi-Xin. Quel genre de cuisine vous plaît le plus ?

– Celle qui se mange, répondit Ti en jaugeant d'un œil sombre les scorpions qui marinaient dans le vin blanc.

Un cuisinier était occupé à assaisonner des concombres de mer aux oignons du Shandong, la côte de la mer Jaune, un plat que le magistrat avait pris grand soin d'éviter, du temps où il administrait une ville de cette région, au début de sa carrière.

Ti avait sous les yeux un large éventail des nombreuses manières qui se pratiquaient dans l'empire, dont les plus connues étaient celles du Shandong, du Setchouan, du Guangdong, du Fujian, du Jiangsu, du Zhejiang, du Hunan et de l'Anhui, appelées communément les Huit Grandes Cuisines de Chine. Celles du Jiangsu et du Zhejiang ressemblaient aux beautés du Sud, celles du Shandong et de l'Anhui avaient la force des gaillards du Nord, celles du Guangdong et du Fujian exprimaient la noblesse des princes dont elles avaient la faveur.

Un peu plus loin, une marmite à réchaud poivrée et pimentée exhalait un parfum plus attirant. Les mandarins avaient surnommé ce genre de mets délicieux « les plats cultivés ». Ils considéraient la gastronomie, signe de distinction, plaisir licite et convivial, comme l'une des principales expressions de la civilisation. Leurs maîtres queux aimaient à rappeler que le sage Confucius n'entendait rien à la chose militaire, mais s'y connaissait très bien en ustensiles de boucherie.

– Venez par ici, noble juge, dit le gros responsable de cette mosaïque. Je vais vous présenter notre spécialiste confucéen. Un magistrat aussi éminent que vous ne pourra qu'être intéressé par son art sublime.

Il l'entraîna dans le coin des préparations d'inspiration religieuse, ce qui tombait bien, Ti ayant eu l'intention de surveiller un peu le taoïste. L'homme connaissait les recettes inventées dans la résidence de Confucius, devenue le sanctuaire de sa philosophie. Il était à la fois en train d'accommoder de la viande de Dongpo et de faire sauter des morceaux de porc aux cacahuètes et aux piments, deux plats typiques. Il portait la fine moustache d'ordinaire réservée aux mandarins, afin sans doute d'affirmer sa référence au célèbre penseur, toujours représenté de la sorte.

M. Kong était originaire de Qufu, la ville natale du maître. En fait, il faisait partie de ses descendants directs. Comme tous ceux de sa famille, il avait passé sa jeunesse à étudier l'enseignement de l'illustre ancêtre, afin de se montrer digne d'une filiation qui constituait le sens de son existence.

Le responsable chuchota quelques mots à l'oreille du magistrat :

– On murmure que c'est parce qu'il n'était guère doué pour les idées abstraites qu'on l'a orienté vers l'application culinaire de la sagesse confucéenne. Cela ne lui a pas trop mal réussi. Son arrivée chez nous s'est faite par héritage, en quelque sorte.

Flatté de se voir distinguer par leur éminent visiteur, l'intéressé ne se fit pas prier pour leur rappeler les principes de la cuisine des Kong :

– Comme Votre Excellence le sait sûrement, Confucius fut le premier gastronome. Dans les « Entretiens », il est écrit : « On ne se lasse jamais des mets délicieux et savoureux. » Certes mon ancêtre ne connaissait guère l'art culinaire, mais il faisait preuve d'un intérêt passionné pour la bonne chère. On raconte qu'il a répudié sa femme au motif que son talent dans ce domaine laissait à désirer.

– Cette cause de divorce ne figure plus dans notre code, répondit le magistrat. Cela a dû être une expérience extraordinaire que de passer votre enfance dans cette atmosphère purement confucéenne.

La mine de M. Kong se rembrunit.

– Nous partagions, mes frères, mes cousins et moi, un long bureau. Notre maître nous faisait face. Chaque jour, nous lisions les mêmes maximes, nous apprenions les mêmes caractères. Ce que nous avions lu un jour, nous devions le réciter le lendemain. Si nous nous trompions, on nous punissait d'un coup de baguette sur la main. Notre famille accorde la plus grande importance à la formation des nouvelles générations. Dans la vie de tous les jours, les règlements étaient d'une rigueur digne d'un monastère. C'est le seul endroit, en Chine, où hommes et femmes d'une même famille se tiennent respectueusement à l'écart les uns des autres.

Ti en conclut que cet emploi auprès de l'Empereur avait représenté une occasion inespérée d'échapper à ce carcan invivable. Voilà qui était bien éloigné des principes d'amour et de tolérance prônés par leur ancêtre !

Confucius aimait se nourrir de ce qui vole. Aussi la cuisine déclinée de ses préceptes reposait-elle principalement sur les volailles, dont un assortiment assez complet, poulets, canards, pigeons et cailles, était accroché au-dessus du plan de travail. C'était en fin de compte une cuisine aérienne.

M. Kong ne semblait jamais las de vanter un savoir si durement appris. La préparation des plats ne l'empêchait pas de continuer à exposer les règles de son art :

– Le principe du juste milieu prôné par Confucius demeure le modèle idéal d'une civilisation de lettrés fins et mesurés. En cuisine, ce juste milieu consiste à rechercher l'harmonie entre le brutal et le subtil, le naturel et l'élaboré, le simple et le complexe.

Ce disant, il décapitait ses volailles d'un coup de hachoir sec et sans remords.

– Confucius disait : « Si tu sais aimer les bonnes choses de la vie, tu sais aussi aimer la Vertu. » Si Votre Excellence le permet, je vais à présent lui préparer un menu confucéen complet : won-tons salés de la chance, légumes de la jeunesse, poisson entier à la vapeur de la richesse, nouilles aux crevettes de la longévité, et pour finir won-tons sucrés de la fécondité.

Ti remercia poliment et poursuivit sa visite de la cuisine numéro 3, toujours suivi de Po Zhi-Xin.

– Cet homme est coréen, n'est-ce pas ? demanda-t-il en désignant un grand escogriffe en tenue de la Péninsule. Que fait-il donc ?

– Je crois qu'il prépare du chou lacto-fermenté macéré au piment rouge, dit l'eunuque avec une moue de dégoût. Berk. Il paraît qu'il y a des amateurs. Cela s'accommode avec des algues. Il ne faut pas avoir peur des aliments glaireux.

Non loin d'eux, une longue flamme s'éleva du four dévolu au Mandchou. L'homme y plongea résolument une volaille entière. On aurait dit un artificier exhibant un feu de Bengale. Ti devina qu'il avait attaqué son fameux canard laqué, une recette venue des steppes.

Les Mandchous étaient les principaux représentants de la tendance « viande » de la gastronomie chinoise. Le rude climat du Nord imposait une alimentation rustique et reconstituante, riche en ragoûts et en boulettes. Les cuissons s'y faisaient au barbecue de charbon de bois et sous forme de fondue. Il était peu question de légumes. Les garnitures se composaient principalement de nouilles, facilement transportables lors des déplacements de ces populations nomades.

Tandis que son canard grillait, le Mandchou se hâtait de préparer des pains farcis et cuits à la vapeur à la mode de Tianjin.

– Il est très adroit, remarqua le juge, tandis que les autres cuistots guettaient le moment où le canard finirait dans la vapeur, et la farce, dans le brasier.

Ti reporta son attention sur le Setchouanais, dont l'art incarnait la tendance « feu » de la gastronomie chinoise. Il venait d'ouvrir tout un assortiment de flacons dont il jetait le contenu à grandes pincées dans ses casseroles.

– Dans le Setchouan, on ne lésine pas sur le piment et les épices, commenta M. Po.

La scène intéressa particulièrement le magistrat. Un flacon de poison n'était-il pas en cause dans cette affaire ? Cette cuisine paysanne était réputée pour l'utilisation de piments très forts, dont le fameux poivre du Setchouan. Ti avait eu l'occasion de constater qu'ils agissaient comme une bombe sur la langue, pour ensuite l'engourdir. La plupart des plats contenaient aussi du vinaigre, du sucre et du sel, ainsi que des viandes fumées ou marinées pour favoriser leur conservation.

La journée du juge s'écoula ainsi, dans ce théâtre où le spectacle ne s'interrompait jamais. L'eau lui vint si souvent à la bouche, on l'invita tant de fois à goûter les sauces, qu'il eut l'impression de s'être gavé pour sa vie entière, si menue chaque portion ait-elle été.

Avant de quitter la Cité interdite, il passa prendre Tao Gan à la cuisine numéro 4. Les mitrons étaient en train de nettoyer leurs plans de travail en prévision du lendemain. Il en profita pour demander, non sans appréhension, comment son protégé s'était comporté pour ce premier essai.

– Le talentueux artisan fourni par Votre Excellence passe toutes nos espérances ! lui assura le responsable avec un enthousiasme un peu trop vif. C'est un maître dans son art, et ses techniques, quoique déconcertantes de prime abord, ont déjà fait leurs preuves en cette seule journée.

Ti regagna son équipage en se demandant ce que les techniques de son secrétaire inculte avaient eu de si déconcertant. Une fois seuls dans le palanquin, Tao lui donna une autre version de son apprentissage. Il avait d'abord manqué mettre le feu au bâtiment lorsqu'il avait tenté d'allumer son four en y jetant de l'alcool pour gagner du temps. Ses confrères le regardaient d'un drôle d'air à cause de la protection dont il jouissait de la part du plénipotentiaire : on voyait en lui un chouchou favorisé. Cette animosité lui avait fait craindre de ne pas parvenir à lier les contacts censés lui permettre d'enquêter selon les souhaits de son patron. Heureusement, ses démêlés avec l'agent du ministère de l'Intérieur chargé de les surveiller n'avaient pas tardé à renverser la situation. Lorsque le surveillant avait vu de quelle manière il avait découpé ses légumes, il avait failli s'étrangler de colère. Il l'avait accusé de vouloir introduire des innovations prétendument modernes, qui n'étaient pas de mise dans ce sanctuaire de la tradition. Il l'avait menacé de présenter sur-le-champ un rapport à son sujet, et avait entrepris de lui réciter les règles présidant à l'éminçage des comestibles impériaux. Tao Gan récita d'une voix haut perchée, le nez pincé : « L'art culinaire repose sur six exigences : la couleur, le parfum, la saveur, la présentation, le bruit et les récipients. Il n'y a que sur ce dernier point que vous apportez satisfaction. Et encore : c'est parce que vous jetez vos préparations dans le bol qu'on vous tend ! »

L'agent, rouge de fureur, s'époumonait depuis de longues minutes lorsque Tao Gan, empêtré dans ses manœuvres, que de telles vociférations ne rendaient pas plus faciles, avait renversé sur lui toute une marmite de sauce gluante. L'ensemble des cuisiniers était depuis lors de son côté : ils nourrissaient tous des griefs envers ces inspecteurs, qui se permettaient de leur faire recommencer leur travail à la moindre incartade.

– De toute façon, mes plats ont brûlé ; ils ont donc fini aux ordures, ce qui a réglé la question de savoir si mes légumes étaient ou non tranchés selon les principes en vigueur.

– Aïe, aïe, dit Ti. C'est fort ennuyeux pour la suite.

– Au contraire, noble juge ! Cet échec s'est révélé d'une grande habileté : il a contribué à me rapprocher de mes collègues en leur apportant la certitude que je n'étais nullement un concurrent. J'ai donc le plaisir d'annoncer à Votre Excellence que notre enquête est en bonne voie : je suis en mesure de faire parler n'importe lequel d'entre eux sur le sujet qu'il plaira à Votre Excellence. Je puis déjà vous révéler, si vous le souhaitez, quelques secrets d'alcôves croustillants, dont le bruit court dans les communs. On m'a révélé les noms de plusieurs cocus célèbres, dont certains appartiennent au cercle le plus restreint de l'état-major – ils font porter des plats chez eux quand ils n'y sont pas, voyez-vous. C'est l'occasion d'y remarquer bien des choses… J'ai, par ailleurs, la liste de tous les fonctionnaires qui suivent un régime sans sucre ou sans sel. Deux ministres au moins sont des alcooliques notoires qui n'apprécient que les desserts à l'eau-de-vie. On sort de là avec une drôle d'impression de nos gouvernants, je vous assure !

Ti passa le reste du trajet à suivre d'une oreille distraite le catalogue des turpitudes qu'il était possible d'apprendre en préparant les repas des grands de ce monde.

IX

Madame Première jardine au clair de lune ; elle fait profiter son mari de ses trouvailles.

« Sous les rosiers sont enfouies les racines de mon affliction. Quand ils refleuriront je trouverai enfin la paix. »

Les deux derniers vers du poème découvert sur la tombe du vieux Ti ne cessaient de trotter dans la tête de madame Première, l'empêchant de trouver le sommeil. Une image jaillit tout à coup dans son esprit. Résolu à en priver sa femme, le défunt avait enterré la majeure partie de sa fortune sous les rosiers afin de la transmettre directement à ses enfants. Le poème signifiait qu'il ne trouverait la paix que lorsque ces richesses seraient parvenues à leurs destinataires.

Elle ouvrit grands les yeux. Toute envie de dormir s'était évanouie. Il faisait nuit. Elle se leva sans bruit, passa une robe en soie rose, et poussa doucement la porte qui donnait sur l'extérieur. La pleine lune éclairait la cour d'une lumière blafarde. Elle la traversa et pénétra dans le local que les lieutenants de son mari avaient plus ou moins aménagé. Elle reconnut les formes de Ma Jong et de Tsiao Taï, recroquevillés sur leurs nattes respectives. Un peu plus loin ronflait Tao

Gan, épuisé de s'être tant dépensé toute la journée pour la gloire de la gastronomie.

Elle approchait la main de Tsiao Taï pour le secouer, lorsque cinq doigts épais et velus se refermèrent sur son poignet avec une telle force qu'elle ressentit une vive douleur. Une paire d'yeux la scrutaient sous deux sourcils sévères.

– Tu me fais mal, murmura-t-elle en tentant de se libérer.

– Oh, mille pardons ! souffla le lieutenant de son mari, sur les traits de qui la surprise avait remplacé la colère. Un réflexe : je vous avais prise pour un voleur.

Ma Jong s'était redressé lui aussi et les regardait depuis sa couche. Tao Gan, en revanche, ronflait plus que jamais. Il n'avait pas, comme eux, passé quelques années dans la nature en tant que « chevalier des vertes forêts », bandits de grand chemin, et n'avait pas appris à dormir d'un seul œil.

– Est-ce qu'il y a le feu ? s'inquiéta Tsiao Taï en levant le nez.

– Chut ! fit madame Première. Tout va bien, rassure-toi. J'ai besoin de vous.

Cette information n'avait rien pour les rassurer, au contraire. La femme de leur patron sollicitait leurs services, en pleine nuit et en cachette de tout le monde. Tsiao Taï espéra qu'elle n'allait rien leur proposer qui les conduirait directement au pilori après un passage au tribunal de son mari.

– Vous avez des pelles ? demanda-t-elle.

Elle commença à fureter dans les coins :

– On doit bien pouvoir dégoter ce genre d'objet, dans ce gourbi !

Les outils de jardinage de dame mère étaient en effet

entreposés contre un mur. Elle s'en saisit et fit signe aux lieutenants de la suivre.

– Creusez ici ! ordonna-t-elle en jetant pelle et pioche devant l'un des rosiers.

– Puis-je vous demander pourquoi ? s'enquit Tsiao Taï tandis que son compagnon commençait à remuer la terre meuble.

– Parce que « sous les rosiers sont enfouies les racines de mon affliction ». Les deux hommes échangèrent un regard perplexe.

– Ah, bon ? dit Ma Jong. Peut-on savoir à quoi cela ressemble ?

Madame Première indiqua par gestes que l'heure n'était pas aux palabres et qu'il fallait creuser. Au bout de quelques minutes d'efforts, Ma Jong s'interrompit. Tsiao Taï, pour sa part, avait passé moins de temps à fouiller le sol qu'à surveiller sa patronne, dont l'incohérence l'alarmait.

– Vous avez trouvé quelque chose ? demanda-t-elle.

– Des ossements, dit le colosse. Madame Première frémit.

– Je m'en doutais. On a enterré quelqu'un là-dessous !

Elle se colla à lui pour mieux voir. Ma Jong lui tendit de petits os tout gris.

– Un bébé ? supposa-t-elle.

– Un chat, plutôt, répondit-il en laissant dédaigneusement tomber les reliques sur le dallage.

Dame Lin eut une moue contrariée. Elle se tourna vers l'autre rosier et les pria de recommencer à cet endroit. Ma Jong se mit en devoir d'obéir, tandis que son compagnon refermait le premier trou, pour éviter que dame mère ne pousse des cris d'horreur, dans quelques heures, en découvrant l'outrage infligé à ses plantations. En lui-même, il songeait qu'il existait sûrement, dans une si grande ville, des médecins spécialisés dans ce genre de maladie.

La pelle de Ma Jong rencontra soudain un obstacle qui rendit un son mat. Madame Première poussa un cri d'excitation. Il exhuma une boîte oblongue, dont le métal avait noirci au contact de la terre acide.

– Je croyais qu'on cherchait des racines de machin chose, dit-il, comme sa patronne s'emparait du coffret avec une impatience laissant supposer qu'il renfermait des trésors inestimables.

Elle fit jouer le loquet et souleva le couvercle, qui s'ouvrit en grinçant. Elle en tira, l'un après l'autre, en les prenant délicatement entre deux doigts, les objets qui s'y trouvaient, sous l'œil interloqué des apprentis fossoyeurs. Il s'agissait en tout et pour tout d'un rouleau de parchemin retenu par un ruban rouge, et d'un bijou en or où étaient gravés les caractères « Longue vie », « Prospérité » et « Nombreuse descendance ». Le métal jaune, que le temps n'avait pu corrompre, brillait sous la lune. Les deux hommes semblèrent rassurés : ils comprenaient mieux à quoi rimaient ces excavations nocturnes. Voilà qui valait bien qu'on prît la peine de transpirer un peu au milieu de la nuit. Leur patronne avait souhaité empocher le pendentif sans que la mégère en sût rien.

– Vous pouvez remettre la terre en place, dit-elle en tournant les talons.

– Mais… Et les racines de votre tristesse ? s'étonna Ma Jong.

– Je les tiens, répondit la Première, qui serrait contre elle le coffret crasseux, comme si rien de plus précieux ne lui était jamais tombé entre les mains.

Sur le point d'entrer dans le logement des femmes,

elle hésita : comment examiner en paix ses trouvailles sans réveiller tout le monde ? Derrière elle, les lieutenants l'observaient avec curiosité. Elle revint sur ses pas et leur ordonna d'aller chercher de la lumière. De retour dans le réduit, ils s'accroupirent devant le coffret, que la flamme d'une lanterne teintait d'une lueur orangée. Dame Lin avait l'impression d'une réunion de sorciers groupés autour d'une boîte à sortilèges. Elle déroula avec soin le vieux parchemin, maculé de taches verdâtres dues à l'humidité. Une impression de déjà-vu la frappa dès les premières lignes. Elle connaissait ce texte. «Ce papier m'appartient ! » pensa-t-elle tout à coup en découvrant le nom de famille de son mari. C'était un contrat de mariage rédigé pour la famille Ti. Mais une autre famille que la sienne était citée plus bas, dans la partie concernant la jeune épousée. Par cet acte, les deux clans concluaient une alliance éternelle. Le marié s'engageait à traiter sa femme selon les règles du droit et de la coutume. Surtout, il faisait serment de lui restituer ses biens personnels en cas de répudiation ou de divorce. Elle avait sous les yeux l'acte civil qui avait uni ses beaux-parents, il y avait un demi-siècle de cela. Qu'est-ce que ce papier d'une actualité un peu fanée faisait sous les rosiers ? Comment avait-il atterri là ?

Peut-être le reste du contenu répondait-il à cette question. Le bijou était hélas d'une banalité affligeante. C'était le genre de babiole convenue qu'on offrait aux fiancés en guise de bons souhaits pour leur vie conjugale. Que d'amertume M. Ti avait dû ressentir en relisant ces trois mots !

Madame Première avait maintes fois entendu son mari raconter des histoires de messages cachés, rédigés à l'encre sympathique au bas de documents sans importance. Elle se mit à scruter le parchemin sous tous les angles, recto et verso, à travers la lumière de la lanterne. Les lieutenants l'observaient sans paraître comprendre.

– Mon mari a bien dû vous enseigner quelques trucs pour découvrir les inscriptions secrètes, dit-elle en leur tendant le papier. Aidez-moi à déchiffrer celle-ci.

Tsiao Taï se rappelait quelques recettes :

– Il faut frotter le parchemin avec un citron. On peut aussi le tamponner avec du vinaigre. Je dois avoir ce qu'il faut.

Il sortit de sa sacoche un citron qu'il coupa en deux à l'aide de son couteau et entreprit d'en tartiner le document. Il jaugea le résultat avec dépit.

– Je crains que ça n'ait pas marché, dit-il en le rendant à sa patronne.

– Mais qu'est-ce que tu as fait ! s'écria-t-elle en découvrant que le bain au citron, non seulement n'avait pas révélé d'inscription, mais avait largement effacé celle qui s'y trouvait. On ne peut plus rien lire du tout ! Une pièce à conviction de la première importance !

Elle se lamentait sur son indice perdu quand Ma Jong, toujours d'une sérénité parfaite, lui prit des mains le document, décidé à réparer la maladresse de son compagnon :

– Ne vous alarmez pas, il existe d'autres moyens pour faire apparaître les textes cachés. La suie, par exemple.

Il ôta l'enveloppe de la lanterne et exposa le parchemin à la fumée qui s'élevait de la chandelle. Comme la méthode ne donnait pas les résultats escomptés, il le rapprocha afin que la fumée ait plus de facilité pour s'y déposer.

– Ah, je crois que ça vient ! annonça-t-il.

Une trace noirâtre était en effet en train de se dessiner au milieu du contrat de mariage, en même temps qu'une odeur de gâteau au citron pénétrait leurs narines. Soudain, la tache noire devint une flamme jaune vif qui jaillit entre ses doigts. Madame Première n'eut que le temps de s'écrier: «Ça brûle!», déjà Tsiao Taï arrachait le papier des mains de son ami pour le plonger dans un baquet qui traînait là. Un «pschitt» s'éleva brièvement en même temps qu'un filet de fumée grise. Il rendit le papier à la femme du juge. Il était percé en son centre d'un trou assez large. Le reste était noir de suie et de brûlures. Elle leur jeta un regard sombre.

– Mon mari doit avoir un bien grand talent pour élucider des énigmes en dépit de vos maladresses! leur lança-t-elle. Que vais-je bien pouvoir faire de cette loque, à présent?

Tsiao Taï esquissa un geste pour le lui reprendre.

– Si vous voulez bien me le confier, il y a encore quelques recettes que nous n'avons pas essayées...

Elle écarta le papier pour le mettre hors de portée du lieutenant.

– N'y touche pas! Vous avez provoqué assez de catastrophes comme ça! Songez que la mémoire d'un homme est attachée à ce document! Tout est peut-être perdu par votre faute!

Prise d'un doute, elle le renifla.

– Dites-moi, cette bassine dans laquelle vous l'avez trempé, elle vous sert à quoi, exactement?

Devant leur air gêné, elle s'abstint de réclamer des détails. Elle fourra papier et bijou dans le coffret, qu'elle referma d'un coup sec, et quitta le logis crasseux sans se retourner. Quel parti le juge pouvait tirer de deux imbéciles pareils, c'est ce qu'elle ne parvenait pas à comprendre. Elle marcha tout droit à la chambre d'enfant où il reposait, à deux pas de sa chère mère.

Ti était au milieu d'un rêve agréable : il parcourait les allées aux murs rouges de la Cité interdite, monté sur un canard géant, et distribuait des encouragements à une foule de cuisiniers prosternés sur son passage. Son instinct toujours en éveil l'avertit cependant que quelque chose n'allait pas. Ouvrant les yeux, il découvrit une silhouette accroupie près du lit, dont les yeux le contemplaient intensément, et reconnut presque aussitôt sa Première.

– Je n'ai pas osé vous réveiller, expliqua-t-elle tout bas. Jamais je n'aurais eu cette audace.

– Ah bon ? fit-il d'une voix pâteuse.

– Puisque vous ne dormez plus, j'aimerais vous entretenir de quelque chose.

L'esprit du magistrat était encore trop embrumé par le sommeil pour que l'hypocrisie d'une telle attitude le frappât. Il fit un geste vague qu'elle interpréta comme un acquiescement.

– Vous vous souvenez du poème que j'ai ramassé sur la tombe de votre défunt père ?

« Encore cette affreuse histoire ! » songea-t-il en levant les yeux au ciel.

– J'ai d'abord cru qu'il avait enterré la partie manquante de sa fortune sous les rosiers, afin d'en frustrer sa veuve au cas où elle mettrait en pratique ses funestes desseins. Aussi ai-je envoyé vos lieutenants creuser dans les parterres.

Le juge Ti estimait pour sa part qu'un emploi au ministère offrait de meilleures perspectives d'enrichissement que de défricher les plates-bandes maternelles.

– Alors ? Sommes-nous enfin riches ? répondit-il en se demandant si on allait bientôt le laisser se reposer.

Elle lui montra le bijou et le parchemin noirci. Il fronça les sourcils :

– Ce document est certainement très précieux : quelqu'un a tenté de le faire disparaître en le jetant au feu.

Elle dut l'informer que les connaissances de ses lieutenants dans le domaine de la chimie laissaient à désirer.

Il alluma une lampe à huile et en approcha le papier pour tenter de déchiffrer ce qui pouvait encore l'être.

– Pas trop près ! prévint sa femme.

– On dirait un exploit d'huissier. C'est notre nom, que je lis ici ?

Elle lui expliqua ce dont il s'agissait. À son avis, un message avait dû être ajouté quelque part. Elle comptait sur le savoir et l'expérience de son époux pour le révéler :

– Vous connaissez sans doute la préparation adéquate. Je suis certaine que cet écrit nous permettra de coincer la criminelle.

Il soupira et lui rendit le chiffon à demi brûlé :

– J'apprécie les efforts que vous déployez pour me convaincre que ma mère est une meurtrière sans scrupules. Je veux bien tremper ce bout de papier dans toutes les solutions que vous voudrez, mais je doute qu'il vous en apprenne davantage. Bien que vos intentions soient louables – je parle de celles qui tendent à faire régner l'ordre et la justice à travers cet empire, les seules qui vous animent, n'est-ce pas ? –, votre méthode me paraît défectueuse. Vous vous attachez à prouver par tous les moyens matériels imaginables une théorie qui ne repose sur rien de tangible. Vous feriez mieux d'examiner les faits. Croyez-vous qu'une femme puisse assassiner son mari et dilapider la fortune familiale sans que ses proches se doutent de quoi que ce soit ? Vous et moi étions certes en mission au moment des faits, mais il y avait ici nombre d'oncles, tantes et cousins qui n'auraient pas manqué d'alerter les autorités s'ils avaient soupçonné de telles exactions.

Le visage de son épouse s'illumina subitement, bien que cela ne fût pas l'effet recherché.

– Mais bien sûr ! s'exclama-t-elle.

Elle agrippa son mari à deux mains et l'embrassa sur la joue.

– Vous êtes toujours d'excellent conseil. Je m'empresserai de suivre votre avis dès demain matin.

Un horrible soupçon naquit dans l'esprit du magistrat.

– Quelles sont vos intentions ? demanda-t-il depuis son lit cube, avant qu'elle ne quittât la chambre.

– Je vais aller interroger tous vos parents ! Ce sont autant de témoins !

Elle referma doucement la porte, sans égard pour la mine catastrophée de son mari. Non seulement elle continuait de former les plus effroyables accusations envers sa mère, mais elle comptait à présent en faire part à l'ensemble de la parentèle ! Il renonça à protester pour l'heure, étant donné le peu de temps qu'il lui restait pour reprendre des forces d'ici le matin. Il tira sur lui la couverture en espérant qu'il lui serait encore possible de rencontrer ses cousins sans rougir de honte.

X

Madame Première prend le thé avec une cousine ; elle déjeune avec un banquier.

Quand elle ouvrit les yeux, le lendemain matin, madame Première constata que ses compagnes avaient déjà quitté le lit commun pour s'occuper des enfants et faire servir le riz. Le peu de sommeil qu'elle avait réussi à prendre avait été troublé par un rêve déplaisant : alors qu'elle grattait la terre sous les rosiers, deux mains surgissaient brutalement des tréfonds pour s'agripper à elle, tandis que la voix de son beau-père répétait sur un ton sépulcral : « Je t'en supplie ! Sauve-moi ! Je ne peux compter que sur toi ! »

Curieuse de voir s'il était possible de tirer quelque chose du parchemin à la lumière du jour, elle alla ouvrir le coffret, posé sur un guéridon près de la fenêtre. Il était vide. Elle se demanda un instant si elle ne l'avait pas remisé ailleurs avant de s'allonger. Mais non. Elle l'avait bien laissé dans cette boîte, qui ne contenait à présent rien d'autre qu'un peu de poussière et de sable.

Elle bondit dans le petit salon où son mari tâchait de déguster en paix son bol de nouilles avant de partir sauver cent têtes dans la Cité interdite. Elle lui montra le réceptacle vide :

– J'ai été volée durant mon sommeil !

– Comme vous avez de la chance, répondit-il sans se détourner de son repas. Vous avez donc dormi ?

– Qui a pu vouloir me prendre ces pièces à conviction ?

– Surtout dans l'état où vous les aviez mises, c'est étonnant, commenta-t-il entre deux bouchées.

Un cri d'ourse en colère résonna à leurs oreilles :

– Dame Lin ! Ici tout de suite !

L'intéressée dirigea des yeux furibonds du côté d'où venait la voix.

– En voilà une qui ne disparaîtra pas si facilement, marmonna-t-elle.

– Et pourtant vous vous y employez, ma chère, dit son mari en tamponnant sa moustache à l'aide de sa serviette humide.

Quelques instants plus tard, madame Première se tenait devant sa belle-mère, qui débitait la liste infinie des tâches qu'elle lui assignait pour la journée.

– Et quand tu auras fini tout ça, tu pourras surveiller la préparation du dîner. Recommande bien à Sheng de chasser les bestioles qui se sont permis de ficher en l'air mes plantations, cette nuit. Les rats sont d'une effronterie insensée, cette année.

Dame Lin se dit que le moment était propice à une citation de bonne poésie. Elle déclama deux vers en guettant la réaction de l'auditrice :

« Sous les rosiers sont enfouies les racines de mon affliction.
Quand ils refleuriront je trouverai enfin la paix. »

Elle avait espéré voir la vieille dame sursauter. À peine son front se plissa-t-il dans une expression de contrariété.

– Oui, eh bien ce sont les racines de mon affliction à moi que tu vas subir si tu ne te mets pas au travail immédiatement.

– Puis-je demander à madame si elle compte m'assister dans les travaux innombrables qu'elle a la bonté de me confier ?

– Cela aurait été avec plaisir. Hélas, je dois m'absenter, aujourd'hui : une visite à faire à l'autre bout de la ville. Je te laisse de quoi t'occuper. Cela t'évitera de flâner dans les cimetières, ou de remuer des pensées négatives, ma fille.

Sur ce, dame mère s'en alla embrasser son fils qui partait pour le palais. Elle ajusta le costume vert émeraude du magistrat, avec un claquement de langue pour l'inaptitude de sa bru à l'empêcher de sortir tout débraillé. Comme le palanquin impérial venait justement d'arriver, elle pria Ti Jen-tsie de bien vouloir la déposer sur l'avenue, rideau ouvert, pour que toutes ses voisines puissent la voir.

Madame Première leur fit adieu de la main qui tenait le chiffon à poussière, tandis que l'autre se crispait sur le balai dont sa belle-mère l'avait munie avant de disparaître. Puis elle flanqua tout cela dans les bras des servantes et courut s'habiller pour sortir.

Après avoir passé en revue les membres du clan Ti dont elle se souvenait, elle avait fixé son choix sur une nièce de son beau-père, dame Dong Petite-Gracieuse, qui présentait l'avantage d'avoir été souvent fourrée chez eux, du temps où elle-même habitait là. En tant que fille aînée de la sœur préférée du vieux Ti, elle accompagnait souvent cette dernière lors de ses visites. Madame Première gardait le souvenir d'une effrontée qui ne se privait pas de se gausser de son prochain. À coup sûr, elle n'hésiterait pas à lui communiquer ses doutes si elle en avait. L'esprit de suspicion et la médisance seraient ses meilleurs alliés pour glaner des renseignements.

Elle enfila ses vêtements les moins froissés et ordonna à l'un des serviteurs de la conduire à la résidence de dame Dong, située à deux pâtés de maisons de là[1]. Les rues grouillaient déjà de marchands et d'esclaves, malgré l'heure matinale. Elle était depuis trop peu de temps de retour dans cette ville extraordinaire pour ne pas ressentir, chaque fois qu'elle mettait le pied dehors, des réminiscences de sa vie passée, ces dix années chez les Ti, où elle avait l'habitude de saisir le moindre prétexte pour échapper à la surveillance de sa belle-mère. Aujourd'hui encore, c'était en cachette qu'elle se sauvait. Rien n'avait changé. Elle se sentait rajeunir de quinze ans.

Une fois en présence du portier, elle annonça que la cousine Lin du côté des Ti désirait embrasser la maîtresse des lieux. On l'introduisit dans une cour assez similaire à la leur, à la différence que des jouets d'enfants traînaient de toutes parts. Une femme encore jeune, ronde et potelée, dont l'embonpoint gommait la moindre ride, apparut sur le perron du pavillon principal. Elle était vêtue d'une robe simple, un peu terne, dépourvue de motifs, mais de bonne coupe, les épaules couvertes d'un châle de couleur vive, comme c'était la mode depuis l'avènement de l'empereur actuel. Derrière elle se tenaient une série de servantes portant de jeunes enfants, tandis que d'autres gamins, plus âgés, se cachaient dans les jupes de leur mère. Celle-ci

1. Dans la capitale Chang-an, les pâtés de maisons étaient de véritables petits villages refermés sur eux-mêmes, où seules les résidences des nobles ouvraient sur les avenues extérieures.

considéra quelques instants la visiteuse avant de descendre les marches.

– Cousine Lin ? dit-elle sur un ton hésitant. Quelle charmante surprise.

Madame Première devina qu'elle ne voyait pas du tout de qui il s'agissait. Au bout de tant d'années, qui avaient laissé leur marque sur son visage à elle, il n'y avait là rien d'étonnant.

– Mon mari, Ti Jen-tsie, vient d'être nommé à la Cour métropolitaine de justice, expliqua-t-elle charitablement. Nous logeons chez la veuve de mon beau-père, feu le conseiller Ti. C'est à deux pas. Je n'ai pu résister au plaisir de venir vous embrasser à la première occasion. Nous avons tant de souvenirs en commun !

Avec tous les renseignements qu'elle venait de lui fournir, il aurait fallu s'être trompé de beaucoup sur la perspicacité de Petite-Gracieuse pour que celle-ci ne la situe pas. Un petit moment fut cependant nécessaire pour que le visage de son hôtesse s'éclaire :

– Dame Lin Erma ! Mais bien sûr ! Celle qui n'a pas d'en… Comme vous avez bien fait de venir me voir !

Madame Première ravala son dépit pour rendre ses embrassades à la grosse mère de famille nombreuse. Elle se vit bientôt entourée d'un groupe d'enfants qui tiraient sur les breloques de son habit provincial ou l'examinaient prudemment, un doigt dans la bouche.

– Dites bonjour à la cousine Lin du côté des Ti, leur recommanda leur mère, ce qui fut suivi d'un salut poussé en chœur par une dizaine de bambins curieux. Suivez-moi à l'intérieur, nous serons plus à l'aise pour bavarder.

Elle entraîna dame Lin dans un salon sens dessus dessous, où se constataient les probables séquelles du passage de l'adorable smala.

– Quelle joie de vous revoir, déclara Petite-Gracieuse en s'asseyant, tandis qu'une servante, ayant opportunément lâché l'un des bambins, apportait le thé de bienvenue. Je compatis à votre malheur, ajouta-t-elle, affichant soudain une mine d'enterrement. C'est une terrible tragédie.

Madame Première se demanda tout à coup si le meurtre du beau-père était un fait admis de toute la parentèle.

– C'est une grande tristesse de n'avoir pas d'enfants. Je sais de quoi je parle, j'en ai mis dix au monde, rendez-vous compte ! Il m'en reste actuellement huit. Nos prières ont été entendues par les dieux.

L'état de la maison ne permettait pas d'en douter. Madame Première crut nécessaire de préciser que son mari avait pris deux concubines, qui s'étaient chargées de pallier ses propres lacunes.

– Ah, bien, parfait, dit son hôtesse, avec le pincement de lèvres d'un médecin peu pressé d'annoncer à son patient qu'il ne marchera jamais plus.

Madame Première réprima son envie de l'étrangler avec son châle multicolore et se concentra sur le motif de sa venue. Faisant mine d'admirer le petit jardin que l'on apercevait par la fenêtre ouverte, elle récita les vers du poème mystérieux.

Une lueur d'intérêt s'alluma aussitôt dans les yeux de la cousine.

– « Rouge comme le cœur palpitant de l'oiseau, dans ma poitrine bat un tambour dont les sons ne vont que vers toi », récita-t-elle avec une emphase consommée.

– Pardon ? dit madame Première, qui ne croyait pas avoir lancé le signal d'un concours de déclamation.

– C'est la dernière œuvre de Yu Pu, le célèbre poète,

dit Petite-Gracieuse, la mine réjouie. J'adore ce qu'il écrit. Savez-vous qu'il a été reçu à la Cour ? L'Impératrice elle-même s'est fait présenter ses meilleures compositions. Mon mari m'en a offert un recueil illustré pour mon anniversaire. Je vais vous le montrer, puisque vous êtes férue de poésie.

Dame Lin ne se doutait pas que ses recherches l'entraîneraient dans une orgie de littérature du classicisme le plus étroit. Lorsque la cousine lui eut lu la moitié du volume, vraie débauche de lamentations sucrées et autres mièvreries peuplées de petits oiseaux aux gazouillis affligeants, elle eut l'impression d'avoir franchi les limites de l'enfer taoïste. Il convenait d'y mettre fin avant qu'un autre meurtre ne vienne ensanglanter la chronique familiale dans cette même pièce.

– Mon mari est très atteint par la disparition de son père, s'empressa-t-elle de dire avant que la lectrice n'entame une nouvelle litanie soi-disant poétique. Tout, dans notre maison, lui rappelle cet événement malheureux. Son grand regret est de n'avoir pas pu assister aux funérailles. En avez-vous quelque souvenir ?

La cousine se rembrunit à cette évocation.

– Mais comment donc ! Ce fut un épisode vraiment pénible.

– Certes… Le pauvre homme était très aimé…

– Oui. Mais ce qui fut le plus dur fut de le voir inhumer par une entreprise dont je n'aurais pas voulu pour le dernier de mes domestiques. Votre belle-mère était si affligée qu'elle a embauché n'importe qui. Nous en étions tous atterrés. Savez-vous qu'on n'a même pas exposé le corps, comme s'il était mort du choléra ?

– Il semble que les finances de ma belle-famille

n'étaient plus à leur zénith au moment du décès…, suggéra madame Première.

La cousine haussa les épaules.

– J'ai bien remarqué que le train de vie de ma tante revêtait la sobriété d'un veuvage rigoureux, répondit-elle. Mais il n'en allait pas de même avant le décès, ah non ! L'oncle Ti ne s'est jamais privé d'entraîner mon mari, mon père et mes frères dans les banquets qu'il donnait dans les salons des meilleurs restaurants de Chang-an. Je vous assure qu'il ne faut pas être ruiné pour s'offrir ça ! Combien de fois mon Junhai ne m'a-t-il pas raconté les tours de chant ou de danse exécutés par les courtisanes les plus en vue ? Une semaine avant son trépas, ils s'amusaient encore tous comme si les lingots d'or poussaient dans le jardin de mon oncle. La veuve aurait bien eu de quoi payer des funérailles décentes si elle avait pu reprendre ses esprits.

Madame Première lui répéta les assertions de cette dernière, selon qui le défunt les avait tous ruinés avant de mourir. Petite-Gracieuse resta songeuse.

– C'est bien étonnant. Car, enfin, l'oncle Ti n'était pas un écervelé. S'il dépensait autant pour distraire ses amis, c'est qu'il pouvait se le permettre. Le plus simple serait d'aller en chercher confirmation auprès de son chargé d'affaires, maître Siu. Il a son officine dans le quartier Gloire universelle, au bas de l'avenue de l'Ouest.

Madame Première, toute à ses réflexions, commit sa première grosse maladresse de la journée :

– J'avais pensé que mon beau-père, se sentant malade, avait pu distribuer une partie de ses biens à ses parents, dans le but de contrister sa veuve… Je suis bien placée pour savoir qu'ils ne s'entendaient guère.

L'expression de la cousine se figea d'un coup. Elle posa instinctivement une main sur le lourd collier accroché à son cou. Ce ne fut qu'à ce moment que madame Première remarqua combien il était beau, avec ses pierres bleues aux reflets chatoyants. Elle voyait fort bien le vieux Ti faire un présent de cette sorte à sa sœur préférée, qui l'avait ensuite légué à sa fille aînée.

– Il ne s'est rien passé de tel ! s'empressa de répondre celle-ci. L'oncle Ti aurait dû racheter tous les bijoux de l'Impératrice pour se départir d'une telle fortune. Son domaine de Luoyang, à lui seul, valait autant que tout ce qu'il possédait à la capitale.

Madame Première lui aurait volontiers assuré qu'elle ne désirait pas lui contester les petits cadeaux du défunt ; c'était hélas trop tard, l'ambiance était irrémédiablement gâchée. Les yeux dont la fixait désormais la cousine Dong faisaient trop deviner ses soupçons quant aux véritables motifs de la visite. Elle se borna dès lors à répondre par oui et par non, sur un ton à peine poli. À tel point que la visiteuse se demanda combien de vestiges de la grandeur passée des Ti on aurait pu ramasser à travers les pièces de cette maison.

Une servante vint prévenir sa maîtresse que le précepteur des grands venait d'arriver.

– Je viens tout de suite, j'ai un mot à lui dire. Ma cousine Lin s'en allait justement.

Elle se leva comme si dame Lin venait d'annoncer son souhait de se retirer. Cette dernière ne put éviter de quitter elle aussi son siège et de remercier pour ce chaleureux accueil, qui leur avait permis de renouveler une si agréable connaissance. Petite-Gracieuse la raccompagna jusqu'au portail, avec sur les lèvres un sourire placide, dont l'aspect totalement figé laissait entrevoir ce qu'elle pensait vraiment. « Saluez pour moi votre mari et *vos enfants* », dit-elle en manière d'adieu, si bien que l'épouse du magistrat se souvint subitement qu'elle l'avait toujours considérée comme une vipère.

– Vous transmettrez mes salutations à votre époux, répondit poliment dame Lin. Je crois comprendre qu'il est absent ?

Petite-Gracieuse répondit que le cher homme travaillait énormément, partant tôt, rentrant tard, quand ses obligations ne le forçaient pas à coucher loin de son foyer. « C'est ainsi, chez les fonctionnaires de la capitale : ils ne peuvent s'offrir le luxe de s'endormir sur leurs lauriers », conclut l'épouse du haut responsable accablé par son devoir.

Madame Première rentrait de quinze années passées en province ; le sens de ce discours ne lui échappa nullement. Les postes de sous-préfets étaient considérés comme des sinécures sans éclat, à l'intention des diplômés dépourvus de toute ambition. Ceux qui n'avaient jamais quitté Chang-an étaient atteints du mal frappant en général les natifs de toutes les capitales du monde : la certitude que les contrées barbares inexplorées et indignes de l'être commençaient juste derrière les murailles de leur merveilleuse, rassurante et orgueilleuse cité.

– Je vois, dit dame Lin. Les absences masculines sont une vieille coutume, dans notre clan.

Petite-Gracieuse se raidit, confirmant sa visiteuse dans l'idée que le mari suivait le même chemin que l'oncle Ti : il restait hors de chez lui le plus possible, pour échapper à une épouse acide et à l'envahissante marmaille qu'elle y dressait contre lui. L'épouse du juge avisa l'un des bambins de nouveau accrochés aux jupes de leur mère. Sa figure était marquée de trois ou quatre minuscules points rouges.

– Oh, tiens, dit-elle en se penchant vers lui pour se relever bientôt et faire deux pas en arrière. On dirait tout à fait la maladie du dragon écarlate.

– Quoi donc ? s'inquiéta sa cousine en dévisageant l'enfant.

– La progéniture de mes compagnes en a été atteinte il y a cinq ans.

– Vraiment ? Et c'est grave ?

– Pas trop. Par chance, mon Ti Jen-tsie se connaît en médecine. Nous avons réussi à en sauver trois sur cinq.

Elle franchit le seuil de la résidence, suivie de son domestique, laissant derrière elle une femme dont les traits se déformaient lentement en un rictus d'horreur.

Un point positif ressortait au moins de tout cela : le conseil d'aller trouver le chargé d'affaires de feu son beau-père était judicieux. Elle prit une chaise sur l'avenue la plus proche et se fit conduire dans le district Gloire universelle, son serviteur marchant derrière.

Le quartier d'affaires de la capitale avait bien changé depuis son départ. Les victoires militaires des armées impériales s'étaient accompagnées d'un épanouissement phénoménal de l'économie, désormais florissante. Les années de vaches maigres engendrées par les troubles qui avaient provoqué la chute de la dynastie précédente étaient bien oubliées. Les frontières assurées, le territoire pacifié, les innombrables routes commerciales convergeant vers Chang-an assuraient à la bourgeoisie métropolitaine une aisance dont les banquiers étaient les premiers à cueillir les fruits. Là où se serraient auparavant de minables échoppes d'usuriers et autres prêteurs sur gages plus ou moins miteux, se dressaient à présent de majestueux immeubles à plusieurs étages, impeccablement peints, aux balustrades ornées de colonnes rouges, dont les enseignes rutilantes proclamaient la réussite de la corporation.

Elle envoya son serviteur chez le chef d'îlot, installé dans une guérite surchargée de maximes dédiées à la réussite commerciale, lui demander l'emplacement de l'établissement où travaillait maître Siu. Il ne fallut que quelques pas de plus à ses porteurs pour la déposer devant le perron d'une belle façade, sur laquelle trônait en gros caractères jaunes la mention « Infinie Prospérité », qui ressemblait davantage à un vœu qu'à une raison sociale.

La banque de l'« Infinie Prospérité » abritait une série de bureaux dont la liste était gravée sur un panneau, à l'entrée : prêts, dépôts en nature, gestion de biens dans les provinces, recouvrement de dettes, change dans toutes les monnaies connues… Plus madame Première pénétrait les arcanes de ces lieux d'abondance, moins elle parvenait à croire qu'on s'y était abaissé à gérer les trois sous d'un noble ruiné.

Un employé que le serviteur était allé quérir vint s'incliner devant elle :

– J'ai le regret d'annoncer à notre auguste visiteuse que maître Siu ne reçoit plus de clients depuis plusieurs années. Un autre de nos associés sera honoré de recevoir madame.

– Je suis la belle-fille d'un ancien et important client de votre patron, le conseiller impérial Ti. Je tiens à rencontrer maître Siu en personne, pour échanger avec lui quelques souvenirs au sujet de mon beau-père.

L'employé resta pensif quelques instants avant de répondre que maître Siu, qui ne travaillait plus guère que quelques mois par an, était justement dans leurs murs ce jour-là. Puisqu'il s'agissait d'une visite de famille, on allait le faire prévenir tout de suite.

Un autre huissier apporta un plateau où reposait une tasse de thé. Madame Première prit place sur le banc qu'on lui indiqua et entreprit de siroter la décoction d'un cru de premier choix, tout en promenant son regard sur le luxueux hall où chaque détail témoignait un peu plus d'une prospérité tout à fait en harmonie avec l'enseigne.

Un homme assez grand en dépit de son âge, qui devait avoisiner les soixante-dix ans, doté d'une épaisse barbe blanche parfaitement taillée, émergea d'un couloir pour venir à elle. Il portait une splendide robe de brocart rouge et or avec bonnet assorti, lequel aurait pu appartenir à un fonctionnaire de premier rang, dont c'était la couleur emblématique, si celui-ci avait disposé des revenus d'un des plus gros banquiers de la capitale. Il ne fallait pas s'y tromper : le personnage affable qui venait de s'incliner avec l'humilité d'un simple fournisseur était mille fois plus opulent et puissant que son emploi ne le laissait supposer. Madame Première, habituée à fréquenter toutes sortes de gens, depuis que le métier de son mari envoyait chez elle épouses de notables, quémandeurs et artisans en tous genres, venus rafistoler leurs résidences de fonction, jugea immédiatement son hôte pour ce qu'il était : un homme qui avait réussi et se plaisait à passer quelques jours par mois dans son bureau pour se désennuyer, bien que sa fortune l'ait mis, lui et les siens, à l'abri du besoin pour plusieurs générations. Ses premiers mots confirmèrent indubitablement qu'elle était en présence d'un être de ressource :

– Je suis ravi autant qu'honoré de recevoir dame Lin, épouse du célèbre sous-préfet Ti Jen-tsie. Le bonheur de cette visite éclaire ma journée. Puis-je demander à mon auguste visiteuse si elle a déjeuné ?

Aussi stupéfaite que si une voyante lui avait récité son état civil et la liste de ses ancêtres jusqu'à la quatrième génération, madame Première fut tout juste capable de faire « non » de la tête. Aussitôt, sans que maître Siu ait lancé le moindre ordre, cinq serviteurs jaillirent du fond du bâtiment, munis de plateaux sur lesquels reposaient un assortiment de crustacés, un mets hors de prix à cette distance de la mer, et d'autres plats venus de chez les meilleurs traiteurs.

– Aimez-vous les coquillages de la mer Jaune ? demanda son hôte. Ils arrivent par le fleuve, dans de grandes jarres à ciel ouvert. C'est un service qu'un de nos clients a eu la bonne idée de mettre sur pied. Et nous, nous avons l'heureuse intuition de nous charger de ses intérêts, conclut-il avec un sourire dont elle ne sut s'il était rouerie de commerçant ou pure urbanité.

Elle n'avait pas encore compris comment cet inconnu avait eu connaissance de son nom et de son apparence physique, qu'elle était déjà attablée dans un petit cabinet au décor charmant, devant une table chargée de préparations délicates et de vins fins. Sa présence auprès de cet homme aurait pu prêter à de fâcheuses interprétations s'ils n'avaient été le centre du ballet ininterrompu d'un personnel attentif. Elle se dit par ailleurs que son hôte avait passé l'âge des aventures galantes, qu'elle n'avait pas l'allure d'une gourgandine, et qu'ils n'étaient pas dans une demeure particulière, mais dans l'une des maisons de finance les plus huppées de la capitale. Les produits de la mer Jaune avaient en outre des charmes auxquels il était difficile de résister. Elle n'en avait plus goûté depuis l'affectation de son mari dans une petite cité portuaire de la côte est, cela faisait dix ans. Depuis lors, ses émoluments de sous-préfet étaient loin de leur avoir permis de telles agapes. Elle mettait toute sa fierté dans le fait d'avoir réussi à élever les enfants de sa maisonnée sans qu'ils manquent ni de professeurs ni d'une nourriture saine. Cette seule victoire disait assez que ses jours n'étaient pas aussi ouatés que devaient l'être ceux de l'épouse du vieux banquier qui la regardait vider ses coquilles.

– Puis-je vous demander comment il se fait que vous me connaissiez ? articula-t-elle, dès qu'elle eut avalé son lot de crevettes roses assaisonnées à l'alcool de palme.

– Comment ! s'insurgea son hôte. Mais j'étais l'un des plus proches amis de feu votre beau-père ! Il me parlait souvent de vous et de son cher fils. Il était si fier de son intelligence, de sa droiture, de ses succès dans l'exercice de ses fonctions… telles qu'il les concevait. Combien de fois ne m'a-t-il pas lu les longues lettres que lui envoyait l'éminent juge Ti, où il lui relatait par le menu les crimes affreux commis dans sa juridiction, et l'art qu'il avait déployé pour en faire condamner les protagonistes !

Cela n'expliquait pas comment il connaissait son nom, alors qu'elle-même ne l'avait jamais vu et rentrait après quinze ans d'absence.

– Eh bien, il faut croire qu'un peu de l'immense sagacité de votre mari aura déteint sur moi grâce à ces lettres. Il se trouve que j'ai une bonne mémoire, et que votre époux citait souvent la chère compagne sans qui il ne serait pas parvenu à mener une si brillante carrière.

Tous ces compliments valaient certes mieux qu'un coup de trique, bien qu'elle fût très peu habituée à entendre des gens qui n'attendaient rien d'elle parler de Ti Jen-tsie comme d'un magistrat éminent, à la brillante carrière. Se pouvait-il que sa récente promotion lui valût déjà ce genre de flatteries ?

– Dites-moi plutôt ce qui me procure le plaisir de votre visite, reprit le banquier en lui tendant des beignets de crustacés de la plus appétissante apparence. Aurai-je la chance de recevoir bientôt l'honorable plénipotentiaire ?

Comment ce banquier savait-il que Ti venait d'être nommé enquêteur spécial du palais ? Ce fait était censé n'être connu que des habitués de la Cité interdite.

Encore ignorait-on le motif de sa nomination, qu'il s'était même refusé à partager avec elle. Elle répondit que le plénipotentiaire était retenu par ses obligations. Une visite à ce magnifique établissement s'imposait d'autant moins que la fortune familiale, à leur grand dam, avait énormément diminué depuis le décès du conseiller. Elle se tut après ces derniers mots, curieuse de connaître la réaction du banquier. Celui-ci opina lentement du menton. Le silence qui s'installa ressemblait à celui qui suit l'évocation d'un deuil récent. Elle décida d'enfoncer le clou :

– Ces déboires financiers nous ont étonnés, car enfin, avec l'aide d'un financier aussi chevronné que vous, il y avait peu de risques que mon beau-père voie sombrer ses avoirs, n'est-ce pas ?

Maître Siu réitéra son hochement de sage en prière.

– Je me suis demandé, reprit-elle, agacée par cette absence de réponse, si la gestion de ma belle-mère n'avait pas quelque chose à voir avec cet état de fait. Vous ne vous êtes plus occupé de ses affaires, après le décès du conseiller, je crois ?

Une minuscule ride de contrariété apparut entre les yeux du banquier. Elle devina immédiatement que ses relations avec la veuve n'avaient pas été aussi cordiales qu'avec le cher disparu.

– Votre belle-mère n'a pas souhaité poursuivre ses relations avec notre établissement, répondit-il enfin. Je ne puis donc vous donner aucun éclaircissement sur ce qu'il est advenu de sa fortune. Au reste, le conseiller Ti, s'il vivait dans l'aisance, n'était pas l'une des premières fortunes de la capitale. Je lui ai souvent reproché, comme banquier et comme ami, de préférer jouir de son capital plutôt que d'investir lorsque des occasions s'offraient. Peut-être sa richesse a-t-elle été enjolivée par le souvenir des années d'insouciance que votre époux et vous avez passées auprès de lui ?

Madame Première sursauta intérieurement. Était-ce là le discours d'un homme d'argent ?

– Pardonnez-moi, objecta-t-elle, mais le domaine splendide qu'il possédait à Luoyang n'est pas un « enjolivement » créé par mon imagination. Je me rappelle très bien cette grande demeure patricienne, entourée d'un parc agencé par les meilleurs jardiniers, dont dépendait toute une série de fermes d'un très bon rapport. Combien de fois en ai-je admiré les frondaisons, les délicieuses promenades entre les massifs de pivoines, ce petit étang, véritable œuvre d'art, et ces collines artificielles plantées d'arbres nains, dont on ne trouve sûrement d'égal que dans les jardins de l'Impératrice ? Tout cela n'a pas disparu dans un gouffre lors d'un tremblement de terre, je suppose ?

Alors qu'elle-même faisait grise mine, le visage du vieil homme s'éclaira d'un sourire à la description de ce petit paradis.

– Vous aimez donc bien l'horticulture ? demanda-t-il doucement.

– Ce qui m'attachait surtout à ces lieux, c'était le

souvenir des jours agréables que j'y avais passés avec mon époux, dans les premières années de notre mariage. Vous comprendrez qu'il m'a été très désagréable d'apprendre que je n'y mettrai jamais plus les pieds.

Elle vida d'un trait le petit bol de vin tiède qu'il venait de lui servir. Elle s'était montrée plus sincère qu'elle ne l'aurait souhaité. Jamais jusqu'à cet instant elle n'avait réalisé à quel point cet endroit de rêve allait lui manquer. L'opulence des Ti lui avait toujours paru une compensation pour ses illusions perdues, pour la cohabitation avec une belle-mère acariâtre, pour cette décourageante carrière qui la promenait dans tous les coins perdus… Que restait-il de tout cela ? Elle revenait à Chang-an régner sur un royaume qui n'existait plus. L'injustice du sort la frappa tout à coup. Elle saisit l'élégante carafe en céramique bleue et se servit elle-même un deuxième bol. Quand son trouble fut un peu dissipé, elle vit, du coin de l'œil, que maître Siu l'observait avec moins de compassion que d'intérêt.

– Croyez que je compatis à votre déception, dit-il.

Madame Première fit mine d'écraser une larme.

– « Sous les rosiers sont enfouies les racines de mon affliction. Quand ils refleuriront je trouverai enfin la paix », récita-t-elle, mettant à profit le fait que ces deux vers s'adaptaient à toutes les circonstances.

Elle aurait juré que maître Siu posait sur elle un regard différent.

– Savez-vous que votre beau-père m'a toujours vanté l'acuité de votre jugement ? dit-il. Le cher homme avait coutume de dire que vous étiez pratiquement l'égale de votre époux, et qu'il n'aurait pu lui trouver meilleure compagne.

– Êtes-vous amateur de poésie, maître Siu ? demanda-t-elle suavement.

– Comme de toutes les belles choses, dame Lin. Les poèmes sont comme nos vies : ils recèlent en général des significations que seuls les initiés peuvent entrevoir.

– C'est bien aussi mon avis. Sauriez-vous m'aider à entrevoir la signification de celui-ci ?

Maître Siu réfléchit un instant.

– Pourquoi pas ? Ma fidélité à la mémoire de votre beau-père est intacte.

Elle était désormais convaincue d'avoir en face d'elle l'homme qui avait déposé le poème sur la tombe du vieux Ti.

– Quoi qu'il lui soit arrivé, je le découvrirai, promit-elle.

Le banquier eut un mouvement de recul presque imperceptible. Il choisit finalement de s'incliner, tandis qu'elle se levait pour prendre congé. Il la raccompagna dans le vestibule.

– Nous serons amenés à nous revoir, dit-elle.

– J'en suis tout à fait convaincu, répondit-il.

Il fit un signe discret à l'un des huissiers, qui s'empressa d'aller chercher un véhicule à l'entrée du quartier. Maître Siu lui prodigua les vœux de santé pour son époux et tous les siens qu'exigeait la politesse. Il ne s'éloigna que lorsqu'elle descendit les marches du perron pour rejoindre la chaise à porteurs.

– Merci, mon ami, dit-elle à l'huissier qui l'aidait à s'installer sur le siège surélevé. Ton maître est un homme exquis. Quel jour est-on sûr de le trouver à son bureau ?

– Aucun, je le crains, répondit le bonhomme en ramenant le bas de sa robe à l'intérieur. Madame a eu beaucoup de chance de le rencontrer. Depuis qu'il s'est partiellement retiré des affaires, maître Siu passe la majeure partie de son temps dans la capitale de l'Est, où il possède une propriété qu'on dit superbe.

Les porteurs soulevèrent la chaise, qu'ils emportèrent bientôt sur l'avenue de l'Ouest en direction de la résidence des Ti. À l'intérieur, madame Première était figée, comme assommée. Elle était presque sûre de savoir ce qu'il était advenu du magnifique domaine de son beau-père.

XI

Le juge Ti fait connaissance avec le grand art culinaire ; il découvre qu'on peut aussi réussir en faisant tout le contraire.

L'avenue du Sud, majestueuse artère plantée d'arbres des deux côtés, était pleine d'une foule industrieuse. Nombre d'esclaves rentraient des marchés extérieurs, les bras chargés de victuailles. Pour ceux qui n'avaient pas le temps d'aller si loin, des étals ambulants proposaient çà et là tout l'éventail des denrées alimentaires de base. En passant devant l'un d'eux, le juge Ti se souvint qu'il avait besoin, pour ses investigations, d'un ingrédient que les cuisines du palais ne recelaient sûrement pas. Il fit signe au garde le plus proche d'arrêter le convoi. L'équipage impérial s'immobilisa sur le bas-côté de la chaussée, et le commandant du détachement vint prendre les ordres. Il était impossible qu'un autre achetât à la place du juge l'article qu'il allait devoir choisir avec un soin méticuleux. Il refusa donc l'offre de service et quitta le palanquin pour examiner la qualité des marchandises.

Un homme de haute taille, assez mal vêtu, le bouscula légèrement tandis qu'il se penchait sur les petits sacs de toile que lui vantait le marchand. Le juge sentit soudain qu'on décrochait la bourse pendue à sa ceinture. Il poussa un cri, un appel à l'aide, qui attira l'attention de tout le monde. L'inconnu qui venait de le heurter se mit à courir comme un dératé entre les chariots encombrant la rue.

– Rattrapez cet homme ! cria Ti à l'attention des gardes. Il m'a dérobé un bien précieux ! C'est un ordre impérial !

Certains gardes s'élancèrent droit devant eux à tout hasard, tandis que les autres cherchaient à voir où se trouvait le malandrin. Celui-ci fit une réapparition qui permit à toutes les personnes présentes de le situer instantanément : accroché à un poteau de bois, il parvint à se hisser sur un balcon de grande taille courant tout le long d'un bâtiment. L'ensemble des gardes à ses trousses, il bondit sur l'immeuble suivant, sauta de nouveau dans la rue, et se fondit dans la masse des passants ahuris qui venaient de suivre sa démonstration de voltige de leurs yeux ébahis. Sans doute s'était-il glissé sous une charrette, car il fut tout à coup invisible.

– Par ici ! cria un commerçant debout sur le pas de sa porte. Il a tourné le coin !

Les gardes partirent comme un seul homme dans la direction indiquée, avec un grand cliquetis d'armures, leurs sabres leur battant les jambes. Après avoir suivi un long boyau désert, ils eurent la surprise de se heurter à un mur que sa hauteur rendait infranchissable.

– Par les dieux, c'est de la magie ! s'écria le commandant en cherchant de tous côtés par où le voleur avait pu s'éclipser.

Lorsqu'ils eurent rejoint l'équipage impérial, très embarrassés de la manière dont ils allaient expliquer au plénipotentiaire qu'ils revenaient bredouilles, les soldats constatèrent que celui-ci n'était pas dans son palanquin. Tout occupés qu'ils étaient à guetter les évolutions du voltigeur, les porteurs n'avaient rien vu. L'officier se dit avec inquiétude qu'il lui faudrait affronter un supérieur bien plus coriace que le petit magistrat provincial confié à sa surveillance : celui-là même qui l'avait personnellement chargé de ne pas le quitter d'une semelle.

Ti fit arrêter devant le restaurant la chaise de louage dans laquelle il avait sauté tandis que les porteurs regardaient les hommes d'armes courir après le voleur. Il était satisfait de la rapidité de Ma Jong. Déguisés en ouvrier et en marchand, nul doute que ses lieutenants avaient su semer les militaires alourdis par leurs armures de cuir et leurs lances. Il aurait néanmoins préféré que son homme de main s'abstienne de filer avec sa bourse. Par bonheur, il conservait toujours un lingot d'argent dans sa manche en cas de besoin. Cela devait bien suffire à lui payer un déjeuner, fût-ce à l'une des tables les plus réputées de la capitale.

Il désirait entendre un autre son de cloche à propos de ce qui se passait réellement dans les cuisines impériales. Il avait bien conscience que nul subordonné du grand chambellan n'oserait lui dévoiler des renseignements qui auraient tôt fait de se retourner contre leur divulgateur. L'idée lui était venue de visiter les auberges les plus fameuses, toutes en rapport étroit avec les fourneaux impériaux, à un titre ou à un autre.

Une enseigne aux motifs d'échassiers en vol indiquait en gros caractères que cet établissement coquet se nommait le « Pavillon des pins et des grues ». Le serveur qui l'accueillit dès l'entrée lui fit traverser la salle jusqu'à une terrasse couverte donnant sur le jardin de la Tranquillité. Au-delà d'une rambarde en bois peint s'étendait un parc aux perspectives soigneusement tracées, où l'art des plantations avait ménagé un équilibre délicat entre diverses essences d'arbres. Sur un étang artificiel bordé de joncs, des volatiles lacustres au beau plumage blanc cendré fouillaient la vase à la recherche de leur nourriture. L'ensemble constituait le paysage idéal pour goûter, dans la paix des chants d'oiseaux, les savantes préparations concoctées par des mains expertes.

Ti savait que toutes les grandes adresses de la capitale étaient tenues par d'anciens cuisiniers de l'Empereur. Les nobles s'y pressaient parce qu'on y dégustait la même cuisine qu'au palais. Tous les habitants de Chang-an voulaient savoir comment se nourrissait le Fils du Ciel, et manger comme lui s'ils pouvaient se le permettre.

Le serveur égrena la liste sans fin des plats disponibles. Ti ne pouvait éviter de commander un repas traditionnel complet, s'il voulait mettre le restaurateur dans les bonnes dispositions nécessaires au but de sa visite. Dès qu'il eut arrêté son choix, un défilé de serviteurs apporta d'innombrables assiettes froides qui ne constituaient que les entrées.

Ti trempa ses baguettes ici et là, en gardant à l'esprit qu'il convenait de se réserver pour la suite. Ayant goûté deux ou trois marinades succulentes, il demanda au serveur, toujours debout à ses côtés, de prévenir son patron que le « grand enquêteur impérial extraordinaire plénipotentiaire » désirait le féliciter. Il allait pouvoir vérifier si son nouveau rang de mandarin de première classe pouvait lui être utile à quelque chose. La rapidité avec laquelle le restaurateur rejoignit sa table lui indiqua que les titres ronflants n'étaient pas vains entre les murs de Chang-an.

L'homme rondouillard qui se tenait devant lui, les bajoues ornées d'un sourire obséquieux, était vêtu d'une robe de bonne facture. La teinte gris perle de l'étoffe, rehaussée à chaque couture d'un liseré d'or, lui rappela le vêtement des serviteurs impériaux. Les manières doucereuses du personnage et sa voix aiguë confirmèrent sa première impression : il était en présence d'un ancien eunuque du palais, qui avait renoncé à sa charge pour faire fortune ailleurs.

L'homme se confondit en remerciements pour l'honneur que lui faisait Son Excellence d'avoir choisi son établissement. Il jeta ensuite un coup d'œil général au contenu des assiettes qui recouvraient la table.

– Il manque ici quelque chose, noble seigneur. Votre Excellence l'ignore peut-être, mais elle se trouve dans un restaurant de nouilles d'une certaine réputation.

Il glissa deux mots au serveur le plus proche. Un instant après arrivait un plat débordant de pâtes d'une teinte jaune pâle. Il expliqua qu'il s'agissait là de la spécialité maison : les « nouilles sur l'autre rive ». La sauce, au lieu d'être versée sur les féculents, était présentée à part, et l'on devait « faire le pont » entre le bol et l'assiette. C'était bien sûr des nouilles de première cuisson. Dans les restaurants de moindre catégorie, la même eau servait à faire un millier de bols. À la fin, c'était un véritable empois, les nouilles n'avaient plus aucune fraîcheur, elles se mettaient en paquet et prenaient un goût de farine crue. Rien de tel ici.

Ti ne manqua pas de manifester sa satisfaction en toute franchise : il n'avait pas mangé d'aussi bonnes nouilles depuis longtemps, en dépit des efforts de ses trois épouses et de sa chère mère.

– Les mets les plus simples sont souvent les meilleurs, dit-il avant de faire claquer sa langue en signe de vive approbation.

Le visage de l'eunuque s'éclaira d'un sourire radieux :

– Votre Excellence vient justement de définir la devise de notre établissement !

Puisque la glace était rompue, Ti s'informa des circonstances qui avaient fait passer son hôte de la Cité interdite à une auberge de grande tenue. Flatté qu'on s'intéressât à son humble personne, le gros eunuque lui résuma la destinée ordinaire d'un enfant de douze ans, né dans une famille pauvre de la région, que ses parents avaient eu l'idée de vendre au palais pour s'en défaire avec profit. On l'avait présenté aux chambellans en même temps qu'un lot d'autres postulants. Il avait été retenu à cause de sa mine avenante – largement gâtée depuis lors par les excès de bouche – et de sa bonne santé, car le service n'avait rien d'une sinécure. Après avoir trimé dix années durant sans qu'il lui ait été prodigué d'autre éducation que la manière de s'activer le plus discrètement possible, un certain talent pour l'assaisonnement lui avait permis d'entrer dans le système des cuisines, où il avait été initié aux secrets de l'art culinaire le plus pur.

Ti, qui avait récemment reçu l'honneur d'une telle initiation, l'aiguilla sur les causes de son départ. La figure de l'eunuque se rembrunit. Il avait été prié de quitter la lumière céleste à la suite d'une stupide histoire de rivalité entre cuisiniers, qui avait conduit à l'élaboration de plats outrageusement pimentés dont le feu avait indisposé Sa Majesté. Les moindres fautes étaient impitoyablement sanctionnées. Il avait été fouetté et renvoyé, sans regard pour le sacrifice irrémédiable qu'il lui avait fallu consentir.

Le nuage qui avait assombri son visage se dissipa

aussi vite qu'il était apparu, ce qui témoignait du bon caractère du bonhomme et du contentement qu'il éprouvait à occuper son emploi actuel :

– Être chassé de cet étrange paradis a été la chance de ma vie. J'avais passé mon existence à ramper devant mes supérieurs. Je pensais n'être rien, à peine un ver de terre dans le domaine mirifique du Dragon divin. Lorsqu'on m'a poussé dehors, mon ballot sous le bras, j'ai cru qu'il ne me restait plus qu'à me donner la mort au plus vite, et mon premier mouvement fut de chercher un arbre où me pendre. Et voilà qu'à ma grande surprise toutes les portes de la ville se sont ouvertes devant moi ! Les restaurateurs se sont disputé la chance de m'employer, pour la simple raison que j'avais travaillé dans la cuisine personnelle de Sa Majesté. Cinq ans plus tard, j'étais à la tête de la minuscule gargote où vous vous trouvez en ce moment. J'aurais de quoi entretenir une famille de cinq belles concubines et quinze enfants, si ce genre de bonheur n'avait été écarté pour toujours de ma destinée.

Ti se prit à penser qu'il y avait certainement dans ce corps de serviteurs les ferments d'actes répréhensibles ; il lui faudrait interroger leurs chefs dès son retour dans la Cité interdite. L'eunuque rompit soudain le fil de sa méditation :

– Votre Excellence a-t-elle choisi les plats sautés ?

– Je m'en remets à vous.

Le restaurateur jubilait à l'idée de faire l'article devant un si haut personnage.

– Permettez-moi de vous conseiller notre chef-d'œuvre : nos nouilles sautées au bœuf.

Le juge se serait attendu à ce qu'on lui propose quelque chose de moins banal. L'eunuque lut dans ses pensées :

– Que Votre Excellence ne s'y trompe pas. C'est l'un des deux plats les plus difficiles à réussir, justement parce qu'il est courant et demande une parfaite maîtrise de la température de l'huile et de l'intensité du feu. Le Dragon apprécie comme tout le monde les choses simples ; encore faut-il qu'elles soient parfaites, ce qui en fin de compte les rend exceptionnelles.

Sur un claquement de mains, les serviteurs lui apportèrent un réchaud à charbon et tout le matériel nécessaire, qu'on disposa sur une desserte, à quelques pas du juge. L'eunuque saisit ses instruments tout en commentant ses faits et gestes :

– Le goût des nouilles doit être homogène. Il faut savoir doser la sauce pour ne pas altérer leur saveur. La viande doit être saisie quelques instants pour rester tendre. On mélange ensuite les deux ingrédients pour parfaire la cuisson. Si elle est réussie, pas une seule goutte de sauce ne doit rester au fond du bol après le dernier coup de baguettes. L'ensemble doit n'être ni trop gras, ni trop sec, mais bien à point. Pour cuire la viande sans qu'elle attache, je la fais sauter au sens propre dans une poêle, au-dessus d'une grande flamme. Je flambe le tout à l'alcool de riz. Le résultat est incomparable.

Une fois que les nouilles sautées eurent atterri dans son assiette, le juge Ti dut convenir que le produit de ces manipulations précises était délicieux. L'effet en était sûrement augmenté par le discours qui avait précédé la dégustation.

– Pour accompagner ces pâtes, il faut un plat de viande. Le deuxième plat le plus difficile, et pourtant tout aussi courant, est le porc aigre-doux.

Cette fois, le patron n'eut même pas à frapper dans ses mains pour qu'un nouveau ballet de serviteurs ne lui apportent ce dont il avait besoin. Ti en conclut que cette démonstration magistrale se renouvelait chaque fois que l'ancien cuisinier impérial avait l'occasion d'éblouir des hôtes de marque.

– La difficulté du porc aigre-doux est dans la sauce : elle ne doit pas gâter le goût de la viande, qui doit être tendre en surface mais croustillante à l'extérieur. Les travers de porc sont passés sous un nuage de farine, et non roulés dedans, ce qui altérerait le goût. Après avoir été enveloppés dans le sirop de miel, ils sont plongés dans la glace, que nous parvenons à conserver dans un puits jusqu'au milieu de l'été. Comme vous pouvez le voir, les petits morceaux de porc enrobés et glacés ressemblent à des bonbons. On les sert avec un éventail de légumes et de fruits aigres-doux.

Tout en regardant une avalanche de végétaux variés s'abattre sur la table, le juge Ti se dit que le Pavillon des pins et des grues servait aux gens ce qu'on vendait moins cher ailleurs, mais en mieux, et sous l'étiquette « comme au palais ».

Les plats sautés furent remplacés par divers entremets, afin de faire une pause et de changer de bouche. Ti en profita pour interroger le restaurateur sur les liens qui existaient entre les grandes adresses et la Cité interdite.

– Ils sont aussi étroits que multiples, répondit l'eunuque. Récemment, un cuisinier en ville a acquis quelque réputation auprès des mandarins. Des gardes du palais viennent souvent chercher des plats. Est-ce vraiment pour les hauts fonctionnaires ? Il y a lieu de croire que la Cour, et peut-être l'Empereur lui-même, souhaite y goûter. L'homme dont je parle n'a plus qu'une ambition : devenir l'un des cuisiniers attitrés de Sa Majesté. Ils sont assez nombreux pour que ce rêve se réalise un jour.

Ti remarqua justement deux eunuques qui traversaient la salle, emportant des cassolettes recouvertes de serviettes brodées.

– Le cuisinier dont vous me parlez travaille ici, n'est-ce pas ? dit-il.

L'eunuque se contenta d'arborer un sourire énigmatique qui avait tout de la fausse modestie. Il proposa à son client de choisir le grand plat qui devait suivre ces amuse-gueules :

– J'ai pour ma part une prédilection pour la fricassée de poulet vivant.

Bien que l'intitulé fût assez rébarbatif, Ti, piqué par la curiosité, demanda ce que c'était.

– Il ne doit pas s'écouler plus de trois minutes entre la mort du volatile et le moment où il est servi. Il est si frais qu'on croirait presque en voir les petits morceaux palpiter dans son assiette. Une fois tué, alors que le sang dégoutte encore, on plonge vivement l'oiseau dans l'eau bouillante. Les deux blancs vont directement dans la poêle. Puis-je proposer à Son Excellence d'assister au spectacle de cette opération ? La réussite d'une fricassée de poulet vivant dépend de la dextérité avec laquelle mon cuistot le fera passer de vie à trépas, puis de trépas en victuaille. Cela donnera à Votre Excellence l'occasion de rencontrer l'heureux élu dont je lui ai parlé il y a un instant.

Ti, dont l'appétit déjà fort rassasié venait d'être mis à mal par cette description, déclara qu'il renonçait au grand plat, quitte à déséquilibrer quelque peu l'harmonie de ce repas inégalable. Il lui était en revanche impossible d'échapper aux desserts, dont le patron donna aussitôt le signal. Le juge en profita pour le prier de continuer son récit.

– Tout ce qui se passe dans les cuisines impériales

met fort peu de temps à se savoir, dit le restaurateur. Notre milieu est aux aguets de toutes les nouveautés. Le goût de l'Empereur lance la mode. Ainsi, j'ai entendu dire ce matin même que le palais avait recruté un cuisinier qui fait preuve d'une faculté d'innovation hors du commun.

Le juge tendit l'oreille. Cette nouvelle l'intéressait furieusement. Ne s'agissait-il pas d'un des trois suspects qui venaient d'être promus sous ses yeux ? Il demanda si l'on savait qui était cet homme.

– Tout le monde l'ignore encore. Mais si Votre Excellence veut bien repasser d'ici un ou deux jours, je me fais fort de lui indiquer le nom et l'origine de ce mystérieux personnage.

Ti aurait aimé savoir si les règles de sécurité en vigueur dans les cuisines impériales étaient aussi respectées qu'on le prétendait. Était-il déjà arrivé qu'un cuistot introduise un produit interdit ? L'eunuque lui fit remarquer qu'il n'y avait pas de règlement incontournable. Il se souvenait par exemple d'un trafic dont le démantèlement avait fait assez de bruit. Les serviteurs incriminés avaient pris l'habitude d'apporter des substances illicites, qu'ils transportaient en utilisant un endroit qu'il était impossible aux gardes de fouiller.

– Votre Excellence me comprendra à demi-mot…, conclut l'eunuque en baissant la voix.

La longue expérience criminelle du magistrat lui permettait de saisir sans peine à quoi il faisait allusion. Voilà qui les ramenait aux latrines, précisément le lieu ou avait été découvert le corps du cuisinier Gu. On pouvait imaginer qu'il s'était empoisonné lui-même, si l'enveloppe contenant le poison s'était rompue au mauvais moment, alors qu'il tentait de l'évacuer. Avec leur hantise de l'empoisonnement, il était envisageable que les fonctionnaires chargés de la sécurité eussent porté toutes les substances hallucinogènes sur la liste des produits interdits, une liste qu'il ferait bien de se procurer au plus tôt. Il risquait d'avoir à éventer un réseau dont les ramifications atteignaient peut-être l'entourage de Leurs Majestés. Cette idée ne lui souriait guère. Le grand chambellan préférerait sans doute sacrifier cent têtes de subalternes, plutôt que de laisser croire que la famille royale était un nid de drogués et de trafiquants.

Toutes ces questions avaient éveillé la curiosité de l'eunuque. Bien qu'il ne pût rien dire de précis, tout ce qui se passait dans la Cité interdite étant secret d'État, Ti admit, sans entrer dans les détails, qu'un incident fâcheux s'était produit dans l'une des cuisines. L'eunuque avait trop pratiqué le palais pour être dupe de ces arguties.

– Que Votre Excellence m'excuse. Il n'y a pas d'incident, dans l'entourage de l'Empereur : il n'y a que des crimes de lèse-majesté.

La soupe arriva à propos pour détourner la conversation et clore le déjeuner. On avait servi au juge Ti l'un de ces repas traditionnels dont un homme seul ne peut venir à bout. C'était la raison pour laquelle les vrais gastronomes se déplaçaient toujours en groupe. Il se prit à douter que ses liquidités suffisent à s'acquitter de la note. Alors qu'il tâtait machinalement le lingot d'argent enfoui dans la doublure de sa manche, son hôte fit preuve, une fois de plus, d'une perspicacité probablement développée à force d'anticiper les désirs des princes qu'il avait si longtemps servis :

– J'espère que Son Excellence l'inspecteur impérial extraordinaire ne me fera pas l'affront de parler d'argent dans un moment si exceptionnel. L'honneur de recevoir pour la première fois un si haut serviteur de l'État et le plaisir de sa conversation sont deux récompenses au-delà de tous mes désirs.

Ce n'était pas en vain qu'il avait passé sa jeunesse à flatter les grands qui fréquentaient le palais. L'eunuque connaissait la manière de se constituer une clientèle de choix : le mandarin en vue qu'il venait de traiter royalement ne manquerait pas de vanter les mérites de sa table, de lui envoyer ses collègues, et de revenir banqueter avec ses amis, grâce au souvenir d'une agréable impression que nulle question triviale n'était venue gâter.

Alors qu'il sirotait une dernière tasse de vin vieux, Ti remarqua que son interlocuteur regardait fixement un point à côté de lui.

– Dites-moi qu'un de vos anciens collègues n'est pas debout derrière moi en ce moment, murmura-t-il. Bonjour, M. Po ! ajouta-t-il sans se retourner, le restaurateur n'ayant pas osé répondre. Comment m'avez-vous retrouvé ?

Po Zhi-Xin se tenait en effet respectueusement immobile derrière le siège du juge. Il s'approcha de la table et s'inclina avec un air finaud :

– Je ne ferai pas l'injure à Votre Excellence de croire qu'elle ne l'a pas deviné elle-même. Disons que j'ai appliqué les méthodes de Votre Excellence, d'une puissante efficacité.

Ti se dit qu'il avait dû interroger les porteurs de chaises à louer stationnées près de l'endroit où il avait disparu. Cela lui avait évidemment pris un certain temps et l'avait donc empêché de gâter le reste du repas.

– Puis-je rappeler à Votre Excellence qu'une mission d'une certaine importance l'attend toujours au palais ?

C'était un reproche à peine voilé. Les hautes instances qui avaient nommé l'enquêteur impérial et avaient chargé le jeune Po de le surveiller ne devaient guère apprécier de le savoir en train de banqueter dans un restaurant à la mode. Le jeune homme se pencha sur le juge pour lui chuchoter à l'oreille quelques mots qui ne pouvaient être entendus que de lui :

– Loin de moi l'idée de troubler des moments de repos qui sont certainement nécessaires à la réflexion de Votre Excellence. Mais force m'est de lui apprendre que les bourreaux affûtent déjà leurs lames pour débiter en fines lamelles les employés de la cuisine numéro 4 si elle échoue à identifier le fauteur de troubles.

Ce repas complet lui avait pris la plus grande partie de l'après-midi.

– Sachez que, contrairement aux apparences, je ne suis pas du tout en train de perdre mon temps, répondit Ti. Je souhaite d'ailleurs poursuivre sans plus tarder mes interrogatoires. Veuillez me conduire au plus vite à l'endroit où je pourrai rencontrer la sœur du cuisinier Gu. Son témoignage sera capital pour la suite de l'enquête.

Po envoya sur-le-champ un émissaire s'enquérir du lieu où travaillait cette femme, avec ordre de préparer l'entrevue. Il était temps pour Ti de remercier son hôte pour son accueil et pour les petits détails qu'il avait eu l'amabilité de lui confier. Au regard que Po lança à celui-ci, il devina que le malheureux restaurateur allait devoir s'expliquer avec la police secrète du grand chambellan, soucieux d'apprendre ce qu'il avait pu révéler au magistrat. Le gros eunuque en avait vu d'autres. Ti était persuadé qu'il saurait résister aux admonestations sans s'émouvoir. Profitant d'un instant d'inattention de son garde-chiourme, il lui donna tout bas ses recommandations :

– Gardons pour nous l'anecdote du trafic intracorporel, voulez-vous ?

Il ne tenait pas à voir le chambellan le précéder et éliminer les preuves, au cas où il se serait bien agi d'un problème de ce genre. Les chances de sauver les membres de la cuisine numéro 4 devaient être préservées coûte que coûte. La manière avec laquelle le restaurateur s'inclina lui fit comprendre que sa requête serait suivie à la lettre. L'ancien serviteur du palais n'avait aucune raison de porter dans son cœur ceux qui l'avaient chassé.

Une fois installés dans le palanquin, Po prévint le juge qu'on n'avait malheureusement pas pu attraper le malandrin qui s'était enfui avec sa bourse. Ti répondit sur un ton neutre que c'était fort dommage. Il aurait été bien embarrassé si les recherches avaient été couronnées de succès. Il n'aurait su quelle attitude adopter devant un Ma Jong aux mains liées dans le dos, et si on lui avait rendu une bourse qu'il allait de toute façon récupérer dès son retour chez lui – du moins l'espérait-il. La mine du jeune eunuque laissait d'ailleurs entendre qu'il n'était pas dupe du stratagème ; il était assez rare que les petits voleurs à la tire se livrent à des acrobaties pour amuser la galerie. Les méthodes du plénipotentiaire, en revanche, n'avaient pas fini de le fasciner. Il profita du trajet pour demander comment il savait que le défunt Gu avait une sœur.

– J'ai cru comprendre que ce cuisinier appartenait au clergé bouddhiste, qui prône la chasteté de ses religieux. Je suppose donc que la personne en pleurs qu'on a amenée dans les latrines le matin du meurtre pour reconnaître le corps était sa sœur. Je ne peux croire que le palais emploie de ces bonzes dévoyés qui vivent en concubinage avec des femmes sans moralité, comme cela arrive dans les campagnes…

Le silence dont Ti fit suivre ces derniers mots appelait une réponse.

– Certes, les mauvaises mœurs n'ont pas cours entre nos murs, comme chacun sait, répondit le jeune Po sur un ton qui sous-entendait exactement le contraire.

Ti se doutait bien que les règles de bonne conduite n'étaient pas faites pour les grands. Il avait en revanche deviné juste en supposant que les sous-fifres étaient, eux, soumis à une stricte rigueur morale ; dans le souci de rétablir l'équilibre, probablement. De la Cité interdite émanaient des codes de conduite qu'on était prié de suivre sans pouvoir vérifier si ceux qui les édictaient les pratiquaient vraiment. Il y avait fort à parier que cet emploi à l'intérieur des cercles du pouvoir allait se révéler plein de surprises.

L'émissaire de Po Zhi-Xin les attendait sur l'esplanade. Il leur fit contourner le bâtiment vers une porte de service. La sœur du cuisinier Gu travaillait comme lingère aux lavoirs du palais, qui employaient une armée de femmes pour blanchir chaque jour l'intégralité du linge de peau servant aux princes – celui de Leurs Majestés étant carrément renouvelé à neuf après usage, d'où l'emploi concomitant d'une armée de couturières.

On conduisit les deux hommes à un pavillon servant d'entrepôt pour le matériel. La sœur du défunt y avait été enfermée en attendant l'arrivée du plénipotentiaire. Sans doute la pauvre femme s'attendait-elle au pire, car elle se jeta face contre terre devant le juge dès qu'il entra :

– Je supplie Votre Excellence d'épargner la misérable personne qui se traîne à vos pieds !

Il lui ordonna de se relever. Ils n'étaient pas ici au tribunal, il ne l'entendait pas en tant que suspecte, mais comme simple témoin. Il lui assura par ailleurs, pour l'aider à recouvrer ses esprits, qu'elle n'était nullement incriminée. Agenouillée sur le dallage, la malheureuse gardait les yeux rivés sur l'eunuque. Ti dut bien convenir, en son for intérieur, que la mine de M. Po exprimait assez de sévérité pour convaincre quiconque que sa dernière heure était venue.

Il avait prévu de lui demander tout d'abord si elle savait ce qu'il était arrivé à son frère. Son attitude lui fit deviner le genre de réponse qu'il allait recevoir.

– Je sais que mon frère a commis un crime atroce en osant décéder à l'intérieur de l'enceinte sacrée, parvint-elle à articuler entre ses larmes. Nul châtiment ne pourra compenser cet outrage abominable.

C'était bien la raison pour laquelle Ti ne voyait pas l'utilité d'infliger le châtiment en question. Tout l'art de l'interrogatoire allait consister à poser les questions intéressantes sans dévoiler les inquiétudes de l'administration palatiale. Aussi Ti essaya-t-il de s'informer sans en dire plus que nécessaire, d'autant que Po était fort attentif à ses propos.

– Ton frère avait-il des ennemis ?

Il espérait qu'elle comprendrait « des ennemis parmi ses collègues, qui aient pu vouloir attenter à ses jours ». La lingère saisit d'autant mieux qu'elle avait eu la même pensée. Non que le décès de son frère lui eût mis la puce à l'oreille ; mais la possibilité de rejeter la faute sur un tiers représentait une planche de salut à laquelle elle se devait de s'accrocher. Sa voix se fit tout à coup beaucoup plus ferme.

Son frère, qui vivait avec son mari et elle, n'ayant pas d'épouse pour tenir sa maison, lui avait fait part maintes fois des différends qui l'opposaient à ses confrères. Selon elle, il était même en bataille perpétuelle avec ceux qui occupaient les fourneaux les plus proches du sien, ceux-là mêmes qui avaient été promus le jour de son décès. Cet apôtre du bouddhisme militait pour imposer des règles végétariennes strictes. Cela offusquait le Mandchou, dont les préparations étaient toutes à base de viandes. De fréquentes frictions se produisaient avec l'homme du Setchouan, si fier des traditions millénaires de sa région. Quant au cuisinier taoïste, c'était pratiquement la guerre entre eux, à cause de conceptions religieuses irréconciliables.

– Pourtant, la cuisine des taoïstes exclut elle aussi les viandes, s'étonna le juge. Ces deux-là auraient eu toutes les raisons de s'entendre.

Il passa dans les yeux de la femme agenouillée devant lui un éclair de rage propre à transpercer tous les hérétiques.

– Au contraire, noble seigneur ! s'exclama-t-elle. Ces escrocs de taoïstes se permettent des libertés avec cette règle censée être absolue. Ils galvaudent l'esprit d'une cuisine pure et privée d'éléments nuisibles. C'était entre eux une lutte à mort !

Ti ne crut pas un instant qu'elle avait prononcé ce mot au hasard. Elle aurait volontiers assisté à la décapitation de tous les taoïstes qui hantaient le palais impérial, soucieux de préserver un pouvoir que les bouddhistes leur contestaient de plus en plus ouvertement. Les querelles scolastiques s'étaient étendues jusque dans les assiettes. Étaient-elles assez vives pour que leurs victimes restent sur le carreau ?

Par acquit de conscience, il lui demanda si le défunt souffrait de quelque maladie pour laquelle un médecin l'aurait traité, par exemple avec des herbes cueillies sur les contreforts du Tibet. La proximité du poison cité dans le message du mort avec le saint des saints des bouddhistes ne lui avait pas échappé. Dame Gu se récria vivement :

– Comment, noble seigneur ! Pouvez-vous croire qu'on aurait engagé mon frère pour concevoir des plats en parfait accord avec les dogmes de l'Éveillé, si ceux-ci n'avaient été en mesure de lui assurer une santé florissante ? Mon frère jouissait de la plus grande force vitale, grâce aux bienfaits d'une alimentation végétarienne qui l'emplissait de flux positifs. Je suis convaincue qu'il aurait vécu jusqu'à cent ans si les forces néfastes qu'on laisse encore s'épanouir dans ce palais ne l'avaient submergé par traîtrise.

C'était là une accusation directe d'assassinat, fût-ce par prière interposée. La lingère n'y allait pas de main morte lorsqu'il s'agissait de défendre sa religion et la mémoire du disparu. Il sentit que l'exécution des cent cuistots de la cuisine numéro 4 ne l'aurait pas dérangée, pourvu qu'on rétablît l'honneur familial. Elle avait en outre perdu gros avec ce décès. Le bonze s'apprêtait à recevoir un avancement dont d'autres avaient bénéficié à sa place. Qui pouvait savoir où son ascension se serait arrêtée ? C'était une promesse d'aisance pour toute la fratrie. Ces beaux rêves étaient à présent en miettes et ses ennemis jouissaient des avantages qui auraient dû lui revenir. Ce n'était plus la petite lingère apeurée, que Ti avait sous les yeux, mais une tigresse habitée par les divinités vengeresses.

Po avait remarqué lui aussi le changement de ton. Il repoussa dame Gu du pied pour l'obliger à se prosterner :

– Surveille ta langue quand tu t'adresses à Son Excellence ! Qu'est-ce que c'est que ces façons ? Je dirai un mot à ton sujet à l'eunuque chargé de superviser le blanchissage.

La malheureuse plaqua de nouveau sa face contre le dallage, non sans un tremblement de tout le corps. Ti se demanda cette fois s'il ne participait pas d'une mise en scène destinée à l'émouvoir.

– Les mânes de ton frère pourront bientôt reposer en paix, lui promit-il pour compenser l'accès d'autorité de Po Zhi-Xin. Tous ceux qui se consacrent au service du Dragon doivent recevoir ce qu'ils méritent. S'il est établi qu'une faute a été commise, les biens du coupable te seront accordés en dédommagement.

Les deux hommes quittèrent le pavillon, laissant la lingère frapper le sol de son front à plusieurs reprises pour marquer sa gratitude. Contrairement à ses craintes, elle sortait de l'entretien vivante ; c'était déjà de quoi éprouver envers le plénipotentiaire une reconnaissance éternelle.

Po retrouva aussitôt l'attitude respectueuse dont il faisait preuve chaque fois qu'il était seul avec son mentor.

– Je m'aperçois que le travail de Votre Excellence n'est pas facile. Vous devez vous confronter à toutes sortes de petites gens et à tous les scélérats que compte l'empire.

– À ce propos, répondit le juge, j'aimerais rencontrer le chef des eunuques.

Le rapprochement avec le mot « scélérat » qu'il venait lui-même de prononcer n'échappa nullement au jeune homme. Il ne put s'empêcher de hausser les sourcils. Voilà qui ne témoignait pas d'un grand respect pour sa corporation. Se pouvait-il que le juge ait eu vent des scandales de détournements de fonds et de prévarications qui entachaient régulièrement leur réputation ?

La journée avait filé sans que Ti s'en aperçoive. Sans

doute les plaisirs du Pavillon des pins et des grues, sa tranquillité, la conversation avec le restaurateur, les exercices de dégustation et les alcools qui lui avaient été servis avaient-ils aidé à cet état de fait. Déjà les crieurs sonnaient l'heure de se retirer. Il émit le souhait d'aller à la cuisine numéro 4 chercher son secrétaire, avec l'espoir que ce dernier aurait fait avancer leur enquête – ou qu'il se serait au moins débrouillé pour ne pas se faire renvoyer ignominieusement.

Le petit groupe d'eunuques de haut rang en train de papoter devant le bâtiment ne lui parut pas de bon augure. « Je n'avais pas assez d'un meurtre à élucider, songea-t-il. Je vais devoir régler, en plus, les problèmes causés par mes adjoints. » Il s'approcha comme on monte à l'assaut d'une forteresse infranchissable, s'attendant à une volée de reproches sur la manière dont son protégé avait violé les consignes en vigueur entre ces murs.

– Ah ! Noble juge ! s'écria un homme d'allure sèche qui devait jouir d'une certaine importance, vu les broderies dont son vêtement était parsemé. Nous sommes bien contents de vous voir !

– Je n'y suis pour rien ! répondit d'emblée le magistrat. Tao Gan recevra le prix de sa conduite. Je vous prie seulement de le remettre entre mes mains.

– À condition que vous nous le renvoyiez demain sans faute, répondit un deuxième eunuque, personnage trapu tout aussi galonné.

Comme le plénipotentiaire affichait une figure d'incompréhension, le troisième, un chauve au crâne surmonté d'un petit bonnet à pompons, se chargea d'expliquer ce qui se passait :

– Nous représentons le Comité de la bouche de Sa Majesté. Nous nous sommes déplacés en personne afin d'accélérer les formalités. Il n'est pas fréquent d'avoir de si bonnes nouvelles à annoncer !

Le grand sec reprit la parole :

– L'expert au savoir incomparable que vous avez eu la générosité de nous envoyer prendra dès demain son service à la cuisine numéro 3. Ses préparations ont été remarquées.

– Cela s'est passé de la façon la plus étrange qui soit, dit le plus gros. Figurez-vous que le contrôleur du ministère de l'Intérieur affecté à ce bâtiment, qui tenait sur votre protégé les propos les plus dégradants, a voulu étayer ses dires en détournant ses compositions pour les présenter à ses supérieurs.

Son collègue chauve rayonnait :

– Après examen, ceux-ci ont souhaité s'attacher les talents d'un pareil spécialiste. Un avancement aussi rapide ne s'était pas produit depuis… en fait, jamais, autant que je me souvienne.

– De tels événements font beaucoup pour la reconnaissance de notre zèle au service du Fils du Ciel, conclut le grand sec. Soyez-en remercié.

Ils s'inclinèrent tous trois dans un parfait ensemble. Ti se demanda s'il ne s'agissait pas d'un plan du grand chambellan pour le compromettre dans une catastrophe culinaire qui n'allait pas manquer de se produire. Tao Gan ne savait même pas cuire des nouilles – ce qui par ailleurs pouvait nécessiter un grand doigté, comme il s'en était aperçu durant son déjeuner.

– Pardonnez-moi, dit le juge, décidé à ne pas se laisser manipuler si facilement, mais je ne comprends pas de quoi vous parlez. Tao Gan n'a jamais fait preuve, chez moi, d'un talent particulier pour la cuisine.

Les trois maîtres de la Bouche ouvrirent la leur dans un mélange de surprise et d'admiration.

– Eh bien, noble juge, si vous avez chez vous d'autres cuisiniers encore plus habiles que celui-ci, il faut nous les adresser sur l'heure ! Il y aura là de quoi provoquer une véritable révolution !

Ti avait déjà remarqué que le règne en cours, peut-être à cause de l'euphorie des victoires militaires et de l'opulence qui en avait découlé, avait développé un véritable culte de l'innovation. Si cet esprit de changement produisait des effets intéressants sur la peinture ou la littérature, il voyait mal ce que cela pouvait donner en gastronomie. Il répondit qu'il ne comprenait toujours pas la raison de ce chambardement.

– Comment ? s'étonna l'homme aux pompons. Vous ne connaissez pas son crabe entier cramé dans sa carapace ? C'est une chose extraordinaire ! Jamais rien goûté d'aussi original !

Le petit gros était extatique :

– Nous l'avons prié de refaire ses plats, pour que nous puissions en juger, car les fonctionnaires de l'Intérieur ne nous en avaient rien laissé.

Il lui donna un aperçu des recettes en question. Cela ressemblait à une liste de toutes les sortes de choses qu'on était censé ne pas faire. Après le paradis des règles classiques représenté par le Pavillon des pins et des grues, Ti entrevoyait l'enfer des règles bafouées. Il semblait cependant que l'enfer présentait aussi une forte séduction vis-à-vis d'une élite désespérément en quête de plaisirs nouveaux. Le chauve au bonnet trop étroit lui livra le fin mot de l'affaire :

– Votre protégé, à présent le nôtre, a inventé la cuisine la plus originale qui soit : le raté.

Une pluie de précisions s'abattit sur le magistrat ahuri :

– Pour bien rater un plat, pour outrepasser toutes les règles de l'art, il faut un talent exceptionnel.

– Un plat n'est vraiment raté que lorsque ni les goûts ni les couleurs ne vont ensemble, lorsqu'ils échappent à tout académisme. Votre Tao Gan viole systématiquement les lois les plus sacrées, c'est remarquable.

– Ah ! Son raté de bœuf au chou roussi !

– Ce n'est rien à côté de son raté de porc en chiffonnade ! Je n'ai jamais rien mangé de tel !

Le cuisinier sans égal, qui avait terminé le nettoyage de ses fourneaux, sortit enfin du bâtiment, accueilli par les applaudissements des trois commissaires de la Bouche.

– N'oubliez pas, lança l'un d'eux, tandis que Tao Gan s'installait dans le palanquin, aux côtés de son maître, qui se demandait qui des deux devait se sentir honoré de partager cette couche. Demain, à la cuisine numéro 3 : nos mandarins comptent sur vous !

– Je dois rêver, dit le juge, alors que les porteurs les emportaient d'un bon pas en direction de la porte des initiés. Tout le monde est-il devenu fou ?

Des bribes de sa conversation avec le patron du Pavillon des pins et des grues lui revinrent tout à coup. Il devina qui était ce nouveau cuisinier de la Cité interdite qui alimentait les conversations : il l'avait à côté de lui.

– Je t'avais recommandé d'enquêter sur ce qui se passe dans la cuisine numéro 4, grogna le magistrat. Pas de te lancer dans une improbable carrière qui ne nous vaudra que des ennuis !

Affectant l'humilité d'un homme que tous ces événements dépassaient, Tao répondit qu'il n'y était pour rien. En réalité, il ne lui avait pas échappé que, en cas d'échec de l'enquête, tout le personnel du bâtiment où il était serait livré au sabre du bourreau. Il avait craint qu'on ne fasse pas de détail. L'idée de payer de sa tête un crime qui s'était commis alors qu'il n'était même pas encore là ne lui souriait guère, surtout après avoir échappé à la punition de tant de forfaits, qu'il avait réellement perpétrés en qualité de tricheur professionnel. La résolution des petites énigmes qui passionnaient son maître était dès lors passée au second rang de ses préoccupations. Lorsque cet imbécile de surveillant s'était emparé de ses plats pour les livrer au jugement des mandarins de la police, une chance inespérée de se mettre à l'abri s'était offerte à lui.

– Et tu n'as pas pensé à refuser cet honneur pour continuer à surveiller les lieux ! le gronda Ti.

– Hélas, j'étais si confus que cela ne m'a pas traversé l'esprit, noble juge, répondit Tao Gan, ajoutant le registre du piteux à la gamme des expressions à l'aide desquelles il avait l'habitude de gruger les naïfs. J'ai cru que Votre Excellence serait heureuse de voir récompenser les efforts du plus humble de ses serviteurs.

– Un mot de plus et je te fais jeter dans la rivière ! le prévint le juge, exaspéré par l'aplomb d'un ladre dont la rouerie s'exerçait à ses dépens. Je t'avais demandé de réussir ton enquête, pas de rater ton bœuf au chou !

Tao Gan faillit grommeler qu'il avait tort, qu'on lui en avait dit le plus grand bien, mais se retint parce qu'on passait justement au-dessus de la rivière.

XII

Madame Première procède à un ménage méticuleux ; elle met au jour une vie cachée.

Madame Première pressa les porteurs de sa chaise autant qu'elle le put, allant jusqu'à leur promettre une gratification s'ils lui évitaient les encombrements de l'avenue de l'Ouest. Aussi se vit-elle fort secouée lorsque les deux hommes, galvanisés par la perspective d'empocher un bon pourboire, lui firent remonter l'artère en filant entre les charrettes ou en frôlant les façades à vive allure.

Sa visite à maître Siu s'était prolongée plus qu'elle n'aurait dû. Il était impératif qu'elle soit de retour avant dame mère, si elle voulait éviter une scène pénible au sujet de son escapade. Le portier la rassura : la maîtresse n'avait pas reparu. Elle courut à sa chambre enfiler les tristes vêtements d'une malheureuse qui a passé sa journée à diriger les domestiques.

Tandis qu'elle examinait le premier salon pour vérifier que tout avait bien été récuré et épousseté selon les vœux du spectre qui les régentait, elle posa les yeux pour la première fois sur le petit autel dédié aux ancêtres, dressé dans un coin sombre. Il était semblable à tous ceux qu'on rencontrait dans les intérieurs bourgeois : une série de tablettes portant le nom des parents décédés était disposée entre des effigies de divinités protectrices, des brûle-encens et des coupelles destinées aux offrandes, fruits, fleurs ou autres. On y trouvait aussi une pile de feuilles jaunes utilisées dans les cérémonies du culte familial : on y traçait des messages, que l'on brûlait pour informer les morts des événements heureux survenus dans la famille. Vu l'épaisseur de la liasse, dame mère avait dû en faire un gros usage lorsque son fils chéri lui faisait part de la bonne conclusion de ses enquêtes.

Madame Première se souvenait fort bien avoir été présentée aux ancêtres le jour de son mariage. Cet autel était la première chose qu'on lui avait montrée. Elle s'était agenouillée et avait récité une prière pour disposer leurs mânes en sa faveur. L'autel était mieux tenu, à l'époque. Dame mère n'omettait jamais de l'orner d'une orchidée cueillie dans son précieux parterre, pour honorer la sacro-sainte mémoire de ses parents. Il était quelque peu négligé, désormais. Avait-elle fini par leur tenir rigueur de lui avoir fait contracter une si fâcheuse union ? C'est alors qu'elle remarqua un détail étrange.

Pendant la cérémonie mortuaire, il était d'usage de marquer sur ces tablettes l'emplacement des yeux et des oreilles par de petites taches de sang sacrificiel, afin d'y fixer l'âme du mort. Placée verticalement sur l'autel à l'aide d'un socle, elle devenait la représentation matérielle du disparu. Si la plupart étaient en bois précieux soigneusement poli, l'une d'elles tranchait avec les autres. L'effigie paternelle avait été bâclée. Madame Première eut l'impression qu'on avait improvisé.

Elle passa un doigt sur le dessus. Il était propre. Elle souleva d'autres tablettes, qui laissèrent une marque dans la fine couche de poussière recouvrant l'autel.

Sans doute les servantes laissaient-elles le soin de ce nettoyage à leur maîtresse, de peur de casser ou de déranger quelque chose, un crime impardonnable. Sous la tablette du conseiller Ti, en revanche, pas de marque. Cela n'aurait pas été différent si l'on avait préparé en hâte n'importe quoi, sur le premier bout de bois venu, à l'annonce de leur arrivée.

La tête pleine d'interrogations, elle poursuivit l'examen du ménage. Les servantes avaient tout balayé, ramassé ce qui traînait et aéré les coussins. Dame mère allait certainement traquer l'erreur jusque dans les recoins perdus, pour s'offrir le plaisir de la blâmer. Elle poussa donc le zèle jusqu'à inspecter la cour des communs.

– Vous n'avez pas vidé les ordures ? nota-t-elle. On ne vous coupe pas le petit doigt, pour une négligence pareille ?

La description de leur patronne en tortionnaire ne fit pas même ciller les servantes. En fait, l'idée que madame Première allait payer pour leurs errements les avait quelque peu démotivées. Ce ne serait pas après elles que l'on crierait au moindre prétexte, pour une fois. Et les réprimandes tomberaient de toute façon, que la maison soit propre ou sale. L'épouse du juge, en revanche, avait toutes les raisons de vouloir un intérieur impeccable.

– Balayez-moi tout ça au plus vite ! ordonna-t-elle. Et videz-moi ce seau à déchets, avant que votre maîtresse ne vienne peser le poids de la crasse qu'il contient pour voir si vous avez bien fait toutes les pièces à fond.

Ce disant, elle désigna l'objet d'un coup de pied. Elle calcula mal son geste. Il se renversa, et son contenu se répandit sur le dallage.

– Nous voilà bien ! Hâtez-vous de ramasser tout ça ! lança-t-elle avant de tourner les talons.

Une voix l'arrêta avant qu'elle ne rentre dans la maison :

– Maîtresse…

Madame Première fit volte-face. Celle qui s'était penchée pour réparer les dégâts tenait entre deux doigts une chaînette, à laquelle était pendu un morceau d'or. Elle reconnut immédiatement le collier de mariage qui avait disparu du coffret le matin même.

– Tu jettes des bijoux, maintenant ? demanda-t-elle à celle qui lui présentait le colifichet.

Horrifiée, la servante lui jura qu'elle n'avait rien fait de tel. Le pendentif avait dû se trouver dans le baquet avant qu'elle n'y place les saletés. Sans doute la vieille maîtresse avait-elle commis cette erreur sans s'en rendre compte.

Madame Première voulait bien croire que sa belle-mère était à l'origine de ce mystère. Que ce geste ait été involontaire, c'était moins sûr. Elle enfouit la breloque dans sa manche et retourna à l'intérieur, la mine songeuse. Changeant tout à coup d'idée, elle revint sur ses pas. Les femmes de charge étaient en train de balayer.

– Dites-moi… Il y a quelque chose qui m'intrigue avec vous. Aucune de vous ne m'avait vue avant mon arrivée, n'est-ce pas ? Vous avez toutes été engagées depuis mon départ, il y a quinze ans. L'une d'entre vous était-elle déjà ici du temps de mon beau-père ?

Toutes firent « non » de la tête.

– Savez-vous ce qui est arrivé à celles qui travaillaient dans cette maison avant vous ?

Elles n'en avaient aucune idée : hormis le vieux cuisinier, la demeure était vide de serviteurs lorsque les premières d'entre elles étaient entrées au service de leur patronne. Madame Première n'en revenait pas. C'était comme si dame mère avait enterré l'ensemble du personnel avec la dépouille de son mari. Ce genre de coutume avait été abandonné depuis longtemps. Même l'Empereur se contentait d'envoyer les concubines de son père passer le reste de leurs jours au couvent après la mort de celui-ci. Encore cet usage avait-il été institué principalement afin de libérer le pavillon des femmes pour les nouvelles venues. Seul Sheng avait échappé à l'hallali. Elle s'étonna qu'on ne lui ait pas crevé les yeux et coupé la langue pour prix de sa survie.

– Toi, dit-elle à celle qui avait trouvé le collier. Va dans la rue. Si ta maîtresse se présente, dépêche-toi de m'en avertir. Je serai dans l'aile est.

La pensée que la bru allait investir les appartements privés de la vieille dame sans autorisation fit à la servante le même effet que si elle avait eu l'intention de vendre tous les meubles à l'encan et de brûler le reste. Comme on ne lui demandait pas son avis et que chacun était libre de jouer avec sa vie, elle s'inclina et s'en fut guetter le retour d'une femme qui, pour ce qu'elle en savait, était douée d'un don de divination qui ne laissait pas l'ombre d'une chance à l'audacieuse.

D'une main décidée, madame Première écarta le panneau qui fermait la chambre et le salon privé de sa belle-mère. Même en sachant celle-ci absente, elle ne pouvait pénétrer en ces lieux sans frémir, si résolue qu'elle fût.

Le sanctuaire semblait toujours aussi immuable, avec le portrait des parents, dont l'autorité avait transcendé le décès, et tout cet ensemble de vieilleries qui formait le refuge où leur propriétaire se plaisait à nier le passage du temps.

Il convenait de ne pas perdre une minute. Elle sonda les montants du lit cube, souleva diverses couches de matelas, retourna les tapis, tritura les coussins, passa la main sous les fauteuils… Ce fut finalement dans un lieu plus conventionnel, au fond d'un tiroir, qu'elle trouva l'indice sur lequel elle avait compté. C'était un sac en toile huilée dont elle défit fébrilement le cordon. Elle reconnut l'odeur de la poudre grise qu'il contenait en abondance : c'était une préparation dont on saupoudrait les plantes à fleurs pour éliminer les pucerons. Dame Lin songea qu'on pouvait certainement s'en servir pour se débarrasser d'animaux plus gros. Elle fut certaine d'avoir entre les mains le biais qui avait mis un terme aux éternelles disputes entre les deux époux.

La servante surgit derrière son dos :

– Madame est rentrée ! Elle demande à vous voir tout de suite !

Madame Première replaça le poison dans son tiroir et quitta le boudoir en priant le ciel d'avoir bien tout remis comme c'était.

Dame mère se tenait dans le vestibule, où elle examinait une à une les pièces de mobilier d'un œil soupçonneux.

– Me prends-tu pour une idiote, ma fille ? Ta conduite est inqualifiable !

Madame Première demeura respectueusement immobile en se demandant quelle partie de sa conduite allait être jugée plus inqualifiable que les autres.

– Au lieu de veiller à la bonne marche de cette maisonnée, tu t'es enfuie dès que j'ai eu le dos tourné, tu es allée ennuyer la cousine Dong de tes médisances, après quoi tu t'es fait porter dans le quartier des usuriers pour y négocier quelque babiole en cachette de mon pauvre Jen-tsie ! Voilà ce qui se passe quand je ne suis pas là pour te surveiller !

Sa bru fut déconcertée à l'idée que la vieille dame avait eu le culot de la faire suivre.

– À propos, où étiez-vous donc ? demanda la fugueuse dès qu'elle eut repris ses esprits.

– Est-ce que cela te regarde ? rugit la maîtresse de maison.

– Vous vous occupez bien de mes déplacements…

Elle crut que dame mère allait suffoquer devant tant d'insolence. Ses espoirs furent hélas déçus. Après un instant incertain où le visage de la vieille femme s'empourpra, la respiration revint rendre possible une nouvelle bordée d'injonctions :

– Je t'interdis de quitter cette maison ! Tu dois rester ici et t'occuper de tes enfants – ou plutôt de ceux que tu n'as pas ! Je ne m'étonne pas que tu n'aies jamais pu en avoir toi-même : tu es d'une nature trop masculine pour utiliser tes organes féminins.

Madame Première avala l'injure. La pensée que celle qui la lui infligeait avait plus de choses qu'elle à se reprocher l'y aida énormément. Dame mère n'en avait pas fini :

– Mauvaise fille, mauvaise épouse, et même pas mère du tout ! Quel tableau ! Je ferai fouetter le mage qui a dressé ton horoscope avant les fiançailles ! Je te prie de croire que ces qualités ne figuraient pas dans le compte rendu élogieux qu'il a eu l'outrecuidance de nous vendre !

Madame Première voulait bien qu'on lui rappelle qu'elle n'avait pas donné à Ti de progéniture parce que c'était vrai. L'accusation d'être une mauvaise épouse était en revanche plus difficile à accepter.

– Moi, au moins, je n'ai jamais attenté aux jours de mon mari, lança-t-elle à sa belle-mère.

Celle-ci se figea.

– Qu'est-ce que ce discours veut dire ?

La bru soutint son regard.

– Vous et moi savons très bien ce que vous avez fait il y a dix ans. J'ai vu mon mari condamner une bonne dizaine de criminelles de votre sorte.

Une lueur traversa soudain l'esprit de la vieille dame. Contre toute attente, elle sembla soulagée. Dame Lin supposa que c'était de partager enfin avec quelqu'un son écrasant secret.

– Voilà donc ce que tu crois…, murmura dame mère.

Une innocente se serait mise à tempêter. L'accusation l'avait au contraire rendue étonnamment calme. Elles jouaient à présent cartes sur table.

– Tu peux te retirer, dit-elle seulement.

Dame Lin sortit de cet entretien avec la conviction que sa belle-mère était la meurtrière la plus cynique qu'elle eût jamais rencontrée. Elle avait dû entendre une partie de leur conversation à travers la cloison. Elle avait profité de son sommeil pour récupérer son contrat de mariage dans le but de l'empêcher d'enquêter.

L'ambiance, au dîner, fut glaciale. Dame mère avait fait préparer une marmite à la sauce piquante à la mode de Chongqing, dont elle leur vanta la qualité.

– Sauf si vous avez peur de mourir empoisonnés, bien entendu…, dit-elle en remplissant les bols.

Ti se dit qu'il régnait une drôle d'atmosphère, dans cette maison. Il attira sa Première dans sa chambre pour avoir avec elle une petite explication.

– Nous avons été absents pendant quinze ans, dit cette dernière. Ce n'est pas assez pour que tous les domestiques de la maison soient décédés de leur belle mort. Votre mère ne les rudoie tout de même pas au point de les faire périr. La plupart d'entre eux étaient des esclaves qui appartenaient à votre famille : ils n'étaient pas libres d'aller s'employer ailleurs. Je veux bien croire qu'un d'eux se soit enfui, qu'un autre se soit éteint, qu'un troisième ait été vendu. Où sont passés les autres ? Pourquoi se débarrasser systématiquement de tous ceux qui ont connu le temps où votre père vivait encore ? Il ne reste plus que le vieux cuisinier pour en témoigner ! C'est tout de même incroyable !

Ti lissait les poils de sa moustache d'un air pensif, une attitude qui avait le don d'énerver son épouse.

– Et pourquoi ce Sheng a-t-il été le seul à s'en tirer ? reprit-elle. C'est son amant ou quoi ?

– Erma ! s'exclama son mari. C'est de ma mère que vous parlez !

Il jugeait ses soupçons très exagérés. Il lui fit remarquer par exemple que la main qui avait rédigé le poème trouvé sur la tombe paternelle ne semblait pas avoir été la proie d'une terrible douleur au ventre ou d'une faiblesse particulière : ce n'était pas l'écriture d'un moribond soucieux de confondre son assassin. Mais il semblait qu'aucun argument ne pouvait la détourner de son obsession.

– Bien, dit-il. Je vous crois. J'admets qu'il s'est produit quelque chose de bizarre dans cette maison. Peut-être même ma mère a-t-elle provoqué la disparition de mon père.

Madame Première n'en crut pas ses oreilles.

– Enfin ! dit-elle tout bas. Vous vous rendez à l'évidence !

Elle était convaincue que maître Siu en avait profité pour mettre la main sur leur domaine de Luoyang. Un petit voyage dans cette ville s'imposait. Dame mère avait sûrement acheté le silence du banquier en lui cédant à vil prix la magnifique propriété. Elle comptait bien que son enquête permettrait de confondre les deux fripons, et leur ferait récupérer du même coup ce bien qu'elle aimait tant. Siu, qui connaissait apparemment le poème à clé, avait dû en envoyer un exemplaire à la veuve pour la faire chanter. Cette dernière avait préféré se séparer d'une partie de sa fortune mal acquise, plutôt que d'expier son forfait en place publique sous la lame effilée du bourreau.

Ti ne pouvait s'éloigner de la capitale avant d'avoir mené à bien la tâche pour laquelle il avait été nommé. Ne pouvant se résoudre à faire le voyage sans lui, son épouse se résigna à attendre quelques jours, comptant sur la célérité de son mari.

Dès qu'il fut seul, Ti alla gratter à la porte de sa mère. Assise dans un fauteuil, la vieille dame regardait fixement devant elle, à la lumière d'une petite lampe qui laissait presque toute la pièce dans l'obscurité.

– Ce n'est pas bien de laisser ma Première croire que vous avez expédié mon vénéré père dans l'autre monde, dit-il tout bas.

– C'est tout ce qu'elle mérite, répondit-elle sur le même ton. D'ailleurs, qui te dit que je ne l'ai pas fait ?

– Mère ! s'indigna Ti. Je sais que vous aviez des points de désaccord, mais de là à plaisanter avec sa mémoire…

– Il ne s'est pas gêné pour plaisanter avec notre mariage, lui.

Ti laissa passer quelques instants dans l'espoir que sa mère lui avouerait le reste sans se faire prier. Elle demeura murée dans un silence sinistre.

– Je sais bien que ce ne sont pas mes affaires, reprit

le juge. S'est-il passé quelque chose, en mon absence, que je devrais savoir ?

– Tu as raison, mon fils : ce ne sont pas tes affaires.

Renonçant à obtenir quoi que ce soit de sa mère tant qu'elle serait dans cet état, Ti se retira. Les pensées se bousculaient dans son esprit. Il décida de faire quelques pas pour réfléchir. Sans doute son père s'était-il mal conduit avec elle avant son décès inopiné. Resté seul avec une épouse aigrie, il avait dû chercher sa consolation auprès de courtisanes. Peut-être même lui avait-il imposé la présence d'une concubine, qu'elle s'était empressée de chasser après les funérailles. Plus il y pensait, plus cela lui semblait être la conclusion évidente. Dame mère n'avait jamais admis l'intrusion de la jeune étrangère, et s'était vengée sur elle dès que son mari n'avait plus été là pour lui assener ses *desiderata*.

Il s'apprêtait à retourner dans sa chambre, quand un curieux bruit attira son attention du côté de la cour. À la lueur de la lune, il vit sa Première occupée à creuser sous un rosier dont ces exercices finiraient pas avoir raison. Il soupira, songeant qu'il avait bien besoin qu'on le laisse reconstituer ses forces, plutôt que de devoir affronter les lubies des uns et des autres en pleine nuit.

– Que faites-vous donc à cette heure ? chuchota-t-il. Des travaux de terrassement ?

– Je cherche à vous rendre la fortune que votre père a soustraite aux appétits de votre mère, dit madame Première en fouissant la terre du bout de sa pioche.

– J'ai une nouvelle piste pour vous, plus intéressante et moins salissante, dit-il en saisissant l'outil.

Lui ayant fait part de ses conclusions quant à l'existence d'une concubine, il lui suggéra de la retrouver pour l'interroger. Cette femme, si elle existait, aurait certainement une opinion sur ce qui était arrivé.

– C'est elle qui a le magot ! s'écria madame Première, soudain enthousiaste.

Ti la regarda se diriger vers le bâtiment des domestiques. Il avait au moins gagné un peu de paix tandis qu'elle irait priver de sommeil d'autres que lui.

Dame Lin, la chandelle à la main, parcourut la longue salle où dormaient les serviteurs. Elle souleva l'une après l'autre les couvertures, à la recherche de l'homme qu'elle cherchait. Elle finit par identifier le vieux cuisinier, couché tout au bout, dans un angle, probablement la meilleure place, que son ancienneté lui avait permis de s'arroger. Il était allongé sur le dos et ronflait paisiblement, sa moustache blanche se soulevant à chaque respiration. Elle entreprit de le secouer de plus en plus fort jusqu'à ce qu'il se réveille.

– Il y a le feu ? glapit-il en ouvrant les yeux.

Madame Première se demanda d'où venait cette hantise de l'incendie : tous les serviteurs qu'elle réveillait en pleine nuit posaient cette même question, au lieu de s'émerveiller à la vue de son visage d'ange penché sur eux. Elle le tira par la manche pour qu'il la suive à l'extérieur.

– Mon cher petit Sheng, j'ai besoin de toi, tu es mon seul allié dans cette maison.

L'entrée en matière aurait fait dresser les cheveux sur la tête du vieil homme s'il lui en était resté. Il se souvenait fort bien de l'époque où chacune des deux harpies prenait en otage une partie du personnel pour s'affronter par serviteurs interposés.

– Je suis à votre service, maîtresse, répondit-il en se demandant comment il allait se tirer de là.

Elle lui exposa la théorie de son mari : elle savait que le beau-père avait imposé une concubine à sa Première et désirait savoir ce qu'il était advenu de la jeune femme. Le cuisinier la regarda avec des yeux ronds.

– Vous n'y êtes pas du tout, maîtresse. Jamais une femme étrangère à la famille ne s'est installée chez nous. Je vous le garantis. Si un tel fait s'était produit, il y aurait eu un meurtre dans cette maison !

C'était bien là l'idée qu'elle avait eue. Cependant la conviction du vieux Sheng l'ébranla. Sa théorie tombait à l'eau. Se pouvait-il que la légendaire perspicacité de son mari ait été prise en défaut ?

– Donc, pas de gourgandine ? répéta-t-elle. Tu me dis bien la vérité ? Le cuisinier parut moins sûr de lui.

– Le pauvre Sheng ne veut pas mentir à la jeune maîtresse. J'ai dit que le maître n'avait jamais amené de femme ici… Ce qu'il faisait à l'extérieur, je ne m'en occupais pas.

Madame Première le contempla en plissant le front. Il allait falloir lui arracher les renseignements un à un. Elle commençait à comprendre ces magistrats, qui ordonnaient de poser des poucettes aux doigts des suspects pour les faire avouer plus vite. Le métier d'enquêteur requérait beaucoup de diplomatie.

– Allons, mon petit Sheng, dit-elle à cet homme qui avait au moins l'âge d'être son père. Qu'essayes-tu de me dire ? Mon beau-père voyait quelqu'un, il avait une attache régulière ? Ne me cache rien.

Le vieil homme, peu habitué à entendre les maîtres lui parler avec douceur, se résigna à livrer les détails.

– Pas une, deux. Il avait deux connaissances en ville. Mais il ne les a jamais amenées à la maison, ça non ! Il leur louait à chacune un logement dans des quartiers discrets. Je le sais parce qu'il m'est arrivé d'y porter des messages. Lorsque le maître était indisposé, il m'envoyait donner de ses nouvelles aux demoiselles. Elles me confiaient des soupes ou des potions faites de leurs mains, que je devais cacher à ma maîtresse pour éviter sa fureur.

Madame Première était soufflée. Le conseiller Ti avait développé une véritable double vie, dont nul n'avait rien su. Elle ne lui en tenait pas rigueur, connaissant le caractère de celle à qui il était marié. À sa place, elle n'aurait pas attendu la cinquantaine pour faire de même.

Elle exigea qu'il la conduise chez ces femmes dès le matin. Cette demande provoqua chez le vieil homme une véritable panique. Il se jeta à ses genoux :

– Je ne suis qu'un misérable esclave. Je supplie Madame de m'épargner ! Si la vieille maîtresse l'apprend, elle me vendra sur le marché, et j'irai finir mes jours dans les mines ! Je suis trop vieux pour être chassé d'ici ! J'y ai mes habitudes, c'est mon foyer !

Sans regard pour l'état dans lequel elle avait mis le malheureux, elle retourna à ses appartements en cherchant quel moyen inventer pour quitter cette maison en cachette du cerbère qui contrôlait ses faits et gestes.

XIII

Madame Première part à la recherche d'une concubine ; elle trouve un canard.

Le soleil éclairait la cour de sa douce lumière matinale lorsque Ti se présenta en grande tenue pour monter dans le palanquin qui allait l'emporter à la Cité interdite. Comme chaque jour, sa mère se tenait sur le perron pour admirer le bel équipage venu chercher son fils.

– Ta Première n'est pas là ? s'étonna-t-elle. Elle dort encore, je suppose ?

Ti répondit qu'elle était souffrante. Toute à la contemplation du véhicule empanaché, dame mère omit d'exprimer ce qu'elle pensait de ces petites choses fragiles qui aimaient mieux s'écouter que d'assumer leurs devoirs de matrones. Elle rectifia la position du bonnet noir empesé dont son fils était coiffé, et suivit des yeux le splendide équipage, juste récompense des talents qu'elle avait su lui transmettre par ses soins attentifs.

Une fois parvenus sur l'avenue, Ti ordonna aux porteurs de s'arrêter à auteur des chaises de louage qui attendaient sur le bas-côté.

– Êtes-vous bien sûre de votre décision ? demanda-t-il à sa Première, assise à côté de lui derrière le rideau qui les dissimulait à la vue des passants.

Dame Lin le remercia de l'avoir aidée à s'échapper, et quitta les coussins moelleux pour aller prendre place sur la banquette beaucoup moins confortable que deux employés aux muscles secs soulevèrent aussitôt.

Elle tira de sa manche le papier sur lequel elle avait inscrit, aux premières lueurs de l'aube, les deux adresses indiquées par le vieux Sheng, à demi soulagé de n'avoir pas à conduire lui-même la belle-fille chez les rivales de sa patronne.

La première de ces dames habitait un quartier où une épouse de magistrat n'était pas censée mettre les pieds. Elle avait vécu assez longtemps à Chang-an pour savoir qu'on n'y trouvait guère que des filles de petite vertu, au mieux des chanteuses, danseuses ou courtisanes de première catégorie, voire de simples prostituées ; bref tout l'éventail de ces femmes déchues dont les messieurs goûtaient tant la compagnie.

Encore ne s'agissait-il pas là de ce que la capitale recelait de pire en la matière. C'était un quartier propret, où l'ordre régnait malgré tout. Le chef d'îlot prenait le frais sur le porche de son logement, situé près du portail qu'il était chargé de fermer chaque nuit à l'heure du couvre-feu. Elle avait craint que ses renseignements ne fussent un peu défraîchis, le vieux Sheng n'ayant plus eu de nouvelles depuis le décès de son maître. Par chance, le responsable du quartier lui indiqua immédiatement la maison de madame Chung. Habitué à guider des visiteurs, plutôt du sexe masculin en général, il s'offrit même à l'y conduire. Il lui expliqua en chemin que cette Chung exerçait la profession de logeuse. Madame Première avait entendu un grand nombre d'histoires à ce propos, elle savait parfaitement ce que pouvait couvrir ce mot de « logeuse » : absolument n'importe quoi, depuis le béguinage pour vieilles filles seules jusqu'au lupanar de bas étage.

La maison Chung était un bâtiment à deux niveaux, d'apparence proprette, dépourvu de toute enseigne, à son grand soulagement, égayé par la présence de jolis arbustes qui lui conféraient un air de respectabilité. C'était un endroit où des bourgeois rangés, que tenaillait néanmoins le démon de la chair, pouvaient entrer sans craindre pour leur réputation. Si les pensionnaires vivaient de leurs charmes, ce ne devait pas pour autant être un défilé permanent d'individus libidineux. Madame Première était sensible aux ambiances. Celle-ci ne lui suggérait aucune image de passion vicieuse, mais plutôt celle d'un adultère tranquille.

Elle déposa quelques piécettes dans la main du chef d'îlot et se signala à l'aide du heurtoir de bronze cloué sur la porte. La grosse femme d'âge mûr qui lui ouvrit la dévisagea avec l'air de penser que la nouvelle venue n'était plus vraiment assez fraîche pour chercher de l'emploi dans ce quartier. Elle aboutit à la conclusion qu'il s'agissait d'une de ces conteuses qui s'accompagnaient au luth, qu'on engageait pour animer des soirées avant l'arrivée des courtisanes.

– J'ai une chambre de libre, lança-t-elle, mais on paye le mois d'avance. Et pas de chansons après le couvre-feu !

Madame Première se demanda ce qu'elle voulait dire avec ses chansons. Ayant soudain saisi, elle regretta que son air digne et sévère de noble bourgeoise ne suffît pas à lui éviter ce genre de méprise.

– Je suis une cousine d'une de vos pensionnaires, Lotus d'été. J'aimerais lui dire un mot.

La logeuse chercha un moment dans sa mémoire.

– La petite Lotus d'été ? Mais ça fait longtemps qu'elle n'habite plus ici !

Madame Première se dit qu'elle risquait de ne pas aller loin si la malchance s'en mêlait.

– Pouvez-vous me dire où il est possible de la trouver ?

– Comment voulez-vous que je le sache ? Je ne suis pas sa mère !

Afin de renverser le mauvais sort, madame Première sortit de sa manche deux ligatures de sapèques, qu'elle tendit à son interlocutrice.

– Peut-être pourriez-vous me donner quelque indice qui m'aiderait à la retrouver ?

À la vue du métal précieux, la figure de la logeuse s'éclaira d'un sourire de convoitise. Elle pria la visiteuse d'entrer et referma derrière elle.

Dame Lin pénétra dans une petite cour carrée et ensoleillée. Un service à thé attendait sur une grosse pierre posée devant un banc, où les deux femmes prirent place pour discuter. Aux gestes précis de la logeuse lorsqu'elle lui servit sa tasse, dame Lin devina qu'il s'agissait d'une ancienne courtisane, qui avait investi le produit de son activité dans cette maison. Son chignon compliqué était d'ailleurs un peu trop apprêté pour une simple concierge. L'endroit était juste assez grand pour abriter deux ou trois jeunes femmes faisant profession de se montrer accueillantes aux messieurs fortunés. L'enquêtrice la pria de lui parler un peu de Lotus d'été.

– Gentille fille, répondit la Chung avec un petit effort de mémoire. Ça fait dix ans, maintenant. Jamais eu de problème avec elle.

– Recevait-elle beaucoup ? demanda la visiteuse, en tâchant de trouver des mots les moins précis possible pour définir une activité si éloignée de son propre genre de vie.

– Au début, oui. Mais elle a eu la chance de trouver un protecteur qui s'est chargé de tous ses besoins. Un monsieur si bien comme il faut ! Si peu regardant à la dépense ! Quelle tristesse !

Madame Première s'étonna de cette dernière remarque.

– C'est qu'il est mort tout à coup, en nous laissant sur le carreau, expliqua la logeuse, chez qui la déception suscitée par ce lamentable événement ne s'était pas effacée, dix ans après. Quand le mauvais sort s'en mêle, que voulez-vous…

Dame Lin s'aperçut bientôt que les regrets de la logeuse avaient une seconde origine :

– C'est qu'il l'avait bien pincée, ma petite Lotus d'été ! Croyez-vous qu'elle a insisté pour prendre le deuil ? Au prix où est le tissu blanc ! Elle a été inconsolable pendant deux semaines. Elle refusait de voir d'autres hommes. Une vraie tristesse.

Madame Chung s'abandonna à la contemplation de ses plantes en pots, toute à la pensée des sottes réactions de ces filles sentimentales, qui gâchent leurs dons pour des motifs futiles.

– Et puis ? dit madame Première pour l'inciter à continuer.

– Et puis elle a fait ses bagages et elle est partie, comme ça, d'un coup ! conclut la grosse femme. Au lieu d'en prendre un autre pour le remplacer, elle a disparu avec son sac, comme si le vent l'avait enlevée.

Dame Lin n'avait pas ses habitudes dans les quartiers de plaisir ; elle avait néanmoins entendu parler des mœurs mercantiles qui y étaient pratiquées.

– Est-ce que vos protégées ne vous doivent pas un

dédommagement, lorsqu'elles veulent se priver de vos services ?

– Il est d'usage de donner une petite prime, en effet ; nous faisons tant pour elles ! Eh bien, elle a trouvé de l'argent, je ne sais comment. Il est probable qu'elle me dissimulait une partie de ses rentrées, ou bien elle a vendu les bijoux qu'elle recevait en cadeaux, je ne sais. Ce qui est sûr, c'est qu'elle a aligné la somme, et qu'elle a filé comme si son salut en dépendait.

« Elle se savait menacée », songea madame Première. Se pouvait-il que sa belle-mère se soit acharnée sur tous ceux que son mari avait laissés derrière lui ?

– Se sentait-elle en danger ?

La logeuse la regarda d'un drôle d'air.

– Bien sûr que non. C'est une maison correcte, ici. Nous n'avons rien à voir avec la pègre, et nous payons l'impôt sur les… sur les jeunes filles seules. Notre quartier est réputé pour sa tranquillité et ses bonnes mœurs. Comment avez-vous dit que vous vous appeliez, déjà ?

Il était temps de déguerpir.

– Eh bien, je ne suis pas près de retrouver ma pauvre cousine, dit dame Lin en se levant.

Elle remercia la logeuse pour sa coopération et lui glissa une gratification.

D'abord le personnel de la maison Ti, puis la concubine, se dit-elle en se hâtant vers le portail. C'était une véritable hécatombe qui avait suivi le décès du conseiller.

Il ne manquait jamais de porteurs devant ce genre de quartier. Elle prit place dans la première chaise en bambous venue, et lut aux deux hommes la seconde adresse inscrite sur son papier.

C'était un pâté de maisons encore plus excentré,

puisque bâti contre la muraille qui enserrait la ville. L'atmosphère était assez différente de l'endroit précédent. Aux petites maisons coquettes qui bordaient des rues sans détritus, elle comprit qu'il s'agissait d'un lieu habité par la petite bourgeoisie, des gratte-papier, comptables, huissiers, soucieux de goûter chaque soir le repos que leur profession leur permettait de s'offrir.

Ici, en revanche, le nom de la jeune femme ne dit rien du tout au chef d'îlot. Comme aucune autre mention ne permettait de se repérer, c'est au hasard et à pied qu'elle s'engagea à l'intérieur de l'enclos. À chaque personne qu'elle rencontra, elle demanda si l'on connaissait la maison de demoiselle Ju Li-Qin. Une dame occupée à cueillir des baies à l'intérieur d'un gros buisson eut enfin une réaction encourageante. Elle lui désigna la maison contiguë :

– La fille au luth[1] ? C'est juste à côté.

Madame Première remercia et s'apprêta à frapper à la porte indiquée.

– Mais vous ne la trouverez pas là, reprit la voisine en continuant de remplir sa corbeille.

La femme du juge demanda à quelle heure il fallait revenir.

– Cela fait beau temps qu'elle n'habite plus ici ! Une bonne dizaine d'années, je dirais. C'est un vieux couple qui vit ici, maintenant.

Madame Première profita des bonnes dispositions de la voisine pour se faire raconter tout ce dont elle se souvenait sur la disparue. Elle s'était attendue à une nouvelle prostituée. Il s'agissait en fait d'une artiste. « C'est tout comme », songea-t-elle. La jeune femme n'avait plus exercé son métier après son installation

1. Li-Qin signifie littéralement « Bel instrument à cordes ».

dans ce district « bien comme il faut ». C'est par une confidence destinée à n'être pas ébruitée que la voisine était au courant. Elle lui rendait de menus services, comme de garder son petit garçon quand elle s'absentait.

Elle avait un enfant ! Madame Première eut la certitude que c'était un frère que le conseiller avait donné à Ti Jen-tsie. « Nous voilà bien ! » se dit-elle, s'apprêtant à voir un jour une armée de bâtards leur réclamer assistance et protection.

– Recevait-elle des messieurs ? demanda la visiteuse avec l'espoir de diluer le soupçon de paternité dans une vie dissolue.

– Certainement pas ! se récria la cueilleuse de groseilles. Ce n'est pas le genre de notre quartier ! Elle ne voyait personne, à part son oncle, qui lui rendait visite deux fois par semaine.

On ne pouvait se leurrer sur l'identité du « tonton » bienveillant, attentif à ce que sa « nièce » ne manque de rien. Le conseiller s'était lancé sur le tard dans l'accroissement de la famille. S'il avait vécu, sans doute auraient-ils trouvé la maison familiale peuplée de petits Ti choyés par d'anciennes prostituées.

– Savez-vous où elle habite à présent ? demanda-t-elle.

– Tout ce que je sais, c'est qu'elle n'est plus à Chang-an, répondit la voisine en ramassant son panier. Elle m'a dit adieu avant de partir. Ça faisait un moment que son oncle n'était plus venu. J'ai toujours pensé qu'elle avait hérité un modeste pécule. Je les ai bien regrettés, elle et son petit Jen-tsie.

Dame Lin manqua tomber à la renverse. Voilà un prénom qui valait signature. Il était de tradition, chez les Ti, que le premier-né fût prénommé ainsi. Autant dire que le conseiller avait repris les choses de zéro, comme si sa famille officielle n'avait jamais existé.

C'était comme si une épidémie avait rayé de la carte tout un pan de la population, dix ans plus tôt. Qu'est-ce qui avait pris ces femmes de s'enfuir sans laisser d'adresse ? Elles avaient plié bagage comme si le démon de la luxure avait été à leurs trousses. Elles devaient savoir quelque chose sur la mort de leur amant. Un secret qui leur avait fait craindre des représailles.

Dame Lin se fit reconduire sans tarder à la demeure familiale. Le portier était justement en train de négocier l'achat d'un sac de charbon auprès d'un colporteur. Elle en profita pour se glisser dans la cour en tâchant de ne pas se faire remarquer. Si tout allait comme elle le souhaitait, sa belle-mère la croyait au fond de son lit avec la migraine ; elle ne voulait surtout pas la détromper.

Quelques instants plus tard, elle émergeait de sa chambre, en robe d'intérieur, la mine aussi migraineuse que possible. Comme elle n'avait pas pris le temps de déjeuner, et que nul ne songeait à venir voir comment elle allait puisque sa maladie était feinte, elle se rendit aux cuisines.

Tao Gan se tenait devant les fourneaux, l'air ravi, la cuiller à la main, comme s'il avait brandi un sceptre. Il jeta une grosse pincée d'épices dans une marmite, sous l'œil attentif des deux épouses secondaires.

– Si je peux me permettre, patronnes, ce n'est pas ainsi que ce plat se rate. Le raté de canard demande plus d'imagination dans la nullité.

– Qu'est-ce que c'est que cette horreur ? demanda la Première en découvrant les morceaux de viande qui flottaient à la surface du liquide bouillonnant.

Ses compagnes lui expliquèrent que le secrétaire, qui avait à présent l'honneur de cuisiner pour les plus fins palais des ministères, avait bien voulu condescendre à leur donner quelques conseils. Cela faisait un moment qu'elles s'efforçaient de rater leur plat pour qu'il soit à la mode. Il s'agissait en l'occurrence d'un raté de canard aux huit parfums mélangés.

– C'est la gastronomie en vogue dans la bonne société, expliqua madame Troisième, que la Première avait toujours jugée assez snob. La viande doit être trop cuite, et, pour la sauce, on y met ce qu'on a sous la main.

– Je préfère la gastronomie à la grand-maman, commenta dame Lin en reniflant le brouet.

– Ah, si vous aimez mieux les vieilles recettes éculées..., dit la Deuxième, qui s'efforçait de touiller la mixture compacte.

Jugeant la préparation suffisamment ratée, Tao Gan servit à sa maîtresse un bol, où trempait une demi-cuisse qui avait l'air de sortir d'un accident de basse-cour. La couleur était aussi indéfinissable que l'odeur. La texture, surtout, était surprenante, puisque les baguettes y tenaient toutes droites. L'ensemble était du plus lamentable effet. On avait omis de découper l'oiseau en petits morceaux, ce qui n'allait pas faciliter la dégustation.

– Je vous préviens que notre mari a des goûts conservateurs jusque dans les moindres domaines. C'est dommage, ajouta-t-elle en contemplant le résultat d'un œil terne. C'est si bon, le canard !

Elle s'éloigna, laissant les trois sorciers contempler avec des yeux enthousiastes l'aspect impeccablement raté de leur concoction.

XIV

Le juge Ti découvre que les dogmes religieux peuvent avoir les développements les plus inattendus ; on lui dévoile une face cachée de la Cité interdite.

Ce matin-là, soucieux d'obéir aux ordres, même si ceux-ci ne l'arrangeaient pas, Ti avait accompagné Tao Gan à la cuisine numéro 3. Le chef de groupe entendit prodiguer sur-le-champ au nouveau venu une brève leçon de cuisine mandarinale. Il lui rappela qu'il allait travailler pour l'élite de l'administration, et que chacun de ses plats, qu'on le priait de calibrer selon la plus pure tradition, serait jugé d'après son aspect, son parfum, sa texture et son goût. Cet homme n'avait apparemment pas été mis au fait de la réputation de l'éminent spécialiste, qui suivait le pensum d'une oreille distraite. S'il avait l'intention de faire carrière dans ce bâtiment, Tao Gan était prié de respecter aussi certaines règles philosophiques. C'est-à-dire qu'à ses préparations devait correspondre un propos, une logique, un thème. Ti sentit qu'on était là dans le sanctuaire de l'art administratif : le discours comptait davantage que le contenu de l'assiette. C'était de la pure cuisine de lettrés. Les cuistots étaient invités à faire écrire de petits textes pour accompagner chaque bol. Cette façon d'embobiner le client par des formules ronflantes frappa le magistrat :

– Tu vas être ici comme un poisson dans l'eau, dit-il à son secrétaire avant de le laisser à ses chaudrons.

La plupart des cuisiniers étaient en train de confectionner les diverses variétés de soupes de riz qu'il était d'usage de servir le matin : riz « cœurs de moustiques », aux grains longs et fins, riz « perles de coquillages », aux grains ronds et brillants, très pâteux, riz rouge, cultivé dans les sources chaudes, dont la soupe avait la même couleur sang que le sorgho.

Il se dirigea vers l'endroit où l'on avait installé la veille ses trois suspects. Leurs plans de travail étaient parfaitement nets. Le surveillant lui annonça qu'il ne les trouverait pas ici : ils venaient de passer à l'échelon supérieur.

– Ma parole, dit Ti, j'aurais dû me lancer dans la cuisine : l'avancement y est mille fois plus rapide que dans la magistrature !

Pour les rejoindre, il devait se rendre à la cuisine numéro 2, dédiée aux princes. La hiérarchie alimentaire de ce palais était en plein bouleversement. C'était le jeu des quatre coins : on ne pouvait prédire où chacun serait le jour suivant.

Po Zhi-Xin se chargea de le conduire dans cette nouvelle partie de la Cité interdite. Ti renonça à retenir le trajet complexe qui y menait, tant il comptait de tournants et de portes à franchir, bien que le bâtiment fût probablement situé à un jet de pierre de l'endroit d'où ils venaient. Il en profita pour demander à son guide si d'autres morts suspectes s'étaient produites entre ces murs ces dernières années. La question parut gêner infiniment le jeune homme. Étant entré au service de Leurs Majestés vers l'âge de la puberté, il avait eu l'occasion de voir beaucoup de choses. Il admit que des décès douteux s'étaient bien produits, mais aucun sur lequel il soit permis de s'interroger.

Ti comprit à demi-mot qu'il ne s'agissait que de princes ou de duchesses de la famille régnante. Le sujet était bien trop brûlant pour qu'il pût se permettre de l'aborder. Il resta silencieux, comme si cette conversation n'avait jamais eu lieu.

Après quelques minutes de cheminement le long des allées écarlates qui parcouraient ce labyrinthe impérial, un fort relent, que Ti ne se serait pas attendu à sentir ici, assaillit ses narines : une odeur de bêtes fauves. Un grognement confirma cette impression. Il y avait une ménagerie dans les parages. Il reconnut bientôt le cri des singes, celui d'un ours, et aperçut le crâne gris et pelé d'un éléphant qui dépassait du mur.

– Nous longeons les enclos, expliqua l'eunuque, qui pinçait entre deux doigts son nez délicat habitué aux fragrances d'encens, de fleurs fraîches et de fruits tropicaux, dont on parfumait les salles du palais.

– Une ménagerie ! s'exclama le juge. Sa Majesté ne recule devant aucun luxe pour amuser ses enfants !

– En fait, c'est le garde-manger, précisa Po Zhi-Xin en pressant le pas.

Ti avait entendu parler de ces plats extrêmement recherchés et coûteux à base d'animaux sauvages. Il n'avait jamais eu l'occasion d'y goûter, et l'odeur qui empuantissait l'air était loin de lui ouvrir l'appétit.

– Au fait, et ma requête ? demanda-t-il. Vous vous souvenez que je souhaite assister à un repas de l'Empereur ?

– J'y travaille, j'y travaille. Je prie Votre Excellence de me faire confiance. Il faut un peu plus que mes dix doigts pour déplacer le mont Taïshan.

Ils atteignirent une construction semblable aux deux précédentes, si ce n'est que l'emblème de la dynastie Tang était peint au-dessus de la porte en grandes dimensions.

Ti s'en fut saluer ses suspects. Les trois hommes s'inclinèrent devant lui tandis qu'il les félicitait pour leur avancement.

– Votre Excellence est trop bonne, répondit le natif du Setchouan. On murmure qu'il s'est produit quelques renvois orageux dans la cuisine numéro 1, ce qui a forcé à faire monter de nouvelles recrues. Sa Majesté serait devenue particulièrement difficile sur la qualité de sa nourriture.

– Nous ne sommes pas pressés de gravir les derniers échelons ! renchérit le Mandchou, qui était en train d'extirper d'une tête d'ours tout ce qu'un barbare des steppes pouvait juger comestible.

Ti songea qu'il risquait d'être déçu : à ce rythme-là, ils mitonneraient bientôt leurs spécialités dans la chambre même de l'Empereur. Encore que la réaction de ce dernier serait difficile à prévoir, s'il trouvait dans son assiette les deux yeux globuleux que le Mandchou venait de remiser précieusement dans une coupelle.

Si la cuisine des mandarins était dédiée aux spécialités régionales et au classicisme, celle des princes était le lieu des grandes batailles dogmatiques et religieuses. L'homme du Setchouan avait été parfaitement dans son élément dans la cuisine des fonctionnaires. C'était à présent au cuisinier taoïste de régner en maître. Flatté de voir le plénipotentiaire guetter ses gestes avec curiosité, ce dernier entreprit de lui exposer les principes qui le guidaient.

– Mon art reflète les préceptes du grand Lao Tseu, dit-il sans cesser d'éplucher ses gousses d'ail. J'ai apporté ici le régime presque totalement végétarien respecté par nos sages dans leurs ermitages. L'idéal serait de pratiquer aussi leurs exercices de méditation, qui consistent à visualiser le processus de respiration tout en se concentrant sur le Tao. J'avoue avoir du mal à en convaincre ceux qui profitent de mes recettes. Avant le repas, il conviendrait de gravir et de descendre des sentiers de montagne, et de psalmodier les textes sacrés. Hélas, la perfection n'est pas de ce monde.

Ti le regarda écraser le condiment pour en remplir un petit bol. Il y avait là de quoi gâter l'haleine de toute la famille impériale.

– Nos philosophes encouragent l'usage de l'ail pour rester en bonne santé.

– La vôtre doit être excellente, dit le juge en le regardant faire. Cela doit être succulent, pour vous avoir permis une si belle progression dans la hiérarchie.

Le taoïste fit un geste de dénégation qui projeta des éclats d'ail autour de lui :

– Je ne sais rien de ce qui se passe ici. Un bon taoïste doit éviter de s'intéresser de trop près au monde temporel, ou de formuler des pensées impliquant des conflits. L'esprit doit rester serein et bienveillant, même au cours de la préparation du repas… ce qui me pose des difficultés, dans ce cloaque où chacun vous tire dans les pattes, je ne vous le cache pas.

Il se fit un certain remue-ménage dans les travées à l'arrivée d'un personnage aussi grand que gros, drapé dans une ample toge de couleur jaune. Le jaune était en principe réservé à l'Empereur ; seuls les bonzes accrédités jouissaient ici d'une dérogation. Cet honneur insigne indiquait assez la faveur dont cette religion bénéficiait. L'homme avançait d'un pas de monarque auquel son embonpoint concédait un rythme chaloupé.

Il prodiguait autour de lui sourires et petits gestes d'amitié, comme si chacun n'avait été là que pour le voir entrer. Il était suivi de deux moinillons à la tête rasée, dont l'un l'éventait à l'aide d'une imitation de palme en paille tressée ; l'autre agitait un encensoir, ce qui donnait à leur intrusion un curieux air de procession religieuse. Le bonze arborait des joues parfaitement rembourrées, dont l'arrondi équilibrait un large crâne lisse et brillant. Ti s'était toujours demandé comment toute une partie de ce clergé parvenait à se constituer des formes si rondes en se contentant d'ingurgiter des légumes.

Il devina que le bruit du monde dont le taoïste essayait si vainement de se protéger n'allait pas tarder à le rattraper. À peine le bonze eut-il atteint son plan de travail qu'il jaugea d'un œil réprobateur les activités de son voisin, occupé à hacher son ail.

– Faites bien attention ! lança-t-il d'une voix menaçante. Si la moindre parcelle de cet affreux condiment tombe dans les subtils mélanges que je m'apprête à préparer, il en ruinera toute la pureté transcendantale – un concept qui vous est bien sûr inaccessible.

Ti se souvint que les bouddhistes stricts excluaient de leur alimentation tout ce qui sentait fort, comme l'ail, les oignons et les épices – ainsi bien sûr que la viande, le poisson, la gélatine, le lait et le fromage.

– Ne me donnez pas de leçons en matière de transcendance, répondit le taoïste, sans quitter ses légumes des yeux. Vous ne mesurez pas vos propres contradictions.

Le bonze émit une série de petits cris dont on ne pouvait dire s'ils exprimaient l'amusement ou la souffrance. Ces couinements laissèrent au taoïste la liberté de reprendre le fil de son discours :

– Lorsque vous étiez une vipère ou un scorpion, lors de vos dernières réincarnations, croyez-vous que vous vous absteniez de manger de la viande ?

– Certainement ! rétorqua le bonze. C'est pourquoi ma vertu m'a valu d'être réincarné dans le corps d'un fidèle émule de l'Éveillé. Quoique votre présence dans les parages soit le signe patent que j'ai quand même quelques péchés à expier dans cette existence-ci.

Il avisa un hachis remisé dans un plat, qu'il désigna d'un doigt accusateur, au milieu de nouveaux glapissements :

– De la viande ! Vous y mettez de la viande ! C'est au moins du veau !

– Du poulet, dit le taoïste.

On aurait cru un surveillant venant de découvrir qu'un candidat copiait pendant un examen régional :

– Vous trichez ! Vous utilisez des produits issus d'animaux dont les monastères ne permettent pas l'usage !

Le taoïste le félicita d'en appeler aux monastères dédiés à Lao Tseu, et lui conseilla d'y aller faire un séjour pour s'imprégner de la vraie sagesse qui s'y pratiquait. Les meilleurs penseurs autorisaient l'ingestion de petites quantités de viande légère ou de poisson blanc, dans des circonstances exceptionnelles, telles qu'un banquet ou une convalescence :

– Or les circonstances sont ici exceptionnelles en permanence, conclut-il en mélangeant fricassée de poulet et poignée d'ail.

– Pourquoi ne vous en tenez-vous pas au riz blanc, au pain et aux nouilles sans œufs ? glapit le bonze, sur la figure de qui se peignait la même expression que si l'on avait été en train d'égorger toute une étable sous ses yeux.

– Parce que ma cuisine serait aussi fade que la vôtre, répliqua le taoïste.

– Mon regretté camarade, le cuisinier Gu, m'avait bien prévenu que vous étiez un mauvais sujet, déclara le bonze, en saisissant les instruments que ses moinillons venaient de lui préparer.

Si les bouddhistes adoptaient un régime sévère et une vie austère, ils n'en estimaient pas moins les plaisirs de la table. Pour concilier les deux, ils avaient inventé l'art de confectionner de délicieux mets végétariens, qui possédaient non seulement l'aspect mais aussi le goût des plats de viandes. Ti avait toujours jugé cet artifice un peu spécieux, mais sans doute répondait-il aux concessions nécessitées par l'expansion de la foi.

Une fois les cuissons terminées, le bonze s'absorba dans de longues prières, tandis que le taoïste récitait à mi-voix des extraits des classiques sur lesquels était fondée sa religion. Ti fut convaincu qu'ils s'efforçaient l'un et l'autre d'attacher des sorts à leurs plats, afin qu'ils leur procurent l'honneur d'être remarqués.

Le taoïste expliqua au juge que les prêtres mariés ne suivaient le régime végétarien que lorsqu'ils accomplissaient les rites : traitement des malades, funérailles, bénédictions, et la grande fête du renouveau cosmique, appelée « jiao ». Cette alimentation avait pour vocation de purifier l'esprit, le cœur et le corps avant les rites et la méditation :

– Notre hygiène de vie a fait ses preuves et peut être employée ou adaptée par chacun.

C'était justement ce que lui reprochait le bouddhiste, selon qui adaptation signifiait corruption.

– Cela montre bien que cette prétendue règle n'est qu'une vaste plaisanterie, destinée à flatter les ouailles potentielles ! s'exclama-t-il. Il n'y a de gloire que dans une règle fixe et immuable, dictée par la vraie foi.

– C'est pour cela que Sa Majesté se garde bien de jamais tremper ses baguettes dans les bols de légumes bouillis que lui préparent vos coreligionnaires, dit le taoïste. On vous garde ici par simple souci de religiosité. Vous n'avez rien à voir avec l'art culinaire.

– Ni vous avec la religion !

Le chef de cuisine jugea que cette altercation avait assez duré. En fait de paix de l'esprit, les deux hommes servaient de distraction à l'ensemble de leurs collègues.

– Mes amis ! Je déplore que vos hautes capacités spirituelles ne vous portent pas à davantage d'harmonie !

Tout cela avait donné faim au magistrat. Les bols en partance pour les pavillons des princes étaient stockés sur une table, en attendant que les eunuques s'en saisissent. Il se laissa tenter par une soupe aux pépins de coing, qui avait la vertu de fortifier. Un assortiment de petits pains de différentes céréales, tous parfumés et croustillants, s'offrait à son avidité. Il détourna du plateau quelques galettes en forme de pied de cheval, une ou deux rondelles aux sauces de sésame, et un croissant frit, qui n'allaient sûrement pas manquer à leurs destinataires. Il venait de terminer lorsque arriva le choix de desserts cuits à la vapeur, de rouleaux frits et de boulettes à l'huile, si bien qu'il dépassa sans s'en apercevoir le niveau de satiété auquel un bon bouddhiste se serait tenu.

Po arriva comme le juge terminait ses ripailles. Celui-ci lui recommanda quelques friandises, qui justifiaient à elles seules qu'on renversât le monarque pour se mettre à sa place. Le jeune homme déclina l'invitation.

– Je ne peux toucher à rien de tout ça. Ceux qui servent dans ce palais doivent éviter les aliments qui font péter, hoqueter, ou donnent mauvaise haleine : fruits, poissons, crevettes, ail, oignon, ciboulette.

Il n'était d'ailleurs pas venu pour une séance gastronomique. Il attira le juge à l'écart des oreilles indiscrètes.

– Grande nouvelle, lui souffla-t-il. Votre souhait le plus cher va être exaucé.

Ti, dont l'esprit s'était un peu endormi sous l'effet de la digestion, se félicita qu'on lui eût enfin préparé la résidence idéale, vaste jardin avec château de cinquante pièces, peuplé d'une vingtaine de concubines jeunes et fraîches, toutes muettes de naissance. Cette vision s'évanouit bien vite tandis qu'il contemplait la face enthousiaste de l'eunuque. Tel n'était pas le genre de souhait que cet ardent serviteur du Dragon avait pu exaucer.

Po lui expliqua que la difficulté venait du fait qu'il ne pouvait être invité à la table du Dragon, n'étant ni ministre ni général. La proximité d'un si brillant enquêteur avait pourtant donné des ailes à son imagination.

Il l'entraîna à l'extérieur. Le palanquin d'apparat les attendait. Ils prirent place sur les coussins et Po tira le rideau. La raison de ce geste apparut bientôt au magistrat : trimballé dans cette boîte fermée, il était incapable de retenir le trajet, au cas où ses capacités d'orientation lui eussent permis de se repérer dans cet enchevêtrement de cours et de ruelles. Le Fils du Ciel, retranché au centre de son labyrinthe, bénéficiait d'une protection supplémentaire contre les attentats : seuls ses serviteurs habituels et ses plus proches collaborateurs étaient en mesure de le débusquer. Ti constata, non sans déception, qu'il ne figurait pas au nombre des heureux élus.

Il s'attendait presque à ce qu'on lui bande les yeux dès sa descente de la litière. On n'alla pas jusque-là, par chance, car le pavillon devant lequel on s'était arrêté comprenait une volée de marches dont l'escalade aurait été difficile.

Parvenu à l'étage, il se trouva dans une petite pièce carrée pourvue d'une seule fenêtre à croisillons. Il comprenait mal à quoi cela rimait.

– Je suppose que ceci n'est pas la salle à manger de Sa Majesté ?

Si le Dragon risquait peu de les rejoindre dans ce réduit, ils n'y étaient pas seuls pour autant : un soldat de la garde, armé jusqu'aux dents et l'air peu avenant, se posta devant la porte. Po désigna la fenêtre. En s'approchant des petites ouvertures du treillis, Ti parvint à apercevoir, en contrebas, une vaste terrasse, au centre de laquelle avait été creusé un bassin rempli d'eau à ras bord. De gros réchauds en bronze avaient été disposés de part et d'autre. Une vaste banquette très basse, recouverte de coussins, faisait face au pavillon où l'on avait introduit le juge. Une série d'eunuques était présente, tandis que des serviteurs plus gradés allaient et venaient en prévision d'un événement requérant apparemment la participation d'un grand nombre de gens. L'un d'eux frappa soudain le sol d'un long marteau de bois ouvragé et cria : « L'Empereur ! » d'une voix puissante.

Un homme aux formes opulentes, dont le juge ne put estimer la taille en raison de l'éloignement, tout vêtu de brocart doré, émergea du bâtiment opposé. Il marchait péniblement. Deux valets s'avancèrent pour le soutenir ; il les repoussa d'un infime mouvement du poignet, comme s'il avait voulu, pour une fois, parcourir seul la faible distance qui le séparait de la banquette. Ti supposa qu'il avait sous les yeux la courette où Sa Majesté prenait ses repas de midi, lorsque le temps s'y prêtait. Il prit place sur son siège, qu'un dais abritait du soleil. Le juge était fasciné par ce spectacle. Certes, sa présence en ces lieux était réellement nécessaire à la résolution de l'énigme ; il n'en restait pas moins que l'étrangeté et la rareté de ce qu'il voyait auraient justifié un petit mensonge. C'était plus intrigant que les fêtes de la déesse Guanyin, avec leurs ballets cérémoniels de démons à la peau bleue et leurs trompes de cuivre qui faisaient vibrer la charpente des temples. Ce à quoi il assistait était moins bruyant, mais plus mystérieux dans son silence. Il pouvait sentir l'intensité des regards fixés sur le maître, dont les désirs devaient être exécutés avant même d'avoir été exprimés.

– Je vous remercie, dit-il à l'attention de Po Zhi-Xin, debout à ses côtés.

L'eunuque suivait la scène d'un œil beaucoup moins attentif. Sans doute avait-il déjà eu l'occasion de la contempler ; peut-être aussi vouait-il un culte plus vif à la personne de l'Impératrice, comme Ti avait déjà été amené à le soupçonner.

La présence du garde s'expliqua tout à coup. La faveur dont il jouissait avait ses limites. L'homme avait certainement l'ordre de le pourfendre, au cas où il aurait tenté quoi que ce soit contre la personne sacrée du dîneur. Il prit soin d'éviter les gestes brusques. Il pouvait presque entendre les muscles de la brute se raidir lorsqu'il s'approchait un peu plus de la croisée.

L'enveloppe charnelle du Dragon céleste retint son attention. Lors de banquets entre fonctionnaires, il avait entendu quelques bruits selon lesquels sa santé était loin d'être excellente. Il ne se doutait cependant pas que le demi-dieu était diminué à ce point. Il semblait victime d'une paralysie partielle. Le médecin prit chez Ti le pas sur l'enquêteur. Il se mit à guetter dans cet éminent patient les signes révélateurs de son mal. L'homme peinait à se déplacer. On l'assistait pour le moindre geste, bien au-delà de ce que nécessitait le service auprès d'un si haut personnage. L'une de ses mains était affligée d'un léger tremblement. L'autre n'émergeait jamais de l'ample vêtement de brocart, elle semblait inerte.

La mauvaise santé du monarque n'éteignait pas son appétit. Il paraissait curieux de goûter un grand nombre de préparations différentes. Ti avait constaté lui-même combien ces mets étaient ensorcelants – encore n'avait-il eu accès qu'à ceux préparés pour le deuxième cercle. Il y avait bien sur ce bassin une centaine de plats, ce qui faisait un grand choix pour un seul homme. Ti nota que le divin dîneur ne goûtait que ceux placés devant lui. Pour permettre leur renouvellement, on les avait posés sur des plateaux de bois flottant sur l'eau. Sur chaque rive, un eunuque muni d'un bâton agitait l'ensemble. Les plats évoluaient ainsi au hasard, et l'Empereur avait toujours quelque chose de nouveau à portée de main. Il lui suffisait de lever un doigt, et l'on posait sur une tablette le bol qui se trouvait le plus près. Il y trempait une seule fois ses baguettes, puis le mets était remis à flotter avec les autres, afin que nul ne sache si Sa Majesté avait daigné y goûter ou non.

De là où il était, Ti percevait par bribes les informations dont un mage distrayait le dîneur. « Même les hirondelles les plus sottes sont touchées par la vertu immense de notre empereur bienveillant », entendit-il. Le devin assura son auditeur qu'on avait signalé, en ville, l'apparition de divinités ayant revêtu une forme humaine, dont on avait pu percer à jour le déguisement. C'était selon lui le signe de la faveur que recevait au Ciel l'inégalable gouvernement de Sa Majesté. Le Dragon semblait suivre ces balivernes d'une oreille distraite, sans omettre d'engloutir les rares bouchées qu'il pouvait attraper.

Ti remarqua qu'il se gardait bien de toucher aux légumes bouillis des bouddhistes, préparés sur les ordres de l'Impératrice, fervente adepte de cette religion. Sa préférence allait d'évidence à la viande rouge, ce qui expliquait l'avancement du cuisinier mandchou. C'était sûrement moins sain, mais, dans son état, qu'avait-il à faire de manger sainement ?

Po s'approcha du magistrat pour lui parler à l'oreille d'un air grave :

– Je préviens Votre Excellence qu'elle devra oublier ce qu'elle aura vu et n'en retenir que ce qui pourra l'aider à résoudre notre problème.

Ti n'était pas assez loin de la terrasse pour ne pas noter que Sa Majesté avait aussi une prédilection pour les sucreries. Il lui fut facile d'identifier la ronde de gâteaux que le monarque se fit servir. Il y en avait de carrés, de pointus, certains ressemblaient à des nœuds de cheveux. Il semblait apprécier particulièrement les gâteaux de lune et ceux aux haricots rouges. Cela faisait beaucoup de détails à oublier. Ti allait devoir fournir ce soir-là un effort surhumain pour ne pas les partager avec ses épouses, que ces petits secrets insignifiants passionneraient. Il envisagea de compenser cette discrétion en leur révélant que les perroquets de Sa Majesté étaient dressés à répéter « Honneur à l'Empereur », avec l'espoir qu'elles n'en réclameraient pas un du même genre.

Le dîneur dut faire un geste infime qui échappa au

témoin néophyte qu'était le juge, car deux eunuques costauds vinrent l'aider à se relever. Lesté comme il l'était, le retour réclamait un surcroît d'efforts. Un fait curieux qui ne cadrait pas avec cette étrange cérémonie tira le magistrat de la sorte d'hypnose dans laquelle il s'était laissé couler. Sur le point de rentrer dans le bâtiment, l'Empereur se retourna à grand-peine. Lorsqu'il fut de nouveau face au pavillon, il esquissa ce qui ressemblait fort à une révérence, pareille à celles des acteurs à l'issue du spectacle.

Tandis que le dos doré du gros homme impotent disparaissait, Ti eut la certitude que ce geste lui avait été spécialement destiné. Quelle autre signification pouvait-il avoir ? Il n'avait pas sa place dans ce rituel. Le Fils du Ciel avait salué son unique spectateur, à qui il venait de donner une représentation de sa vie. Partant, le juge pouvait-il vraiment se fier à ce qu'il avait vu ? N'avait-on pas mis en scène un faux déjeuner pour son seul bénéfice ? Le fait que le Dragon ait eu conscience de sa présence ne faussait-il pas le tout ? Ti eut la conviction que le souverain avait donné son accord pour cette mascarade. Il venait de saluer celui qui, avec ses relations de meurtres crapuleux, lui avait si souvent fourni de quoi meubler son ennui. Il n'existait pas de plus grande distraction que le malheur des autres.

Ti se prit à douter que les repas de l'Empereur se déroulent réellement de cette façon. Que cela soit vrai ou faux, c'était tout ce dont il disposerait pour former sa conviction. L'alimentation du souverain était au centre de l'énigme. La clé était dans ce cérémonial.

Une nouvelle idée lui vint alors qu'il descendait les marches du kiosque pour remonter dans le palanquin aux rideaux bien clos. L'Empereur aurait-il pu commander l'assassinat des cuisiniers bouddhistes pour se débarrasser de leurs plats ? Craignait-il, dans son état, de ne pouvoir empêcher qu'on lui supprime bientôt toute viande, au profit des légumes fades et bouillis, avec pour seule sauce des onctions religieuses ? Était-on en présence d'un meurtre dont la gourmandise était le mobile ?

XV

Le juge Ti réalise un tour de force diplomatique ; il règle quelques problèmes familiaux.

Le magistrat prit place dans le magnifique palanquin où l'attendait déjà Po Zhi-Xin. Il annonça qu'il avait une nouvelle requête à présenter.

– Cela tombe bien, répondit son guide. Je viens de recevoir un message du grand chambellan. Il vous fait dire qu'il s'impatiente.

Le moment était donc venu d'apporter le mot final à la résolution de cette énigme. Ti désirait qu'on affectât ses trois suspects au temple de l'art culinaire, la cuisine personnelle de l'Empereur.

– Vous allez pouvoir défendre ce projet devant Son Excellence, répondit le jeune homme, visiblement soulagé de n'avoir pas à le faire lui-même. C'est auprès d'elle que je vous conduis.

Ti constata que son cicérone avait une fois encore un coup d'avance dans l'organisation de l'intendance.

Lorsqu'un des gardes ouvrit les rideaux, ils se trouvaient devant le pavillon où Ti avait pénétré à son arrivée dans la Cité interdite. L'eunuque le précéda sur l'escalier de marbre blanc, lui fit traverser l'antichambre, et disparut dans la salle où son maître résolvait la multitude de problèmes dépendant de sa charge. Un moment plus tard, il s'effaçait pour laisser le plénipotentiaire entrer seul dans la vaste pièce au fond de laquelle l'attendait le chambellan. Ti s'approcha de quelques pas et se mit à genoux pour recevoir les impressions de son commanditaire. Ce dernier leva les yeux des documents qu'il était en train de consulter et posa sur lui son regard impénétrable.

– Dites-moi, Ti, dit le vieux fonctionnaire à la fine barbe blanche. D'après Po, vous désirez que nous introduisions dans les cuisines de Sa Majesté trois hommes qui, si j'ai bien suivi vos allées et venues de ces derniers jours, sont ceux que vous soupçonnez d'avoir commis un meurtre par empoisonnement.

Le juge acquiesça tandis que le grand chambellan le contemplait avec la curiosité d'un lettré pour une sentence confucéenne particulièrement obscure.

– Est-ce bien raisonnable ? reprit-il. Je ne vous cache pas que j'hésite un peu à endosser une telle responsabilité.

– Je propose à Votre Excellence de m'en abandonner la responsabilité, et aussi les éloges quand cette mesure aura permis d'identifier le coupable.

Les lèvres du grand chambellan se plissèrent en un sourire imperceptible. Il y avait longtemps qu'on n'avait osé s'adresser à lui avec une audace confinant à l'insolence.

– Vous êtes bien conscient, répondit-il, que je ne souhaite pas non plus partager le supplice que vous infligera le bourreau favori de Sa Majesté si une nouvelle catastrophe se produit. Un échec pourrait aussi vous valoir le renvoi définitif dans un trou de province où vous rendriez la justice pour les chèvres et les chameaux.

Ti ne put réprimer une grimace à cette idée. Si une condamnation à mort était envisageable, l'éventualité d'une relégation dans des contrées plus arriérées qu'il ne pouvait l'imaginer l'était tout autant. Une telle sanction éviterait au Dragon céleste de se priver de ses rapports, qui semblaient tant l'amuser. Ils mettraient un mois de plus à parvenir à la capitale par le circuit des caravanes, voilà tout.

– Et maintenant, expliquez-moi pourquoi je dois commettre une telle imprudence et plaisanter avec la sécurité du Fils du Ciel, reprit le chambellan.

Bien que le juge Ti eût horreur de dévoiler ses plans avant leur exécution, il était indispensable de donner quelques garanties à ce haut fonctionnaire s'il voulait aller de l'avant.

– Votre Excellence a fait preuve d'une intuition très sûre quand elle a établi que la mort du cuisinier Gu n'était pas naturelle. Nous savons désormais qu'il a succombé à une forte dose d'une herbe nommée « esprit de feu », que l'on récolte sur nos frontières de l'ouest, dans la province du Tibet. J'ai des raisons de croire que la dose absorbée était bien supérieure à celle qui aurait suffi à le faire passer de vie à trépas. Je pense que ce meurtre avait, sinon un but, du moins une logique, qui nous mène tout droit aux repas de l'Empereur.

Les yeux en amande du grand chambellan se rétrécirent encore davantage.

– Vous me dites qu'il nous faut ouvrir le dernier cercle à un empoisonneur parce que cela répond à une « logique » ? Les querelles abstraites qui agitent notre cuisine numéro 2 vous ont fâcheusement influencé, Ti. Que dirons-nous à l'Impératrice si son époux perd la vie lors de cette expérience, s'il éprouve seulement le moindre embarras gastrique, le moindre ballonnement par notre faute ? Que nous l'avons sacrifié à une logique ? Cette logique-là pourrait bien nous mener tout droit au terrain des exécutions publiques. Je vous avoue que ce n'est pas là ce que j'envisage pour la suite de ma carrière.

Ti comprit que la partie n'était pas gagnée. Il avait remarqué dès son entrée que le mur opposé à celui des fenêtres était percé d'une sorte de moucharabieh.

– Vous devez tout me dire, Ti, reprit le chambellan. Considérez que vous vous adressez à Leurs Majestés à travers moi.

Ti répondit qu'il en était bien convaincu. En fait, il avait la certitude qu'un agent de l'Impératrice écoutait derrière la claustra. « Pourquoi un agent ? » se demanda-t-il tout à coup. Elle aurait aussi bien pu s'informer directement auprès du chambellan, certainement assez fin et ambitieux pour reconnaître en elle son véritable maître. Si quelqu'un suivait leur conversation, là-derrière, c'était sûrement la grande épouse impériale en personne. On n'atteignait pas la position qu'elle occupait en déléguant ce qu'il était possible de faire soi-même. C'était elle qu'il lui fallait convaincre s'il voulait parvenir à ses fins.

– Plutôt que de risque, dit-il en pesant chacun de ses mots, j'emploierais plutôt le terme de pari. Je suis sûr que l'Impératrice, si elle m'entendait, serait d'accord avec l'idée que rien ne se conquiert en ce monde si l'on n'est pas capable de parier sur l'issue de chaque événement. Une force ténébreuse s'est infiltrée dans ce palais. L'un des bonzes tout dévoués à la foi nouvelle que dame Wu se plaît à protéger a été terrassé par le démon qui rôde entre ces murs. C'est une insulte à son autorité. Je veux faire le pari qu'il nous sera possible d'en venir à bout avant qu'une nouvelle journée ne se soit écoulée. Je suis prêt à mettre en jeu tous les espoirs que ma misérable personne a formés au long sa carrière. N'a-t-elle pas elle-même tant de fois remis en question tout ce qu'elle avait accompli afin de faire triompher le bien, la vertu et ses convictions ?

Il entama mentalement une prière à Confucius pour que son intuition lui ait suggéré les arguments propres à persuader celle dont dépendaient tant de vies.

Un silence suivit ces mots. Le chambellan avait parfaitement compris à qui s'adressait en réalité le discours que ce petit juge, décidément bien surprenant, venait de lui débiter. Le jeune Po entra bientôt et traversa la pièce pour glisser quelques mots à l'oreille de son supérieur.

– Je vais me faire servir une petite collation, dit ce dernier. Vous me ferez plaisir en la partageant avec moi.

Ti comprit qu'il ne s'agissait pas d'un simple signe de considération. Ils étaient désormais vraiment seuls. La personne derrière le moucharabieh s'était retirée après avoir donné ses ordres. L'entretien officiel était clos.

– Nous allons accéder à votre demande, annonça le chambellan en manière de confirmation.

Quelques eunuques apportèrent un lot de plats dont Ti connaissait la source : ils arrivaient directement de la cuisine numéro 3, celle des mandarins. Il avait accepté l'invitation par politesse. À force de contempler cette débauche de nourriture toute la journée, il se sentait repu. Sa présence dans un lieu si solennel lui coupait par ailleurs ce qu'il aurait pu lui rester d'appétit. Il remarqua au milieu de tout ça une sorte de brouet informe qui lui rappela quelque chose.

– Ah ! fit le chambellan en se frottant les mains.

Le léger frétillement qui agita sa moustache indiqua contre toute attente qu'il était capable de désirs terrestres.

– On m'a enfin envoyé ce mets dont tout le monde parle ! Cela fait deux jours que je souhaite y goûter.

Il plongea ses baguettes dans le ragoût gluant, dont il retira un morceau d'une matière non identifiée, enrobée de sauce collante, qu'il mâchonna avec componction.

– C'est étonnant, en effet. C'est un raté de porc au gluten brûlé. Servez-vous, n'hésitez pas !

Ti se garda bien d'obéir. Il songeait qu'il allait avoir besoin d'un peu d'aide durant cette longue journée.

– À propos, dit-il, j'aimerais que l'auteur de ce plat soit lui aussi envoyé à la cuisine numéro 1, si cela vous semble possible.

– Quelle bonne idée ! dit le chambellan sans cesser de mâcher. Sa Majesté sera très intéressée par ce… cette chose. Je suis sûr qu'elle n'a rien mangé d'aussi curieux depuis longtemps.

Ti le croyait volontiers. Le naufrage complet de son appétit lui laissait l'esprit libre pour poursuivre ses réflexions.

– J'aimerais vous poser une question qui me turlupine, dit-il.

Tout à sa dégustation, le chambellan fit avec ses baguettes un geste qui voulait dire : « Faites. »

– Au terme de mes pérégrinations dans les allées de ce palais, je suis arrivé à la conclusion que l'Empereur n'a pas besoin d'un si grand nombre de cuisiniers. J'ai bien mon idée sur la raison pour laquelle on en engage autant. Mais je préférerais l'entendre de votre bouche.

Le chambellan fit un effort pour avaler un morceau de raté qui avait du mal à descendre :

– Parce que, dans la vôtre, cela confinerait au crime de lèse-majesté, n'est-ce pas ? articula-t-il. Vous avez bien deviné, Ti.

Le vieux fonctionnaire rompu à toutes les lubies de la vie de Cour lui confirma, sur le ton de la confidence, qu'il avait bien éventé le grand secret des cuisines impériales.

Le Fils du Ciel, que sa maladie éloignait du pouvoir depuis longtemps, s'ennuyait dans sa retraite, dont le protocole faisait une cage dorée. Ce qui l'amusait le plus dans le fait d'avoir à son service tant de cuisiniers de toutes les sortes, c'était de suivre leurs disputes, que les contrôleurs du ministère lui rapportaient fidèlement :

– Qu'ils s'entre-tuent lui semble l'aboutissement normal de ces rapports conflictuels, conclut le chambellan. Le pauvre homme a si peu l'occasion de s'amuser ! En réalité, tant qu'ils ne saupoudrent pas ses mets de poisons, cela ne le dérange en rien.

Pas plus que ne le dérangeait, sans doute, le fait que cet innocent amusement aboutisse à une centaine de décapitations pour outrage à sa dignité. Ti comprit soudain qu'il faisait lui aussi partie de cet amusement. On ne l'avait pas nommé pour sauver la vie des employés de la cuisine numéro 4 : on l'avait choisi et lancé sur les traces du tueur pour que ses investigations dans la Cité interdite, suivies de près par le chambellan et son agent Po Zhi-Xin, fournissent à Sa Majesté une distraction inédite qu'il était le plus apte à lui procurer. C'était une sorte de partie de dés dont cent têtes étaient l'enjeu. Il commençait à mesurer à quel point on l'avait manipulé depuis son arrivée. Il se demanda s'il ne vaudrait pas mieux, en fin de compte, retourner administrer les caravaniers des steppes, plutôt que de servir de pantin aux esprits pervers qui hantaient ce sinistre palais.

– Et maintenant, dit le chambellan, il ne me reste qu'à vous souhaiter de gagner le pari dans lequel vous avez réussi à nous engager : il vous faudra nous présenter le coupable avant que la nuit ne soit tombée une nouvelle fois. N'oubliez pas : vous avez jusqu'aux dernières lueurs du jour !

Ti voyait mal comment il aurait pu l'oublier. On le prenait au mot. Il sentit que sa propre vie était désormais liée au succès de ses déductions.

Le grand chambellan ordonna à Po de faire avertir les heureux élus nommés à la cuisine numéro 1, où ils devraient se présenter à la première heure le lendemain matin. Les codes de leurs nouvelles fonctions leur seraient expliqués dans la foulée. Ti se demanda quels pouvaient être ces codes. Il espéra qu'ils n'empêcheraient pas la conclusion de cette enquête, la plus décisive qu'il ait eu à mener jusqu'ici.

Sur le chemin de sa demeure, il songea que cette soirée serait peut-être la dernière qu'il lui serait donné de passer en famille. Si les événements lui échappaient, son crâne pourrait fort bien rouler au sol dès le surlendemain à l'aube. Il convenait de mettre ses affaires en ordre. Plusieurs mesures s'imposaient pour y parvenir.

Une fois rentré, il se rendit dans sa chambre pour passer une tenue d'intérieur confortable. Il tira de sous son lit la cassette où se trouvait une partie des subsides délivrés par l'économat pour couvrir ses frais. Il avait fait liquider l'un des lingots quelques jours plus tôt : le coffret était plein de pièces d'argent représentant une somme importante.

Ma Jong et Tsiao Taï venaient de rentrer de leur emploi au marché de l'ouest. Assis dans un coin de la cour, ils décortiquaient des noix d'arec, dont le mâchonnement apportait le calme et la sérénité que l'on pouvait désirer après une longue journée passée à traquer les coupeurs de bourses. Ils se levèrent à l'approche de leur patron. Ce dernier leur remit à chacun une pleine poignée de pièces en leur enjoignant d'arrêter de travailler à l'extérieur.

Surpris de voir leur maître se lancer dans des distributions auxquelles son sens de l'économie et ses revenus limités ne les avaient pas habitués, ils choisirent néanmoins des mots polis pour refuser la demande. La tâche de surveillance qu'ils exerçaient sur le marché leur fournissait amplement de quoi vivre en attendant leur nomination au palais.

– Justement, cela risque de ne pas se produire, répondit le juge. Il se peut en revanche que mes épouses aient besoin de vous dans les jours à venir. Considérez ceci comme une prime pour vos loyaux services, et assistez-les avec la même fidélité dont vous avez fait preuve à mon égard.

Il retourna à l'intérieur, laissant ses lieutenants se demander s'il était frappé de quelque mal physique ou si la tête seule était atteinte.

Son deuxième objectif était de réconcilier les deux maîtresses de maison. Celui-là risquait d'être plus ardu.

La maisonnée était toujours aussi enthousiaste de la promotion accordée au secrétaire. Tao Gan venait d'apprendre sa nomination à l'échelon le plus élevé. Il jubilait. C'était certes une réussite plutôt flamboyante pour un ancien filou – mais ne continuait-il pas là-bas sur cette même lancée ? Au moins, se dit Ti, son avenir à lui était assuré. Le génial maître queux avait eu la bonté de leur rapporter quelques échantillons de ces plats incongrus qui échappaient à toute règle. On les leur servit à dîner. Le juge avait l'impression de ne plus manger que cela, depuis quelque temps.

– Merci, je connais, dit-il en se rabattant sur un bol de riz à l'eau qui n'avait pas subi les outrages de la cuisine moderne.

– Comment ? s'insurgea madame Deuxième, qui avait eu l'idée ce festin. Je ne peux croire que vous osiez décrier des mets qui ont charmé les papilles d'éminents courtisans !

– Je crains que ma modeste demeure ne soit pas digne d'un tel raffinement, répondit-il. Je crois donc qu'il nous faudra nous en priver à l'avenir.

– Comme Votre Excellence voudra, dit sa Deuxième, dont la révérence servit à dissimuler la moue de déception sur son visage.

Les deux compagnes secondaires lui présentèrent les enfants pour le baiser du soir. Il les embrassa avec plus de tendresse qu'à l'accoutumée. Puis il alla souhaiter la bonne nuit à sa mère. Il comptait obtenir la promesse que sa bru et elle ne se déchireraient pas s'il n'était plus en mesure de tempérer leurs dissensions. La vieille dame profitait d'un reste de clarté pour ravauder l'une de ses vieilles robes, qu'elle comptait offrir à la Première parce qu'elle jugeait ce vêtement plus décent que ce qu'elle portait d'ordinaire.

– J'ai une prière à vous présenter, dit-il doucement après l'avoir embrassée sur le front.

– Je m'en doute, répondit-elle sans lever les yeux de son ouvrage. Tu as distribué de l'argent, tu as caressé tes enfants comme tu ne le fais jamais, tu viens me voir avec respect… Tu crains que ton dernier jour ne soit arrivé.

– Comment…

– Je suis ta mère, je sens ces choses-là. C'est moi qui t'ai donné la vie, qui t'ai nourri, qui t'ai fait. Tu l'oublies trop facilement, mon fils. Je te comprends mieux qu'aucune des trois épouses dont tu as cru bon de t'entourer.

– Je suis navré de vous imposer une telle tristesse.

Dame mère posa son vieux morceau de tissu sur le guéridon : on n'y voyait vraiment plus rien.

– Je ne ressens aucune tristesse, répliqua-t-elle. Il n'y a rien de plus glorieux que de périr au service de son empereur. Par ailleurs, j'ai foi en ton intelligence. Si ton père t'a légué une seule qualité, c'est bien celle-là. Tu tiens tout le reste de moi, grâce au Ciel !

Ti contempla les traits de cette femme avec qui, en dépit de tout, il possédait un lien indéfectible.

– Avant de partir pour cette épreuve décisive, dit-il, j'aimerais que vous vous réconciliiez avec ma Première.

– Avec cette écervelée convaincue que j'ai commis un crime abominable ? s'étonna dame mère en haussant le ton sous l'effet de l'indignation.

Elle réfléchit quelques instants.

– Je crois pouvoir accomplir cet effort pour que tu t'en ailles l'esprit apaisé. Tu en auras besoin, que ce soit pour éviter le sort terrible que tu redoutes ou pour que tes mânes trouvent le repos si tu échoues.

Elle se lança dans une prière à la déesse protectrice des foyers. Son fils attendit patiemment qu'elle eût terminé pour l'embrasser une nouvelle fois et se retirer dans la chambre contiguë.

XVI

Le juge Ti assiste à de brillantes démonstrations culinaires ; il donne un exemple de ses propres talents.

Le palanquin était déjà là, le lendemain matin, quand Ti sortit dans la cour. Le véhicule lui fit l'effet d'un corbillard. Il lutta contre une envie irrépressible de sauter à cheval pour s'enfuir au loin.

Par il ne savait quel miracle de l'esprit féminin, sa mère et sa Première se tenaient bras dessus, bras dessous sur le perron lorsqu'il prit place dans la litière. Elles lui firent l'une et l'autre un signe de la main. Il était incapable de deviner ce que sa mère avait pu dire à sa Première pour en arriver à cet armistice. Sans doute cette dernière avait-elle fini par sentir, elle aussi, qu'il se passait quelque chose de grave. On aurait pu croire qu'aucun nuage n'avait jamais obscurci leur bonne entente. La paix de Confucius régnait enfin sur la maison. Au moins ses funérailles auraient-elles lieu dans l'harmonie d'une trêve si ses conclusions étaient erronées. S'il en réchappait, ce serait une autre histoire.

La cuisine numéro 1 était, comme celle des princes, surmontée d'une large pancarte, avec non plus le symbole des Tang, mais l'emblème personnel de l'Empereur, assorti d'une maxime en lettres d'or : « Tu nourris le Ciel, tu vivifies l'État », sentence peu propre à mettre à l'aise ceux qui y travaillaient. Le toit était de tuiles jaunes, couleur du pouvoir.

Aucune des nouvelles recrues ne manquait à l'appel. Des vestiaires fermés par un rideau de perles avaient été aménagés à l'entrée du bâtiment. Ils en ressortirent tout de blanc vêtus, du bonnet qui cachait leurs cheveux noués en un chignon serré, jusqu'aux souliers de toile immaculée. Finis les habits folkloriques, le chapeau à poils du Mandchou, la veste brodée du Setchouanais, la robe bleue rituelle du prêtre taoïste, le brocart prétentieux que s'était offert ce coquet de Tao Gan. Ils porteraient dorénavant l'uniforme réservé aux cuisiniers personnels du couple régnant.

– Cette tenue symbolise la pureté de vos sentiments envers l'Empereur, annonça le chef de cuisine, venu vérifier la régularité de leur aspect. Elle vous rend indistincts les uns des autres dans la grâce de servir le Fils du Ciel et son épouse principale.

Les trois hommes étaient visiblement émus de cet honneur. La promptitude de la promotion ne leur avait pas permis de s'habituer à cette idée.

– Leurs Majestés vont donc goûter nos plats dès aujourd'hui ? demanda le natif du Setchouan, dont la voix tremblait un peu à la perspective d'être jugé par l'homme le plus puissant du monde.

Au petit sourire qui se peignit sur les lèvres du responsable, Ti devina que les choses n'étaient peut-être pas aussi simples que cela. Pour commencer, il les informa que l'Impératrice passerait la journée dans leur palais hors les murs. « Elle est prudente », songea-t-il. Elle évitait le moindre risque et laissait son mari subir seul les effets de l'enquête. Lui n'avait plus grand-chose à perdre. Son état laissait présager que les jours qui lui restaient ne seraient plus très nombreux ni très plaisants.

L'excitation de cette expérience avait peut-être au contraire de quoi pimenter sa monotone existence d'homme de paille, si tant est qu'on l'en eût averti. Depuis que Ti l'avait vu en personne, il avait compris que ce n'était plus ce personnage diminué qui gouvernait l'empire. Durant ses insomnies de la nuit dernière, l'idée l'avait même traversé que tout cela était un complot de son épouse pour se défaire du seul être qui s'élevait encore entre le trône et elle. Ce qui lui faisait rejeter cette idée, c'était que, si cette femme étonnante avait voulu le supprimer, elle aurait réussi depuis longtemps.

Autre différence, la cuisine numéro 1 servait à tout moment du jour ou de la nuit, selon le bon plaisir de l'Empereur. Elle se devait d'être toujours prête. Ses employés s'y relayaient avec une ponctualité de clepsydre. L'équipe de jour croisa l'équipe de nuit, plus réduite et constituée d'eunuques à cause du couvre-feu.

Contrairement à l'agitation des trois autres cuisines, Ti pénétra dans un univers feutré qui ressemblait davantage à un salon. Elle était d'une propreté à côté de laquelle les précédentes avait un air de porcherie, jamais on n'aurait deviné ce qui s'y passait si de discrets bruits de cuissons, assortis de quelques parfums légers, n'avaient troublé le quasi-silence qui régnait entre ces murs impeccablement blanchis. Ti aurait juré que même l'eau s'efforçait de bouillonner le plus silencieusement possible par respect pour la personne sacrée à qui elle était destinée.

Les trois hommes découvrirent avec surprise leur nouveau poste de travail. Le pavillon, situé assez près des appartements royaux, ne comportait pas de cheminées, par peur d'un incendie qui aurait pu se propager jusqu'au périmètre où vivaient Leurs Majestés. Les fourneaux étaient exclusivement alimentés au charbon de bois, ce qui allait les contraindre à réviser leurs modes de cuisson.

Conscients de leur devoir, leurs collègues faisaient assaut d'invention pour que l'alimentation des souverains soit aussi exceptionnelle que leur position au sommet de la hiérarchie sociale. Les préparations étaient toutes baptisées d'un nom dont la sonorité était choisie avec soin pour être agréable à l'oreille. Leurs auteurs faisaient en sorte, grâce aux produits et aux techniques, qu'elles se distinguent à la fois par leur saveur, leur couleur, leur présentation et la délicatesse de leur fumet. Des eunuques apportaient des jarres remplies de l'eau recueillie sur les toits du domaine, afin que riz et légumes soient bouillis dans le liquide le plus pur. On allait jusqu'à faire infuser le thé vert dans la rosée déposée sur les aiguilles des pins poussant dans les montagnes.

Lorsqu'un miracle particulièrement frappant était rapporté à l'Empereur, l'un de ses cuisiniers l'illustrait par la création d'un plat. Il était arrivé, par exemple, qu'un oiseau s'exprimât dans un langage intelligible afin de congratuler le Fils du Ciel pour l'excellence de ses décisions. Le mets qui en avait découlé avait la forme de cet oiseau et s'intitulait « Félicitations célestes ».

Tâchant d'être attentif à tout, Ti observa la confection d'une soupe de poumons de barbeaux, tout petit poisson dont l'appareil respiratoire n'était pas plus gros qu'une fève. Un artiste en chromatique venait de terminer des jarrets de porc sur brocolis : du rouge vif sur du vert jade. Tout y était : couleur, parfum, goût. Le sommelier vantait aux cuistots ses meilleurs crus, les vins vieux de Shaoxing, ou le maotaï, célèbre alcool blanc de la province de Guizhou.

Ti tâchait de ne pas quitter ses suspects plus de quelques minutes. Il avait posté un garde devant les latrines, avec mission de compter chacune de leurs allées et venues dans cet endroit où nul ne pouvait les suivre – combien il aurait aimé néanmoins pouvoir les surveiller jusque dans leurs instants d'intimité ! Dans le temps que dura la confection du déjeuner, le Setchouanais s'y rendit cinq fois. L'émotion lui avait donné un dérangement intestinal, ce que confirmait son teint vitreux. Le taoïste n'y alla qu'une seule fois. Quant au Mandchou, il n'y mit pas les pieds. Sans doute n'avait-il rien pu ingurgiter depuis l'annonce de sa nomination, ou bien celle-ci lui provoquait de la constipation.

Tao Gan se lança dans ce qui devait être son chef-d'œuvre. Il semblait possédé par le démon de la compétition. C'était la chance de sa vie. Ti escomptait fortement que les trois autres seraient dans le même état d'esprit et que les choses se dénoueraient ce jour-là, comme il l'avait promis. Son secrétaire jetait divers produits dans la marmite avec les gestes exagérés d'un mime. Il faisait tout cela à grand bruit, sans aucun égard pour la paisible atmosphère du bâtiment ni pour les « pst ! » maintes fois renouvelés du surveillant à la figure de catastrophe attaché à ses basques. Si concentrés que fussent ses confrères, ils ne pouvaient s'empêcher de jeter des coups d'œil étonnés à cet excentrique, qui se croyait en pleine représentation de danse rituelle sur un champ de foire un jour de fête.

Ti découvrit peu à peu ce qui faisait la véritable exception de cet endroit. La moitié des cuistots s'adonnait à la cuisine médicinale, cet art immémorial dont les Chinois avaient conscience d'être les seuls récipiendaires au monde. L'idée que la santé passait par la nourriture était communément admise. C'était grâce à une alimentation appropriée qu'on entretenait sa vitalité ou qu'on se soignait. Il n'existait pas de frontière entre aliments et médicaments. Tout vrai cuisinier chinois devait donc se doubler d'un guérisseur. Et l'on était ici dans le sanctuaire de cet art.

Ti s'y connaissait assez pour reconnaître un panorama complet de la cuisine de santé dans les plats qui s'élaboraient sous ses yeux. Il souhaita en avoir la confirmation. Le chef de cuisine, ravi de recevoir un éminent visiteur, ne se fit pas prier pour commenter chaque plat :

– Ces coquilles Saint-Jacques aux rognons de porc sont utiles au foie et à la bile. Le jambonneau au yoghourt que vous voyez là aide à lutter contre les allergies. C'est aussi très bon contre les insomnies. Quoique les fleurs de brocolis sautées soient plutôt ce qu'il faut à Sa Majesté : elles empêchent la somnolence. Voici des cuisses de grenouilles au curry – le médecin personnel de l'Empereur m'a appris que nous avions eu des ballonnements, il va falloir remédier à cela. Les œufs de cailles sautés aux champignons sont habituellement pour l'Impératrice : cela prévient le dépôt de graisse sur les cuisses. Un peu d'ananas en gelée : nous sommes facilement constipés. Nous avions le mois dernier une vilaine plaque rouge mal placée ; mais le bœuf sauté à la sauce d'huître y a mis bon ordre. Ainsi qu'à nos impressions de jambes lourdes, d'ailleurs. Ne pas oublier la soupe d'asperges au crabe : nous avons nos petites douleurs rhumatismales à traiter. Un peu de bar à la vapeur pour donner des forces, nous ne sommes plus si fringants, hélas. Les pinces de crabes frites ont fait merveille contre l'inappétence sexuelle ;

ce traitement a été abandonné, néanmoins, à la requête de la grande épouse. Par bonheur, nous n'avons pas mal au dos, ces temps-ci : vous n'imaginez pas comme les dattes sont difficiles à trouver en cette saison. Et l'omelette aux crevettes pour soigner nos… hum…

Il s'approcha du juge et lui murmura à l'oreille : « nos varices ».

– Eh bien voilà, tout y est, conclut-il en examinant d'un œil satisfait la table recouverte de préparations destinées à un seul repas.

Cette ribambelle de mets pharmaceutiques était à donner le tournis. Le juge fronça les sourcils en se demandant où était le poison dans tout cela.

– Votre Excellence a-t-elle mal à la tête ? s'inquiéta le chef de cuisine. Goûtez donc ces encornets farcis. C'est très efficace.

Les nouveaux venus furent les derniers à fournir leur écot ; ils avaient dû se familiariser avec les instruments finement ouvragés mis à leur disposition. Pour se mettre à l'unisson, le Setchouanais avait préparé une soupe aux côtelettes de porc au ginseng, typique de son pays, censée fortifier même les constitutions les plus débiles. Nul doute que le Dragon ne saurait plus s'en passer une fois qu'il en aurait éprouvé les effets. Le taoïste se vantait de pratiquer une alimentation capable de régulariser les énergies yang et yin sans besoin des aiguilles des acupuncteurs ou d'aucun médicament. Seul le Mandchou ne pouvait concourir dans cette recherche curative. Chacun savait que ses ragoûts n'étaient salutaires contre rien. Mais cette exception faisait justement sa particularité. Il comptait sur la lassitude que devait éprouver l'Empereur à se voir proposer toutes ces cochonneries diététiques aux charmes compassés. Lui seul offrait les valeurs sûres de la chair et du sang, grâce auxquelles les cavaliers des steppes galopaient par tous les temps jusqu'à des soixante-dix ans révolus. Le regard dubitatif du chef de cuisine laissait deviner un doute sur le fait qu'un tel régime convînt à un impotent toujours affalé sur ses coussins.

Les cuisiniers, pour séduire, donnèrent des noms ronflants à leurs préparations : « Vie prolongée », « Vœux exaucés » ou « Grande unification du pays ».

Tao Gan termina bon dernier. Il lui fallait un peu plus de temps que les autres pour bien rater sa cuisson. La mine ravie, il déposa le produit de ses gesticulations bruyantes sur la table des mets à enlever. Ses confrères se penchèrent avec perplexité sur la chose étalée sur une plaque d'argent, dont le brillant soulignait de façon regrettable la tonalité générale. Ti devina à la figure du responsable qu'il passait mentalement en revue les critères de la cuisine impériale. La couleur ? Le mélange hésitait entre le brun, le rouge, et une curieuse nuance grise dont il se demanda comment cet olibrius avait bien pu la produire. La présentation ? Associé à sa nuance brunâtre, cette dégoulinade informe faisait naître des images très peu ragoûtantes. De la délicatesse du fumet il ne pouvait être question : aucune odeur ne s'en échappait, ce qui était sûrement une bénédiction. Pour la saveur, la répulsion l'emporta sur la curiosité, aussi le responsable se garda-t-il d'en approcher ses baguettes, laissant ce privilège à celui à qui cette mixture était destinée. Quant à savoir si le résultat était bénéfique pour un quelconque organe du corps, c'était impossible à imaginer.

– Comment souhaitez-vous baptiser cette… œuvre ? demanda le responsable, à qui seule l'expression « Résidu de latrines » vint à l'esprit.

– J'ai eu une idée ! lança Tao Gan, comme si une

révélation divine l'avait frappé au cours de la cuisson.

Il se pencha pour lui murmurer quelques mots, qui provoquèrent chez le pauvre homme un haussement de sourcils. L'aspect du plat n'était donc pas l'unique élément capable de susciter la stupéfaction. Il traça quelques caractères sur la partie du couvercle destinée à recevoir le nom de ce qu'il recouvrait. Ce fut avec une horreur indicible que le juge Ti lut ce qu'on venait d'y écrire. Cette abomination, qui avait toutes les chances d'envoyer son instigateur dans les mines de sel pour lui apprendre à se moquer du Fils du Ciel, s'intitulait : « Sagacité du plénipotentiaire » ! Autant dire que l'Empereur, lorsqu'il recracherait la bouchée noirâtre qu'il aurait eu la présomption de mastiquer, aurait sous les yeux le nom du juge Ti. Ce dernier ne vit pas dans cet incident un signe favorable quant à la tournure qu'allait prendre cette journée fatidique.

– C'est un hommage, expliqua aimablement son secrétaire. Je n'ai eu que Votre Excellence à l'esprit tout au long de la préparation. Ceci est en quelque sorte votre portrait culinaire !

Ti regarda une nouvelle fois le magma informe qui reposait dans son assiette comme dans un cercueil. Voilà donc en quoi se changeait la nourriture lorsque le cuisinier pensait à lui ! Il dut rappeler toute la confiance en lui dont il était capable pour ne pas perdre le moral.

On couvrit chaque récipient d'un couvercle qui s'adaptait parfaitement. Ils ne seraient ôtés qu'à la table impériale, sous les yeux de l'unique convive. On avait noté sur chacune le nom du cuisinier et celui de sa préparation. Les eunuques déposèrent le tout sur des plateaux, qu'ils emportèrent vers le lieu du festin.

Le taoïste fit mine de les suivre. Un garde l'agrippa

par sa robe blanche et le ramena de force à l'intérieur du bâtiment. Le responsable lui expliqua que, n'étant pas castrés, ils ne pouvaient pénétrer plus loin dans la Cité interdite. L'émule de Lao Tseu ne l'entendait pas de cette oreille :

– Puisque je vous dis que je dois assister au repas ! Les plats du Tao ne sont vraiment bons qu'accompagnés de prières rituelles. En en privant Sa Majesté, on lui fait perdre la moitié du bénéfice que cette nourriture pourrait lui apporter !

– Sa Majesté se rattrape sur les cent vingt autres mets confectionnés pour elle par ses cuisines, rétorqua le responsable sur un ton sans réplique.

Toutes les théories culinaires du monde étaient insuffisantes pour modifier l'immuable protocole de la Cour. Le responsable estima utile de leur donner un petit aperçu de ce qui se pratiquait entre ces murs :

– Même les plus proches serviteurs de l'Empereur ignorent ses goûts. Quiconque prétend les connaître risque la mort. Il n'y a pas de plus grand secret à l'intérieur de la Cité interdite. L'Empereur ne dit jamais : « Aujourd'hui, j'ai envie de manger ou de boire telle ou telle chose », il n'avouera jamais ses préférences. À chaque repas lui sont présentés plus de cent mets, sans compter les plats de saison. Il en choisit quelques-uns et modifie son choix le lendemain.

Ti se dit que Sa Majesté jouait à une sorte de partie de cache-cache avec ceux qui auraient été tentés de l'assassiner : ses ministres, ses généraux, l'un ou l'autre de ses innombrables frères nés du sérail paternel. Il pensa à une formule que lui avait dite le restaurateur du Pavillon des pins et des grues : « Cuisiner, c'est d'abord savoir qui l'on sert. »

– Pardonnez-moi, dit le Setchouanais, mais, si l'on

m'invite à refaire le même plat, je me douterai bien que Sa Majesté l'a apprécié…

– Je vous le déconseille absolument, répondit le responsable en agitant un doigt menaçant. Abstenez-vous de tirer des conclusions. Ne vous vantez jamais d'avoir été distingué. Même si l'Empereur aime un plat, il préférera attendre plusieurs jours avant d'en profiter de nouveau. Les princes eux-mêmes ne prennent jamais plus de trois cuillerées d'une même assiette. Le bol dans lequel l'Empereur a plongé ses baguettes pour la troisième fois est aussitôt débarrassé.

Tandis qu'on attendait le retour des plats, chacun s'occupait comme il pouvait. Certains en profitaient pour se restaurer, d'autres jouaient aux dés leurs émoluments de la semaine. Un cuisinier avait entrepris de réaliser des sculptures comestibles, un art qui avait la réputation d'amuser l'Empereur, toujours à l'affût de tours de force. Il exécutait des statues en fromage de soja, en riz gluant moulé, des bas-reliefs en légumes et fruits découpés. On assura à Ti qu'il avait conçu une réduction de la Grande Muraille dans de la glace, un jour d'hiver. Un autre, sous les yeux du magistrat, changea une poire en fleur de lotus, dont les pétales de chair tendre étaient retenus par un trognon-pistile. Il entailla ensuite la peau d'un melon vert sombre, de façon à créer des dessins raffinés tout autour du fruit.

Les eunuques rapportèrent enfin les assiettes. Les nouveaux ne purent s'empêcher de les examiner avec attention pour tenter d'établir ce dont Sa Majesté avait le plus mangé. La comparaison des parties manquantes les jeta dans un abîme de perplexité. Le responsable les observa pendant un moment avant de ruiner leurs espoirs : les eunuques se servaient toujours une fois le repas terminé, pour brouiller les pistes, de façon que chaque mets ait été entamé.

Une déception évidente se lisait sur les traits des quatre hommes. Il y avait de la cruauté à les pousser à donner le meilleur d'eux-mêmes sans que la moindre réaction vienne sanctionner leurs efforts. Le chef de cuisine frappa dans ses mains : il était temps qu'ils réfléchissent à ce qu'ils allaient présenter pour le dîner.

Des commandes continuaient d'arriver de temps à autre, soit que Sa Majesté eût un petit creux, soit qu'elle désirât régaler un visiteur. On tenait toujours du riz au chaud. Les beignets à la vapeur étaient disponibles à tout moment.

Les anciens se mirent en devoir d'informer les néophytes de ce qu'ils pouvaient espérer en guise de reconnaissance. L'Empereur était fort amateur des plaisirs de la table, les derniers qui lui restaient, puisque sa santé laissait à désirer, en dépit des qualités curatives de son alimentation. Il avait donc coutume de récompenser largement quiconque parvenait à le surprendre. Les quatre hommes orientèrent leurs efforts dans ce sens.

Il apparut que des obstacles imprévus pouvaient encore s'élever entre eux et la gloire. Tao Gan annonça triomphalement qu'il venait de mettre la touche finale à une préparation incomparable. Il saisit la précieuse assiette et se dirigea d'un pas vainqueur vers la table des départs. La figure qu'il effectua l'instant suivant fut aussi fantasque que les gestes qu'il avait eus jusque-là, quoique plus spontanée. Après un vol plané, il s'étala de tout son long sur le dallage. L'expression de fureur qu'il arborait en se relevant laissa deviner qu'un malencontreux croc-en-jambe était cause de cette cabriole. Il n'avait rien de grave, mais le brouet était perdu.

– Désolé, dit le taoïste sans daigner se détourner de ses légumes.

Tao Gan bondit avec la puissance d'une panthère et l'agrippa par sa tunique blanche. Leur supérieur s'interposa au plus vite pour ramener l'ordre :

– Dépêchez-vous de nettoyer ça, ordonna-t-il, horrifié de voir son beau sol maculé d'une substance noirâtre et spongieuse. Jetez bien tout, je ne voudrais pas qu'un chien de Leurs Majestés en mange.

Le soupir qui lui échappa fit comprendre au juge que de tels accidents n'étaient pas rares.

– Certains vont jusqu'à soudoyer les eunuques chargés du service, souffla-t-il au magistrat.

– Lao Tseu l'a dit : « Gouverner un pays, c'est comme préparer un petit poisson », lança le taoïste, visiblement content de lui.

Les chefs bouddhistes étaient en train de créer des viandes d'imitation. Ils parvenaient à conférer la texture adéquate au gluten et au tofu, deux matériaux très souples. Avec l'assaisonnement approprié, ils pouvaient imiter divers types de chairs. Des dérivés de soja fermenté fournissaient le goût désiré.

– Faites-en plus, conseilla le responsable. Il faut produire en assez grandes quantités, sans quoi votre petite coupelle se perdra dans la foule des autres mets proposés aux augustes papilles. C'est là un jeu de hasard auquel on a peu de chances de gagner.

Le Mandchou se lança dans son grand œuvre : la patte d'ours brun de Dunbai. Elle était attendrie à la vapeur, puis braisée, mariée avec des rayons de miel d'abeilles sauvages, destinés à fondre sur la chair durant la cuisson sous cloche. La garniture était constituée de foies d'hirondelles. Une fois le miel fondu, l'homme déposa la patte sur des nids de même oiseau.

Le tout fut flambé, puis enfin lacéré pour être servi. Cette vision dégoûta particulièrement le magistrat. La patte, sans ses poils, la peau à nu, les cinq doigts en évidence, ressemblait terriblement à une main humaine.

Le Setchouanais concocta un canard « trois en un ». Ti avait dégusté ce plat une seule fois. Un pigeon était fourré dans le ventre d'un poulet, lui-même fourré dans celui d'un gros canard, le tout servi au milieu d'œufs de caille.

Po surgit tout à coup dans le dos du magistrat, que l'empilage des volailles fascinait. Ti nota qu'il l'avait peu vu, tout au long de cette journée. Sans doute l'ambitieux jeune homme voulait-il éviter que son nom ne soit attaché à l'échec du plénipotentiaire. Le petit juge sentait le cadavre. Ils firent quelques pas à l'écart pour discuter en paix.

– Alors, noble juge ? demanda l'eunuque sur un ton aussi détaché que possible. Avez-vous identifié le coupable ?

– Je ne l'ai pas encore appréhendé, répondit le magistrat, curieux de savoir s'il parviendrait à grignoter un morceau de ce canard avant qu'il ne file vers l'impérial gosier.

– Puis-je signaler à Votre Excellence que le jour baisse ? dit Po, dont l'inquiétude transparaissait tout à coup.

Il désigna le soleil sur le point de descendre sous la barre des toits environnants. Ti fronça les sourcils :

– Je vous avoue que j'espérais un geste maladroit, une erreur qui le trahisse. Notre homme est très habile. Il n'a pour l'instant commis aucune faute.

Ils parcouraient la cuisine presque silencieuse en discutant à voix basse, comme s'ils s'étaient trouvés dans un temple, soucieux de ne pas déranger les fidèles en prière. À quelques pas d'eux, les trois suspects s'activaient à côté de Tao Gan, très attentif à rater son deuxième plat aussi bien que le premier. Ils sortirent dans la cour.

– J'espère que nous n'avons pas pris de tels risques pour rien ! s'exclama Po Zhi-Xin, dont les nerfs lâchaient un peu.

Sur une desserte, à l'abri d'un auvent, reposaient trois assiettes couvertes. Ti expliqua qu'il avait fait détourner les plats de ses trois suspects, ne pouvant se résoudre à fournir à Sa Majesté un mets douteux. Il souleva l'un des trois couvercles :

– Voici un plat censé être le plus captivant du monde. Il contient l'essence de votre mort. Voulez-vous y goûter ?

M. Po eut un mouvement de recul.

– Je sais qui a commis ce crime, dit Ti.

– Mais… pour quel motif ? parvint à dire l'eunuque.

Les bras croisés dans le dos, le juge regardait le soleil teinter les pavillons d'une lumière orangée. La couleur rouge de leurs murs donnait à l'ensemble une apparence d'incendie silencieux. C'était bien ce qui se passait dans ce palais : des sentiments exacerbés consumaient les habitants sans que quiconque poussât un cri. La paix apparente dissimulait des passions prêtes à s'embraser.

Il retourna à l'intérieur du bâtiment, toujours accompagné du jeune homme. Concentrés sur leur travail, les cuisiniers donnaient l'impression que rien d'autre n'existait plus pour eux. Leur plat était leur seul but, leur seule raison d'être ; le monde alentour s'était évanoui. « Sa morale aussi, sans doute », songea le juge.

– L'ambition, répondit-il. Oh, pas l'ambition personnelle, celle qui anime ses collègues et à peu près tout le monde ici. Il s'agit d'une ambition philosophique. Il veut faire triompher les idées auxquelles il a voué son âme. Il a décidé de braver tous les interdits pour y parvenir. Depuis que je suis passé par la cuisine des princes, j'ai compris qu'il n'était question dans cette affaire que de querelles dogmatiques. Notre homme est fou de religion. Il croit que ses principes auront la force de s'imposer à l'empire, pour peu que son monarque en ait connaissance.

Tao Gan lui fit un signe discret par-dessus son plan de travail.

– N'est-ce pas, mon cher ? dit Ti en posant une main sur l'épaule du taoïste.

Ce dernier sursauta. Il était visiblement très nerveux, très absorbé par sa préparation. Le magistrat le transperçait de ses yeux inquisiteurs. Le cuisinier porta machinalement la main à sa ceinture.

– C'est cela que tu cherches ? demanda Tao Gan, un grand sourire aux lèvres, en brandissant un minuscule flacon de porcelaine arrondi. Je le lui ai pris tout à l'heure, noble juge. Je l'ai très bien senti en m'accrochant à lui après son croche-pied.

Il remit l'objet à son patron, qui l'examina avec intérêt. C'était l'une de ces fioles à médicaments, employées par les médecins ou les particuliers aisés pour conserver les potions médicinales. Celle-ci était en forme de courge, allongée, totalement lisse, fermée au goulot par un petit bouchon. Son contenu était écrit dessus. Ti reconnut le nom d'une fleur sauvage dont la décoction servait à tuer les rats.

– Cet homme a introduit des produits mortels dans votre cuisine ! clama-t-il.

Les autres cuisiniers suspendirent leurs gestes et dévisagèrent d'un air incrédule le taoïste, qui avait blêmi.

– Fouillez-le ! ordonna Ti.

Plusieurs hommes se ruèrent sur celui qu'on venait de leur désigner. Ils le secouèrent, le palpèrent, lui ôtèrent souliers, ceinture et bonnet. Quatre flacons identiques au premier furent déposés devant le juge. Chacun était gravé au nom d'une substance différente.

– Voici votre homme, dit-il à Po Zhi-Xin. Vous pourrez le présenter à votre supérieur dès qu'il le désirera. Je vous l'abandonne. Tao Gan ! Nous partons !

Il quitta le bâtiment d'un bon pas. Son secrétaire fit un crochet par le vestiaire pour reprendre ses vêtements. Il eut la plus grande peine à suivre son maître tout en jetant sur son chemin bonnet et pantoufles blanches.

– Noble juge ! cria M. Po en courant pour les rattraper. Vous ne m'avez rien expliqué !

Ti entreprit de lui tracer les grandes lignes de son raisonnement sans s'arrêter pour autant. Il avait hâte de quitter ces lieux, où les mauvais penchants de l'humanité l'avaient davantage écœuré que les pattes d'ours ou les poitrines de cerfs.

– Les recettes de notre assassin constituaient une parfaite application de la sagesse taoïste. Pouvez-vous me dire en deux mots en quoi consiste cette sagesse ?

– Le yin et le yang, l'équilibre des forces contraires…, balbutia le jeune homme.

– Exactement. La cuisine impériale est fondée sur le yang, elle vise à encourager les énergies positives. Afin d'attirer l'attention, notre taoïste a souhaité orienter ses plats au contraire vers le yin, mais de la façon la plus discrète qui soit. Non par la nature de ses mets, mais grâce à ce qu'il y ajoutait : d'infimes doses de poisons variés. Trop peu pour causer la mort, ou même pour indisposer les dîneurs. Mais assez pour remplir de yin le contenu de l'assiette. Ses préparations avaient la séduction, la sombre beauté, l'attrait de la mort.

– Mais comment est-ce possible ? Les assiettes en argent…

– Vous faites trop confiance à vos règles de sécurité. Notre homme, qui n'a foi que dans la prééminence du tao, s'est aperçu depuis longtemps que les poisons végétaux ne noircissent pas ce métal. Il les a donc utilisés pour servir ses considérations mystiques : une dose de mort à l'intérieur de la nourriture lui conférait, selon lui, une séduction inimitable.

Po Zhi-Xin avait du mal à voir la logique de tout cela.

– Pourquoi avoir attiré sur lui l'œil de la police en tuant le cuisinier Gu ?

– Je pense que le décès de Gu n'a pas été provoqué volontairement. Le poison qu'il a ingurgité était trop violent, et la dose, trop forte. Il aurait mieux valu lui en donner moins, afin qu'il ait le temps de rentrer chez lui pour s'éteindre sur son lit, ce qui serait passé inaperçu. Je pense que Gu s'est empoisonné lui-même. Bouddhiste et végétarien convaincu, il ne cessait de harceler notre illuminé, de lui reprocher ses techniques. Il lui aura soustrait l'une de ses fioles et aura goûté le contenu pour tenter de percer à jour ses petits secrets. Aux premières brûlures d'estomac, il s'est rendu aux latrines. La mort est alors venue très vite. Il n'a eu que le temps de tracer, sur la cloison, le caractère qu'il avait vu sur la fiole, du bout de son doigt mouillé.

Po prenait mentalement des notes pour répéter tout cela au grand chambellan, qui ne manquerait pas de s'informer des détails.

– Comment ce malfaisant est-il parvenu à introduire ses fioles dans la Cité interdite ?

– Avez-vous remarqué leur forme ? Sans aucun

angle, fines, longues… Il les avalait la veille au soir et les récupérait dans les latrines. Je suis navré, mais cette enquête concerne les deux bouts de notre tube digestif. Ce matin, notre sacrilège est allé aux latrines récupérer les capsules de poisons qu'il avait apportées dans son intestin. Il n'y est pas retourné parce qu'il n'avait rien mangé d'autre la veille au soir… pour faciliter la récupération.

– Je comprends à présent pourquoi vous avez demandé que vos suspects soient versés à la cuisine numéro 1 ! s'écria Po. Après l'accident survenu à Gu, notre homme se méfiait. Mais, s'il accédait à l'honneur suprême, il ne pourrait résister à l'envie de réaliser son rêve : être remarqué par l'Empereur, faire triompher le Tao par le biais de sa cuisine ! Il a donc recommencé à empoisonner ses préparations. Mais pourquoi avez-vous tant insisté pour assister au repas de Sa Majesté ?

– Il me fallait comprendre comment fonctionne le rituel. J'ai pu vérifier que notre monarque goûte un grand nombre de plats parmi ceux qui lui sont proposés. Il y avait donc de fortes chances qu'une nouveauté particulièrement réussie soit remarquée. En même temps, il y avait peu de risques que le Dragon soit empoisonné, vu les minuscules bouchées qu'il prend de chaque plat. L'expérience valait donc la peine d'être tentée. Si je n'étais pas parvenu à attraper notre petit malin en cette seule journée, je n'aurais pas eu pour autant la mort de Sa Majesté sur la conscience.

Po Zhi-Xin resta bouche bée devant cette démonstration.

– Vous résumerez tout cela à votre maître, conclut Ti. Tâchez de ne pas trop me mettre en valeur : il en viendrait à craindre que je ne prenne sa place, ce qui n'est pas du tout mon désir.

Depuis un moment, Tao Gan ne cessait de regarder à gauche et à droite sans oser interrompre son maître. Puisque celui-ci avait terminé, il lui fit part de son désarroi :

– Mais comment sort-on d'ici ? Je n'arriverai jamais à me repérer !

– La sortie se trouve après le dernier tournant sur la droite, répondit Ti, à la grande surprise de Po. Le soleil ! reprit-il à l'intention de ce dernier. Voyez-vous, il y a toujours quelque chose au-dessus de nous, au-dessus même de l'Empereur et de son envie de sécurité : ce sont les grandes lois de la nature. Notre taoïste en était bien convaincu. Lorsque le ciel est dégagé, le soleil couchant indique exactement la position de la porte de l'ouest, par laquelle nous sommes entrés. Et maintenant, il nous faut nous retirer : il est l'heure.

Ils entendirent les sonneurs lancer le signal du couvre-feu comme ils franchissaient la porte des Vertus, devant laquelle les attendait leur palanquin.

– Votre Excellence a gagné son pari, dit Po avec la même admiration dans la voix qu'au premier jour. Il fera bientôt nuit et le coupable est entre nos mains. Soyez sûr que je me ferai votre ambassadeur auprès de Son Excellence.

Ils prirent place dans le somptueux équipage. Tao Gan était pensif :

– Finalement, dans cette affaire, nous n'avons qu'un seul décès, dit-il.

– Tu oublies une centaine de canards, trois cents poulets, quatre-vingts oies et un ours, répondit son patron en regardant s'éloigner les murs écarlates de la Cité interdite, où le noir se mêlait à présent au rouge sang.

XVII

Les Ti partent en voyage ; un stratagème a des conséquences imprévues.

Le juge Ti fut heureux de retrouver la vraie vie à l'approche de la demeure maternelle, une vie qui n'avait rien à voir avec la folie morbide dont il s'était imprégné dans la Cité interdite.

Averties par le portier, qu'on avait envoyé guetter au coin de l'avenue, ses trois épouses et sa mère se tenaient en rang sur le perron, les mains jointes. Elles s'inclinèrent dans un bel ensemble lorsqu'il émergea du palanquin. Son secret s'était apparemment répandu à travers la maisonnée. Heureux de voir cesser la tension qu'ils avaient sentie depuis le matin, les enfants accoururent le saluer eux aussi. Pour la seconde fois en vingt-quatre heures, il les embrassa à tour de rôle, en prenant le temps de formuler des vœux pour chacun d'eux.

Sa Première l'accompagna dans sa chambre sous prétexte de l'aider à se changer. Quand il eut revêtu la robe de soie qu'elle lui tendait, elle se plaça derrière lui pour lui prodiguer un petit massage des épaules dont il n'avait plus bénéficié depuis qu'il avait quitté les plaines du Nord.

– Puisque vous êtes revenu parmi nous, dit-elle d'une voix suave, que vous avez l'air content de vous, qu'aucune brigade ne vous attend dehors pour vous conduire en prison, je conclus que vos entreprises ont rencontré le succès.

Il lui confirma qu'il avait résolu le problème qui le retenait au palais.

– Enfin ! s'exclama-t-elle en enfonçant ses ongles dans les chairs sous l'effet de l'enthousiasme. À présent que vous avez réglé vos problèmes d'intendance, nous allons pouvoir passer aux choses sérieuses !

Il lui sembla qu'elle prenait son travail à la légère. Il venait tout de même de sauver la tête d'une centaine de personnes, y compris, peut-être, la sienne. Elle n'avait pas abandonné son projet de voyage à Luoyang. Bien que l'idée le laissât froid *a priori*, elle se mit en devoir de lui vanter les vertus d'un petit déplacement en tête à tête, rien que tous les deux, ce qui ne leur arrivait jamais. Il songea, après tout, que l'exploit qu'il venait d'accomplir pour le trône valait bien ces quelques jours de distraction. Il n'avait toujours pas d'emploi au ministère, rien ne le retenait. Le fait de disparaître sans daigner quémander la récompense de ses mérites constituerait un pied de nez au grand chambellan. La capitale de l'Est était située à deux journées de navigation sur la rivière qui arrosait les deux villes. Grâce aux subsides alloués par l'économat, ils effectueraient cette croisière dans les meilleures conditions. Luoyang était par ailleurs une magnifique cité, pleine de somptueuses résidences et de jardins splendides que reliaient de larges avenues. Leurs Majestés y possédaient un second palais qu'on disait encore plus beau que celui de Chang-an. Ti avait toujours eu envie de le visiter un jour, à condition que ce ne soit pas pour élucider un meurtre encore plus compliqué que celui-ci. Il donna donc son accord pour le départ.

– Merveilleux ! dit sa femme, ravie à la perspective de conclure à son tour sa propre enquête.

Elle tira de sous le lit deux coffres en cuir qu'elle acheva de remplir. Son mari constata qu'elle avait largement escompté sa décision : les bagages étaient presque prêts. Il espéra que ce n'était pas dans l'éventualité où un échec aurait forcé la famille à se retirer loin de l'orage.

Lorsqu'il fit irruption, le lendemain, dans la cour de la maison, Po fut assez surpris de les trouver au milieu des derniers préparatifs. Un groupe de porteurs s'apprêtait à conduire le couple au port fluvial, où deux cabines leur avaient été retenues sur l'une des plus belles jonques reliant les deux capitales. Il était venu apprendre au plénipotentiaire que l'interrogatoire du taoïste avait confirmé ses suppositions. Le prévenu avait été enfermé au secret dans l'une des cellules réservées aux criminels d'État, où il attendait un prompt jugement. On était époustouflé, en haut lieu, de l'habileté avec laquelle l'enquêteur extraordinaire avait résolu cette affaire délicate.

– Pas au point de m'enterrer pour toujours à la campagne, j'espère, dit le juge. Je crois qu'un limier trop fin n'est guère désiré à la Cour. On ne pourrait plus y commettre aucun forfait sans craindre d'être découvert !

Po lui confia en confidence que le scandale allait avoir des conséquences insoupçonnées. On murmurait que l'Impératrice avait fait un éclat en pleine séance du Grand Conseil. Ti se demanda comment cette femme remarquable allait encore réussir à tirer avantage de la situation.

Au terme d'une navigation qui leur offrit tous les charmes du voyage de noces auquel ils n'avaient jamais eu droit, les deux époux débarquèrent à Luoyang, la plus belle cité de villégiature de l'empire, célèbre pour ses mille variétés de pivoines. Seule la nécessité d'établir la vérité sur les déboires de la fortune familiale tempérait la joie qu'ils éprouvaient à pénétrer dans ce sanctuaire des plaisirs subtils et de la culture la plus raffinée.

Après avoir fait déposer leurs bagages dans une auberge de bonne tenue, ils se firent porter à l'ancienne propriété de campagne des Ti. Dame Lin avait posé sur sa tête un large chapeau de paille, dont le centre évidé laissait passer son haut chignon piqué de longues épingles dorées. L'ensemble avait pour but de protéger du soleil le teint de lait que les dames de la bonne société se devaient de conserver. En l'occurrence, cette coiffure lui avait semblé un excellent camouflage, au cas où il leur faudrait mener l'enquête incognito autour du domaine. Soucieux lui aussi de passer inaperçu, Ti avait troqué sa robe verte de sous-préfet contre une tenue simple et de bon goût.

Ils n'eurent aucun mal à retrouver le chemin de la résidence où Ti avait passé tant de temps durant son enfance. Le domaine était situé à la périphérie de la ville, où il s'étendait sur de vastes terres. On devinait, rien qu'aux arbres visibles par-dessus le mur d'enceinte, qu'il s'agissait d'un endroit merveilleux. La rareté des essences, la beauté des feuillages, l'équilibre qui avait présidé au choix et à la répartition des arbres dénotaient le luxe et le bon goût. De part et d'autre d'une entrée flanquée de lions grandeur nature, le mur était percé de petites ouvertures aux formes géométriques variées et garnies de barreaux. Ce fut à l'une d'elles qu'apparut la figure du portier, après qu'ils eurent fait tinter la cloche suspendue à côté du portail. Ti lui tendit sa carte et précisa que l'honorable juge Ti Jen-tsie désirait rencontrer le maître des lieux. À l'énoncé de son nom, l'homme le dévisagea d'un drôle d'air.

– Je suis le fils de l'ancien propriétaire, expliqua Ti avec un sourire qu'il voulut chaleureux.

Après leur avoir lancé un dernier coup d'œil perplexe, le serviteur les pria de bien vouloir patienter et s'en fut porter le message. On les laissa poireauter un bon moment, à l'issue de quoi le portier, tout essoufflé, rendit la carte au magistrat et se confondit en excuses : il n'y avait personne pour les recevoir, le maître était à Chang-an pour affaire.

– C'est faux ! s'écria madame Première. Les employés de M. Siu m'ont assuré qu'il était à Luoyang !

– Il y a erreur, dit le serviteur, mon maître ne se nomme pas Siu.

– Tu mens, chien ! Laisse-nous entrer !

– Oui, parce que je suis magistrat, quand même, renchérit son mari. Et même enquêteur plénipotentiaire exceptionnel avec rang de…

Il n'acheva pas : il n'y avait plus personne pour l'écouter.

– Je veux entrer là ! déclara sa Première en posant l'index sur la porte taillée dans un bois épais.

La façon la plus sûre de se faire ouvrir aurait été d'user d'un mandat impérial. Il était cependant impossible de se procurer le document avant plusieurs jours. Par ailleurs, Ti répugnait à susciter un scandale autour des lubies de sa femme et d'une lamentable histoire d'héritage. Il lui demanda de lui accorder jusqu'au lendemain pour trouver un moyen de forcer le barrage.

– Il nous faut d'abord échanger ces vêtements trop voyants contre ceux d'humbles paysans.

– Ainsi nous pourrons nous faire passer pour des fournisseurs ? supposa-t-elle.

– Non. Je veux juste que nous devenions transparents.

Dans l'échoppe miteuse d'un fripier, ils firent l'acquisition de vieux habits sales et râpés dont madame Première n'aurait pas même voulu pour faire son jardinage. Ti acheta des fruits qu'il emporta dans une pièce de toile écrue. Ainsi attifés, le visage dissimulé sous de larges chapeaux coniques, ils revinrent s'asseoir en face du portail, sur deux grosses pierres au bord de la route. Ti déploya son morceau de toile et y disposa les fruits. Ils ressemblaient à ces petits cultivateurs qui proposaient aux passants le produit de leur verger. Le point de vue était idéal pour voir entrer et sortir les esclaves affairés au service.

– J'ai une idée ! dit madame Première. Nous allons nous mêler à eux pour nous glisser à l'intérieur !

Son mari lui opposa que cela avait peu de chances de réussir ; et une fois à l'intérieur, ils ne seraient guère plus avancés. En revanche, l'observation des allées et venues était pleine d'enseignement. Dame Lin voulut interroger les serviteurs ; Ti lui assura qu'ils avaient sûrement l'ordre de se taire et que cela ne servirait qu'à les faire repérer. Elle se résigna à se faire ennuyer par les mouches, assise sur un postérieur de plus en plus endolori. Pour l'occuper, il la laissa marchander leurs fruits avec les rares chalands intéressés. Elle n'avait aucune idée du prix, aussi le premier s'enfuit-il, horrifié par la somme qu'elle lui demandait, tandis que les suivants eurent la bonne fortune de les emporter pour trois fois rien.

Le soir venu, Ti déclara qu'il était inutile de rester plus longtemps. Mieux valait aller prendre un bon dîner et se coucher.

– Qu'avez-vous appris sur les habitants de cette maison ? l'interrogea-t-il tandis qu'ils cheminaient en direction de leur auberge.

– Que ce sont des malotrus qui nous ont volés et refusent maintenant de nous recevoir ! s'écria-t-elle, furieuse à la pensée d'avoir passé l'après-midi assise sur une pierre, alors qu'elle aurait dû jouir des charmes prodigués dans cette résidence.

– Voilà ce que nous savons désormais sur eux, dit le juge. Le portier souffre d'un asthme qui aurait bien besoin d'être traité, son souffle court et sa couperose en sont des signes évidents. Son maître est bien là, sans quoi ils n'auraient pas pris la peine de faire venir ces jarres de vins coûteux qui lui sont certainement destinées. Il a eu de récentes rentrées d'argent, comme en témoigne la visite de ces trois couturières : à son retour de Chang-an, il a offert à ses femmes quelques toises de tissu qu'elles se sont empressées de faire couper à leurs mesures. On a apporté deux gros sacs de charbon : c'est donc un homme d'âge mûr, qui aime avoir un poêle dans la pièce où il se tient, malgré la température encore très douce. Deux épouses vivent dans cette maison. L'une est une gourmande qui se fait livrer des pâtisseries par un restaurant réputé. Elles ont chacune plusieurs enfants, dont au moins une fille – vous n'avez pas entendu cet air de flûte, un instrument dont toutes les gamines de la bourgeoisie apprennent à jouer ? Ces enfants sont très heureux. Plus intéressant encore, il y a un malade. Deux fois on est allé chercher des potions, qui ont été rapportées dans ce récipient caractéristique qu'emploient les apothicaires. Je pencherais pour un enfant. Le fait qu'on ait envoyé deux fois de suite montre qu'il y a là une mère qui s'inquiète.

– Comment pouvez-vous dire que ces enfants sont heureux ? s'étonna sa Première.

– Souvenez-vous comme nous aimions ce parc. Comment ne le seraient-ils pas, dans un environnement si propice à leurs jeux ? J'ai adoré grandir ici. J'ai toujours pensé que mes propres enfants en profiteraient aussi. Il semble que le Ciel en ait décidé autrement.

Madame Première grommela que la partie n'était pas encore jouée.

– Tout cela ne nous donne pas le moyen d'entrer, reprit-elle.

– C'est ce qui vous trompe, ma chère. C'est comme si je tenais dans ma main la clé qui ouvre ce portail. Nous entrerons demain matin, aussi sûrement que je m'appelle Ti Jen-tsie, un nom qui semble faire un drôle d'effet à notre petit portier asthmatique.

– On l'aura mis en garde contre vous, supposa la Première.

– Oui… Ou bien il s'agit de tout autre chose, répondit-il, le regard vague.

Dès qu'ils eurent pris leur collation matinale, Ti se rendit sur le marché, où l'on trouvait toujours des médecins de second ordre, guérisseurs ou rebouteux en tous genres, qui offraient leurs services au petit peuple. Une pancarte aux dessins subjectifs indiquait en général la spécialité de chacun : mauvaise circulation, difficultés respiratoires ou dérangements digestifs. Bien rares étaient ceux qui savaient réellement quelque chose. Ti se félicitait que ses revenus et ses propres connaissances lui aient toujours évité de devoir faire appel à aucun d'eux. Aujourd'hui, pourtant, ils allaient lui être fort utiles.

Il repéra celui qui lui semblait le plus sérieux : aucun écriteau ne vantait les miracles dont il était capable, sa mise digne et son bonnet carré de lettré parlaient pour lui. Son visage rougeaud témoignait en revanche d'un goût prononcé pour les spiritueux bon marché. Ce devait être l'ancien élève de quelque maître honorablement connu. Son vêtement propre indiquait qu'il avait assez de clients réguliers pour subvenir à ses besoins, ce qui semblait bon signe. Il était assis sur un tabouret pliant. Une boîte à médicaments, dont il tirait les remèdes à la demande, reposait entre ses pieds.

Une heure plus tard, affublé du fameux bonnet, Ti avait tout à fait l'apparence d'un respectable médecin. Sa barbe, rendue grise à l'aide d'un peu de cendre, et la boîte qu'il portait sous le bras complétaient le tableau. Il était en outre accompagné d'un jeune assistant à longue natte, en qui il aurait été bien difficile de reconnaître la noble épouse d'un magistrat.

Ils se présentèrent de nouveau au portier. Le juge expliqua qu'il était un praticien itinérant de retour de Chang-an ; on lui avait indiqué qu'il se trouvait chez eux un enfant malade.

– C'est exact, dit le petit homme, mais nous avons déjà un médecin attitré qui prend soin de lui.

– Et ce dernier a échoué à soulager le petit patient, n'est-ce pas ? répondit Ti. Préviens ton maître que je suis là et que je m'engage à le guérir.

– Mon maître ne souhaite pas être dérangé, rétorqua le serviteur, prêt à les planter là une seconde fois.

Ti souffrait d'une vocation médicale contrariée. Les années passées aux archives après l'obtention de son diplôme littéraire lui avaient laissé suffisamment de temps libre pour se consoler par l'étude de la pharmacopée. Ces connaissances allaient une fois de plus constituer un sérieux appoint.

– Je suis sûr que le confrère qui est venu pour l'enfant n'a rien dit de tes essoufflements chroniques, dit-il en dévisageant le malheureux portier comme s'il pouvait voir son mal à l'intérieur de son corps.

Il était bien certain qu'un habitant d'une telle ville, habitué à ne soigner que la noblesse la mieux pourvue, n'avait pas abaissé son regard sur un esclave insignifiant.

– En effet, il n'a rien vu, admit ce dernier, dont les espoirs de se voir traiter par de véritables savants s'étaient enfuis depuis longtemps.

– Tu tousses au moindre effort physique et tu as des crises au cours desquelles tu as l'impression d'étouffer, n'est-ce pas ?

Le portier acquiesça du menton. Ti ouvrit sa boîte, dont il tira deux poudres salutaires dans ce genre d'affection. Il lui recommanda de s'en faire des inhalations et les lui passa à travers les barreaux. L'asthmatique contempla les sachets comme s'il s'était agi d'une de ces reliques du Bouddha que l'Impératrice faisait venir à grands frais des royaumes de l'Ouest pour sanctifier ses pagodes.

– Je vais aller prévenir mon maître, dit-il avant de s'en aller aussi vite que sa maladie le lui permettait.

Madame Première posa sur son mari un regard interloqué.

– Eh oui, dit ce dernier. Il existe une corporation plus influente que celle des juges. J'ai toujours pensé qu'un médecin serait plus apte que n'importe lequel d'entre nous à faire régner l'ordre dans une cité. Les gens leur obéissent au doigt et à l'œil, pourvu qu'ils leur expliquent de quoi ils souffrent.

L'homme revint plus vite que la fois précédente. Cela confirma le juge dans l'idée qu'on faisait plus volontiers entrer chez soi un médecin qu'un magistrat. Il leur ouvrit le portail et s'inclina profondément devant ce grand savant qui condescendait à prendre soin des petites gens.

– Je suis allé voir ma maîtresse, expliqua-t-il. Je lui ai vanté la précision de votre diagnostic et l'acuité de votre jugement. Elle m'a prié de vous conduire tout de suite auprès de notre petit malade.

Ti rattrapa par le bras son épouse qui, connaissant le chemin, s'était engagée d'elle-même sur l'allée conduisant à la demeure des maîtres. Ils suivirent leur guide, en tâchant de ne pas montrer l'émotion qu'ils éprouvaient à revoir ces lieux où une partie de leur jeunesse s'était déroulée. Après avoir traversé un petit pont arqué enjambant un bassin couvert de lotus, ils franchirent une porte parfaitement ronde ouvrant sur une cour remplie d'arbres en pots. Un grand panneau de bois sombre donnait sur l'aile des hommes, un autre sur celle des femmes. Le portier fit coulisser ce dernier.

– Attends-moi ici, dit Ti à son « assistant ». Inutile d'envahir la chambre du malade.

Il disparut à l'intérieur du bâtiment, laissant sa Première seule dans ces lieux qu'elle n'avait pas fréquentés depuis tant d'années. Il n'y avait pas de temps à perdre. L'auscultation du patient et la prescription des remèdes n'allaient pas durer des heures, même si son mari prenait la peine de leur faire un numéro complet. Elle avait bien l'intention de débusquer dans son antre celui qui avait honteusement profité du meurtre commis par sa belle-mère.

Elle ouvrit l'autre panneau et se glissa dans l'aile des hommes. Les appartements étaient exactement tels qu'elle s'en souvenait : de beaux meubles en bois précieux, de hauts plafonds soutenus par de fines colonnes sombres, une superposition de tapis de soie... Elle aurait souffert à l'idée qu'une meurtrière les avait privés de tout ce luxe, si la peur d'être découverte par le maître chanteur n'avait accaparé son attention.

Elle entendit des pas. Un grand paravent de papier était déployé dans un angle de la pièce. Elle se faufila derrière.

Une personne qu'elle ne voyait pas entra dans la pièce et remua quelques objets. Comme elle n'entendait plus rien depuis un moment, elle se risqua à jeter un coup d'œil. Un homme s'était assis près de la fenêtre pour lire. Cette silhouette ne lui était pas inconnue. Elle passa à l'autre extrémité du paravent, et ses soupçons se changèrent en certitude : c'était bien le banquier Siu qu'elle voyait de profil, assis dans un fauteuil, le visage penché sur un rouleau de parchemin. Elle ressentit une profonde colère à l'encontre de ce profiteur, de ce voleur sans scrupule qui s'était arrogé le fleuron de leur patrimoine. Mais comment le récupérer sans provoquer un scandale épouvantable ? Jamais Ti n'accepterait de voir condamner sa mère pour meurtre. L'idéal aurait été qu'elle se suicide après avoir rédigé une confession intégrale. Mais quelles preuves apporter contre le maître chanteur ? Son mari aurait sûrement une idée là-dessus. Il importait de le rejoindre et de quitter au plus vite ces lieux, où ils risquaient de subir un mauvais sort.

Elle marcha à pas de loup vers la sortie. L'épaisseur des tapis étouffait tout craquement.

Ti n'avait pas encore quitté l'aile des femmes. Madame Première s'était résignée à prendre son mal en patience lorsque des cris d'enfants lui parvinrent par l'ouverture donnant sur le reste du parc. Elle ne résista pas à la curiosité de revoir les saules qui bordaient la petite rivière artificielle, et les rochers gris disposés par les meilleurs jardiniers du règne précédent.

Le paysage était bien tel que dans son souvenir. L'impression d'harmonie qui s'en dégageait incitait à la méditation et au bien-être. Des oiseaux blancs faisaient des taches claires dans la masse vert sombre des arbres centenaires. Plus près d'elle, à l'ombre d'un kiosque, de belles femmes vêtues de robes aux couleurs pâles surveillaient d'un œil distrait des enfants qui jouaient avec de petits chiens effrontés. Que n'aurait-elle donné pour que sa vie ressemble à ce tableau idyllique !

Cette vision de paradis bascula subitement lorsque dame Lin entendit l'une d'elles appeler l'autre par son prénom. Lotus d'été. Où avait-elle entendu ce nom ? C'était récent. Cela avait un rapport avec ses préoccupations de ces derniers jours. Une vision de quartier mal famé surgit de sa mémoire. Elle écarquilla les yeux, incapable de détacher son regard de ce qu'elle voyait à l'intérieur du kiosque. Cette mère de famille n'avait plus rien de la fille entretenue qui louait une chambre dans la pension crapuleuse de madame Chung.

À bien y regarder, la gouvernante des enfants lui rappelait elle aussi quelqu'un. Tout comme les deux servantes qui la dépassèrent pour apporter le thé à leur maîtresse. Tous ces visages lui étaient familiers. Elle eut l'impression d'avoir été transportée dans le temps. Elle avait autour d'elle les domestiques qui avaient disparu de la maison paternelle, ceux qui l'y servaient avant son départ pour la province. Son déguisement et le passage du temps empêchaient heureusement la réciproque.

Abasourdie, elle fit quelques pas pour retourner dans la cour. Son mari prenait congé d'une autre dame, qui le remerciait avec effusion.

– J'ai reçu une grosse pièce d'argent, dit-il lorsque sa femme l'eut rejoint. Ils tiennent à nous servir une petite collation avant de nous laisser partir. Je crois qu'on est très content de mes services.

– Je n'en crois pas mes yeux, parvint-elle à articuler.

Ti haussa les sourcils.

– Mais si, je vous assure, j'ai fait ce qu'il fallait pour cet enfant.

– Vous ne devinerez jamais qui habite ici, chuchota-t-elle, complètement atterrée.

– Un démon sorti des enfers, d'après votre tête, répondit-il.

Elle regarda furtivement autour d'eux, certaine que des sbires armés de sabres allaient surgir pour les assassiner.

– Un démon, en effet ! Et il a enrôlé tous les domestiques de votre père ! Ainsi que ses concubines !

L'expression de joie qui avait éclairé les traits du juge Ti, fier du succès de son auscultation, s'évanouit brutalement. Sa mine se fit soucieuse.

– Il n'y a qu'une seule explication à ça, dit-il.

Une servante qui s'était occupé de leur linge pendant dix ans vint s'incliner devant eux. Les rafraîchissements avaient été servis dans le salon du maître, qui souhaitait remercier l'insigne savant d'avoir soigné son fils. Ti se dirigea aussitôt de ce côté.

– Filons pendant qu'il en est temps ! glapit sa Première en s'accrochant au dos de sa robe.

Mais son mari marchait d'un pas décidé sur les talons de la servante, qui l'introduisit dans le salon où dame Lin avait aperçu le banquier. Ce dernier les attendait en effet, confortablement installé sur un divan garni de coussins. Il esquissa un mouvement pour se lever, mais s'interrompit en découvrant le visage du médecin à barbe grise. Un grand étonnement se peignit sur les traits du vieil homme, visiblement incapable de choisir quelle attitude adopter.

Le juge Ti s'inclina profondément devant son hôte, quoique son visage se fût refermé sur une expression où le mépris se mêlait à une froide colère. Son épouse ne savait à quelle divinité adresser ses prières. Les deux hommes se jaugeaient en silence comme deux duellistes sur le point de s'affronter. Elle crut que la maison venait de s'effondrer sur elle lorsqu'elle entendit les premiers mots que son mari parvint à prononcer :

– Je n'espérais plus vous revoir, père.

XVIII

Le juge Ti découvre une imposture ; sa carrière change de sens.

– Moi non plus, je ne pensais pas avoir un jour le plaisir de revoir l'honorable juge Ti Jen-tsie, répondit le vieil homme.

– Vous avez certainement fait tout ce qui était en votre pouvoir pour que cela n'arrive jamais, lui lança le magistrat, figé dans son ressentiment.

Madame Première s'approcha lentement du divan, comme si elle avait risqué de se faire mordre par une bête fauve. Elle chercha dans les traits du banquier Siu ceux de son défunt beau-père. À présent que le voile des conventions sociales s'était déchiré, elle les reconnaissait sans le moindre doute. Le conseiller Ti avait quinze ans de plus, il avait forci, ses joues étaient plus rebondies, ses cheveux avaient blanchi, mais c'était bien le même homme, le même regard teinté d'une perpétuelle trace d'ironie. Elle se jugea idiote de ne pas s'en être aperçue alors qu'elle déjeunait en sa compagnie, la semaine précédente, en tête à tête. Mais comment aurait-elle pu faire le lien entre un haut fonctionnaire impérial décédé depuis dix ans et un gros financier bon vivant, dans une société où les barrières de castes étaient réputées hermétiques ?

– Admets que la situation était délicate, reprit le conseiller. Les morts ne reçoivent pas, en général.

Madame Première était abasourdie.

– Mais… et ce poème que vous avez laissé sur votre tombe pour guider ceux qui devaient vous venger ? Ces indices semés un peu partout ? « À celle qui m'a chassé de cette existence, puissé-je pardonner. »

– Je suis navré que vous vous soyez fourvoyée dans l'interprétation de ma prosodie, répondit son beau-père. Ce vers signifie qu'à cause de ma femme j'ai préféré quitter la vie que je menais. Je suis mort à Chang-an, mais j'ai ressuscité à Luoyang pour une nouvelle existence dans un monde meilleur.

– « Aux nouveaux rameaux je confie le soin de ma mémoire », récita-t-elle.

– C'est-à-dire aux enfants que m'ont donnés mes nouvelles compagnes, à qui je confierai un jour le soin de perpétuer notre culte familial.

– « Sous les rosiers sont enfouies les racines de mon affliction. » Je ne les ai pas inventés, tout de même, les rosiers ! Avec votre parchemin caché dessous !

– Eh bien oui, mon acte de mariage, avec le bijou que j'avais offert à ma fiancée, si ma mémoire est bonne… Tout ce passé dont j'ai souhaité me défaire. C'est cela que vous avez déterré.

– « Quand ils refleuriront je trouverai enfin la paix », conclut dame Lin, effondrée.

– Quand ma nouvelle famille aura été fondée, je serai enfin heureux. Vous savez, cela fait quelque chose d'aller sur sa propre tombe, avec son nom gravé dessus. J'ai voulu avoir un petit geste d'adieu. Ce n'est pas sur ma veuve que je pouvais compter pour entretenir ma gloire posthume !

Ti le contemplait d'un regard sombre. Le vieux conseiller poussa un profond soupir.

– Mon fils était loin, je n'avais pas de raison de croire qu'il reviendrait un jour, de mon vivant en tout cas. Ma mort nous arrangeait si bien, ma femme et moi ! J'ai racheté les parts de mon chargé d'affaires, ce bon vieux Siu, et j'en ai profité pour garder son nom comme raison sociale. C'est plus discret quand je me rends à Chang-an. La campagne m'ennuie, à la longue. Ces histoires d'investissement m'ont toujours amusé. Je suis à la fois mon banquier et mon principal client, c'est très commode. Votre visite m'a beaucoup intéressé, dit-il à madame Première, qui venait de se laisser tomber dans un fauteuil. Ne vous reprochez pas de ne pas m'avoir reconnu, j'ai beaucoup changé depuis que je n'ai plus cette diablesse sur le dos !

Ti eut un léger sursaut au mot « diablesse ».

– Je venais justement d'avoir une autre surprise : une visite de ma veuve pas du tout éplorée. Elle avait surmonté la répugnance que je lui inspire depuis mes funérailles – elle s'est bien vengée, d'ailleurs ; jamais vu un noble de mon rang se faire enterrer de façon aussi sordide, j'en ai eu honte pour notre clan. Elle est venue dans mes bureaux m'avertir que notre bru s'intéressait d'un peu trop près à mon décès. Elle souhaitait me voir m'enterrer à Luoyang aussi profondément que possible, ce que j'ai fait. Aussi n'ai-je guère été surpris en vous voyant surgir dans le vestibule de mon établissement, quelques instants après son départ, ma chère enfant. J'étais tellement touché de savoir que vous étiez allée vous recueillir sur ma tombe ! Le respect envers les morts est l'un des fondements de notre société !

– Que vous vous êtes permis de bafouer, compléta Ti, glacé.

Le juge quitta la pièce, incapable de se maîtriser plus longtemps. Les deux autres le rejoignirent dans la jolie cour aux arbres nains, où il faisait les cent pas, les mains dans le dos. Passant devant l'ouverture ronde qui donnait sur le parc, il aperçut les gamins qui jouaient sous les yeux des deux épouses. Madame Première jugea inutile de l'informer que l'une avait été une fille légère, et l'autre, une musicienne entretenue, qui avait donné naissance à son premier enfant alors que ses parents étaient encore mariés. Le fait de trouver son père entouré de concubines et d'enfants d'un second lit acheva de faire bouillir le magistrat. Le mort ressuscité éprouva le besoin de se justifier :

– Ta mère ne supportait pas l'idée de me voir prendre des compagnes secondaires. Je crois qu'elle m'aurait assassiné pour de bon, ajouta-t-il avec un sourire en coin pour sa bru, qui ne savait plus où se mettre. Je n'ai pas voulu imposer à ces charmantes créatures la cohabitation avec une Première acariâtre et jalouse. Crois-moi, conclut-il en posant une main sur l'épaule de son fils : cela valait mieux pour tout le monde.

À voir tout ce petit monde gambader joyeusement, les Ti comprirent qu'ils pouvaient faire une croix sur le reste de leur héritage.

– Ainsi, vous avez partagé, dit le juge en contemplant les magnifiques frondaisons qui projetaient leur ombre sur un jardin de pierre comme il les adorait : la maison de Chang-an pour nous, le reste pour vous.

– Pas pour moi, corrigea son père. Pour mes enfants. J'ai partagé équitablement entre vous tous. Cela n'exclut pas la nostalgie. Le grand, là-bas, s'appelle Jen-tsie.

Ils comprirent la stupeur du portier, la veille, à voir un inconnu se présenter sous ce nom.

– À propos, dit le juge, votre médecin est un âne. Il a diagnostiqué une affection de la bile, mais c'est du foie que souffre votre petit dernier. Je lui ai donné ce qu'il fallait, il sera sur pied d'ici trois jours.

Un regret assombrit le visage de l'ancien conseiller.

– Ah, toujours ta médecine… J'aurais dû me méfier. Si j'ai quelque chose à me faire pardonner, c'est de t'avoir forcé à suivre cette carrière de magistrat. Tu aurais fait un excellent docteur. Hélas, ta mère a toujours estimé qu'il valait mieux être mauvais juge que bon médecin.

– Je ne suis pas venu pour vous entendre médire de ma mère, répliqua Ti. Si dur qu'ait été son caractère, je pense que vos torts à son égard vont au-delà de tout.

– C'est ensemble que nous avons fait ce choix, mon fils. Cette séparation lui a évité le déshonneur d'une répudiation ou l'ignominie d'un divorce. Nous n'avons pas eu la chance d'être aussi merveilleusement assortis que vous l'êtes, ta Première et toi.

Ti et sa femme n'osèrent pas se regarder. Durant ces quinze dernières années, lui n'avait vécu que pour son métier, qui le passionnait davantage que la vie de famille. Quant à elle, elle nourrissait depuis longtemps une interminable liste de griefs nés de désirs insatisfaits. Évidemment, devant le naufrage du couple formé par leurs aînés, ils pouvaient considérer leur cohabitation cordiale comme une expression du bonheur.

Ni elle ni lui ne tenaient à s'attarder davantage. Puisqu'il ne semblait plus y avoir d'autre défunt, de domestiques ressuscités, d'épouses secrètes ou d'enfants cachés à leur présenter, ils prirent congé de cette heureuse petite famille, refusèrent le palanquin qu'on leur offrait, et rejoignirent la route qui menait au centreville, en espérant que cette marche à pied les aiderait à remettre de l'ordre dans leurs idées.

Tandis qu'ils cheminaient en silence sur le bas-côté, Ti se dit qu'il y avait finalement un point commun entre leurs deux enquêtes : ils avaient été menés en bateau l'un et l'autre, lui par le palais, elle par son beau-père. La perfidie était apparemment un art fort prisé dans les entours de la Cour.

– Vous voyez ! dit-il subitement. Je vous l'avais bien dit : ma mère n'a pas tué mon père !

– Après un coup pareil, répondit madame Première, ce n'est pas moi qui l'en empêcherai.

Deux jours plus tard, de retour à Chang-an, leur premier geste, sans qu'ils se fussent concertés, fut d'aller s'agenouiller devant dame mère.

– Qu'avez-vous vu à Luoyang ? leur demanda la vieille dame.

– Rien du tout, répondit son fils.

Madame Première présenta ses excuses pour avoir conçu à son sujet des soupçons qui la couvraient aujourd'hui de honte. Comme sa belle-mère ne répondait rien, elle releva la tête. Ce qu'elle lut dans les yeux de la vieille femme la plongea dans la perplexité.

Les deux époux restèrent un moment seuls dans la chambre d'enfant du juge. Dame Lin demeurait étrangement silencieuse. Son mari lui conseilla d'oublier tout cela.

– Vous allez croire que je suis folle, ne put-elle s'empêcher de s'exclamer. Ce regard ! Je suis convaincue qu'elle a réellement commis un meurtre !

Ti sentit poindre le mal de tête. Malgré ses objurgations, il repoussa catégoriquement l'idée d'ouvrir la moindre enquête, non parce qu'il la croyait folle, mais parce qu'il ne souhaitait pas devoir conclure qu'elle avait raison en fin de compte.

Un messager du palais avait apporté la veille un message du ministère. Conformément aux usages, Ti était convoqué à l'exécution de l'homme qu'il avait aidé à confondre.

Po vint le chercher à l'aube. La componction avec laquelle il s'adressait au juge ne connaissait plus de bornes. Un nouvel ornement parait son bonnet gris : il avait reçu de l'avancement. Selon le grand chambellan, l'Impératrice était très satisfaite de l'issue de cette enquête : les cuisiniers taoïstes avaient été bannis des cuisines impériales, la position de la clique bouddhiste qu'elle protégeait s'en voyait renforcée. On murmurait que sa foi en cette religion s'était accrue le jour où des bonzes particulièrement habiles lui avaient affirmé qu'elle était la réincarnation du légendaire empereur jaune, et qu'elle était donc destinée à régner depuis sa naissance. Lao Tseu ni Confucius n'étaient hélas en mesure d'offrir de telles promesses.

Ti s'attendait à prendre la direction du champ des exécutions, situé à l'extérieur des fortifications, aucun sang coupable ne devant souiller le sol de la Cité. Curieusement, le palanquin se dirigea vers le palais. On les déposa dans la cour de la garnison. Les juges qui avaient prononcé le jugement y étaient déjà réunis. Il s'agissait de sous-fifres, et non des premières autorités de la Cour métropolitaine de justice. C'était étrange, étant donné la gravité du crime. Po lui glissa à l'oreille que la grande épouse avait usé de son influence pour faire juger le criminel par un tribunal annexe, et non en grande pompe.

La perplexité du magistrat atteignit son comble lorsque les geôliers apportèrent un pantin rempli de foin, qu'on décapita sous leurs yeux après lecture de la sentence.

– Qu'est-ce que c'est que cette mascarade ? dit-il au

jeune eunuque après que les témoins se furent séparés.

Po Zhi-Xin expliqua que l'Impératrice avait souhaité conserver les jours du sacrilège. La mort étant la sanction inévitable de ses actes, on avait organisé ce simulacre pour sauver les apparences. Il semblait que dame Wu avait d'autres projets pour ce lascar.

– Mais Votre Excellence ne doit pas s'attarder, reprit le jeune homme. Vous êtes attendu à la Cour métropolitaine.

Ti le suivit dans l'allée menant au ministère, en se demandant ce qu'on allait encore exiger de lui. Il supposa qu'on allait lui faire rencontrer un fonctionnaire plus haut placé que celui qui l'avait reçu à son arrivée, car il n'y eut cette fois aucune attente. Le bureau dans lequel on l'introduisit était beaucoup plus vaste et plus élégamment meublé que celui du conseiller Li Bao-Tian. Ti resta humblement debout près de la porte, prêt à s'incliner devant le puissant personnage qui occupait les lieux. Un huissier remit à Po un lourd coffret, que le jeune homme déposa dans les mains du magistrat.

– Au fait, j'ai une bonne nouvelle à vous annoncer, dit l'eunuque. Vous êtes officiellement nommé. Voici votre dotation pour les six premiers mois.

Ti ouvrit le coffret : il y avait là, sous forme de lingots d'or, largement de quoi s'installer confortablement hors de chez sa mère. Il ne lui restait plus qu'à se faire allouer un coin de placard où installer ses affaires et recevoir ses lieutenants. Il espéra que l'homme qui possédait ce bureau pourrait faire avancer sa requête.

– Cet homme est déjà ici, il est devant moi, répondit M. Po avec un sourire ravi. Je dois à présent vous conduire à votre logement de fonction. J'espère qu'il vous conviendra, il n'y a que vingt pièces, plus les communs.

Ti promena autour de lui des yeux ébahis. Ce sentiment s'accrut encore lorsqu'il visita le petit palais, situé dans un très bon quartier, qu'on avait prévu pour loger sa famille. Il renvoya à un autre jour l'enquête qu'il lui faudrait mener pour établir à quel favori déchu cette superbe demeure avait été confisquée. La surprise passée, il se dit que cette attribution disproportionnée visait moins à récompenser ses mérites qu'à lui fermer la bouche.

Il allait pouvoir faire nommer ses adjoints dans la garde impériale pour les conserver sous la main. Tao Gan serait plus difficile à récupérer. Il ne se résignerait pas facilement à quitter une carrière prestigieuse et lucrative pour redevenir l'obscur secrétaire d'un mandarin à la faveur aléatoire.

L'allégresse s'empara des siens lorsqu'il leur apprit le renversement de leur fortune. En présence de dame mère, ses épouses observèrent une réserve de bon ton : il n'aurait pas été séant de se réjouir à l'idée de quitter l'hospitalité de la vieille dame. Elles n'en laissèrent pas moins éclater leur joie une fois seules, et il dut être bien difficile à leur belle-mère de ne pas entendre les éclats de voix qui émanaient de leurs appartements.

Ti prit Tao Gan à part pour le prier de renoncer aux cuisines impériales. Son secrétaire répondit qu'il avait présenté sa démission pendant le voyage à Luoyang :

– On m'a aussitôt proposé d'entrer dans les cuisines d'un restaurant huppé, le Pavillon des pins et des grues, un endroit charmant. Le patron m'a traité en hôte de marque, il me fait un pont d'or. Les fonctionnaires de l'Intérieur m'ont aussi offert de m'employer, en échange de sommes assez indécentes, je dois dire. Que Votre Excellence se rassure : mon unique souhait est de rester fidèle à l'auguste magistrat à qui je dois tout.

Ti considéra le sourire faussement modeste peint sur le visage du roué.

– C'est trop de travail, n'est-ce pas ? dit-il.

La figure du secrétaire prit une expression nettement plus franche :

– Moi, me lever aux aurores pour choisir mes produits ? Trimer comme un âne, des heures durant, pour remplir d'autres estomacs que le mien ? Ils peuvent toujours courir ! Il m'a fallu toute ma dévotion envers Votre Excellence pour supporter cet esclavage l'espace de quelques jours. Je préfère ma petite vie pépère dans l'ombre de votre renommée.

Il avait par ailleurs une belle somme devant lui, le grand chambellan lui ayant acheté sa recette « Sagacité du plénipotentiaire », appelée à rejoindre l'ordinaire du palais.

– Pourtant, tu ne feras pas fortune à mon service, lui objecta son patron.

Tao Gan tira doucement sur les trois longs poils noirs plantés dans la verrue ornant sa joue.

– Croyez-vous ? dit-il tout bas.

Ti eut soudain la certitude que ce ladre gagnait presque autant d'argent à le suivre qu'à cuisiner pour l'Empereur. Mieux valait ne pas se demander comment il s'y prenait.

Le mois suivant, Ti apprit qu'un prince Li, cousin de Sa Majesté, était décédé à l'issue d'un délicieux repas. Du moins avait-il joui d'un ultime plaisir, grâce à un excellent cuisinier dont l'Impératrice lui avait fait cadeau en signe d'affection. Le juge Ti nota que la grande épouse avait le don de savoir utiliser toutes les compétences.

Table

DU MÊME AUTEUR

Les Insulaires
Éditions de Septembre, 1990

Les Fous de Guernesey
ou les Amateurs de littérature
Robert Laffont, 1991

L'Ami du genre humain
Robert Laffont, 1993

L'Odyssée d'Abounarti
Robert Laffont, 1995
et « Pocket », n° 10074

Mademoiselle Chon du Barry
ou les Surprises du destin
Robert Laffont, 1996

Les Princesses vagabondes
prix François-Mauriac de l'Académie française
Jean-Claude Lattès, 1998

La Jeune Fille et le Philosophe
Fayard, 2000

Un beau captif
Fayard, 2001

La Passion Belhomme
Une prison de luxe sous la Terreur
Fayard, 2002

Douze tyrans minuscules
Les Policiers de Paris sous la Terreur
Fayard, 2003

Les nouvelles enquêtes du juge Ti, vol. 1
Le Château du lac Tchou-An
Fayard, 2004
et « Points Policier », n° P1541

Les nouvelles enquêtes du juge Ti, vol. 2
La Nuit des juges
Fayard, 2004
et « Points Policier », n° P1542

Les nouvelles enquêtes du juge Ti, vol. 3
Le Palais des courtisanes
Fayard, 2004
et « Points Policier », n° P1600

Les nouvelles enquêtes du juge Ti, vol. 4
Petits meurtres entre moines
Fayard, 2004
et « Points », n° P1832

Les nouvelles enquêtes du juge Ti, vol. 5
Madame Ti mène l'enquête
Fayard, 2005
et « Points », n° P1833

Les nouvelles enquêtes du juge Ti, vol. 7
L'Art délicat du deuil
Fayard, 2006

Les nouvelles enquêtes du juge Ti, vol. 8
Mort d'un maître de go
Fayard, 2006

Les nouvelles enquêtes du juge Ti, vol. 9
Dix petits démons chinois
Fayard, 2007

Les nouvelles enquêtes du juge Ti, vol. 10
Médecine chinoise à l'usage des assassins
Fayard, 2007

Les nouvelles enquêtes du juge Ti, vol. 11
Guide de survie d'un juge en Chine
Fayard, 2008

Les nouvelles enquêtes du juge Ti, vol. 12
Panique sur la Grande Muraille
Fayard, 2008

Jeunesse

La Nuit de toutes les couleurs
(en collaboration avec Emilie Chollat)
Milan, 1999

Une histoire à dormir debout
(en collaboration avec Gwen Kéraval)
Milan, 1999

Petit lapin a disparu
(en collaboration avec Isabelle Chatelard)
Milan, 2000

Je m'envole
(en collaboration avec Olivier Latick)
Milan, 2000

L'Orphelin de la Bastille, vol. 1
Milan, 2002

L'Orphelin de la Bastille, vol. 2
Révolution
Milan, 2003

L'Orphelin de la Bastille, vol. 3
La Grande Peur
Milan, 2004

L'Orphelin de la Bastille, vol. 4
Les Derniers Jours de Versailles
Milan, 2005

La Princesse météo
(en collaboration avec Frédéric Pillot)
Milan, 2005, 2007

L'Orphelin de la Bastille, vol. 5
Les Savants de la Révolution
Milan, 2006

RÉALISATION : PAO ÉDITIONS DU SEUIL
IMPRESSION : CPI BRODARD ET TAUPIN À LA FLÈCHE
DÉPÔT LÉGAL : NOVEMBRE 2008. N° 88542-2 (61476)
IMPRIMÉ EN FRANCE

Collection Points Policier

DERNIERS TITRES PARUS

P950. Les Péchés des pères, *Lawrence Block*
P963. L'Indispensable Petite Robe noire, *Lauren Henderson*
P964. Vieilles dames en péril, *Margaret Yorke*
P965. Jeu de main, jeu de vilain, *Michelle Spring*
P971. Les Morts de la Saint-Jean, *Henning Mankell*
P972. Ne zappez pas, c'est l'heure du crime, *Nancy Star*
P976. Éloge de la phobie, *Brigitte Aubert*
P989. L'Envol des anges, *Michael Connelly*
P990. Noblesse oblige, *Donna Leon*
P1001. Suave comme l'éternité, *George P. Pelecanos*
P1003. Le Monstre, *Jonathan Kellerman*
P1004. À la trappe !, *Andrew Klavan*
P1005. Urgence, *Sara Paretsky*
P1016. La Liste noire, *Alexandra Marinina*
P1017. La Longue Nuit du sans-sommeil, *Lawrence Block*
P1029. Speedway, *Philippe Thirault*
P1030. Les Os de Jupiter, *Faye Kellerman*
P1039. Nucléaire chaos, *Stéphanie Benson*
P1040. Bienheureux ceux qui ont soif..., *Anne Holt*
P1042. L'Oiseau des ténèbres, *Michael Connelly*
P1048. Les Lettres mauves, *Lawrence Block*
P1060. Mort d'une héroïne rouge, *Qiu Xiaolong*
P1061. Angle mort, *Sara Paretsky*
P1070. Trompe la mort, *Lawrence Block*
P1071. V'là aut'chose, *Nancy Star*
P1072. Jusqu'au dernier, *Deon Meyer*
P1081. La Muraille invisible, *Henning Mankell*
P1087. L'Homme de ma vie, *Manuel Vázquez Montalbán*
P1088. Wonderland Avenue, *Michael Connelly*
P1089. L'Affaire Paola, *Donna Leon*
P1090. Nous n'irons plus au bal, *Michelle Spring*
P1100. Dr la Mort, *Jonathan Kellerman*
P1101. Tatouage à la fraise, *Lauren Henderson*
P1102. La Frontière, *Patrick Bard*
P1105. Blanc comme neige, *George P. Pelecanos*
P1110. Funérarium, *Brigitte Aubert*
P1111. Requiem pour une ombre, *Andrew Klavan*
P1122. Meurtriers sans visage, *Henning Mankell*
P1123. Taxis noirs, *John McLaren*
P1134. Tous des rats, *Barbara Seranella*
P1135. Des morts à la criée, *Ed Dee*

P1146. Ne te retourne pas !, *Karin Fossum*
P1158. Funky Guns, *George P. Pelecanos*
P1159. Les Soldats de l'aube, *Deon Meyer*
P1162. Visa pour Shanghai, *Qiu Xiaolong*
P1174. Sale temps, *Sara Paretsky*
P1175. L'Ange du Bronx, *Ed Dee*
P1187. Les Chiens de Riga, *Henning Mankell*
P1188. Le Tueur, *Eraldo Baldini*
P1189. Un silence de fer, *Marcello Fois*
P1190. La Filière du jasmin, *Denise Hamilton*
P1197. Destins volés, *Michael Pye*
P1206. Mister Candid, *Jules Hardy*
P1207. Déchaînée, *Lauren Henderson*
P1215. Tombe la pluie, *Andrew Klavan*
P1224. Le Vagabond de Holmby Park, *Herbert Lieberman*
P1225. Des amis haut placés, *Donna Leon*
P1228. Chair et sang, *Jonathan Kellerman*
P1230. Darling Lilly, *Michael Connelly*
P1239. Je suis mort hier, *Alexandra Marinina*
P1240. Cendrillon, mon amour, *Lawrence Block*
P1242. Berlinale Blitz, *Stéphanie Benson*
P1245. Tout se paye, *George P. Pelecanos*
P1251. Le Rameau brisé, *Jonathan Kellerman*
P1256. Cartel en tête, *John McLaren*
P1271. Lumière morte, *Michael Connelly*
P1291. Le croque-mort a la vie dure, *Tim Cockey*
P1292. Pretty Boy, *Lauren Henderson*
P1306. La Lionne blanche, *Henning Mankell*
P1307. Le Styliste, *Alexandra Marinina*
P1308. Pas d'erreur sur la personne, *Ed Dee*
P1309. Le Casseur, *Walter Mosley*
P1318. L'Attrapeur d'ombres, *Patrick Bard*
P1331. Mortes-eaux, *Donna Leon*
P1332. Déviances mortelles, *Chris Mooney*
P1344. Mon vieux, *Thierry Jonquet*
P1345. Lendemains de terreur, *Lawrence Block*
P1346. Déni de justice, *Andrew Klavan*
P1347. Brûlé, *Leonard Chang*
P1359. Los Angeles River, *Michael Connelly*
P1360. Refus de mémoire, *Sarah Paretsky*
P1361. Petite musique de meurtre, *Laura Lippman*
P1372. L'Affaire du Dahlia noir, *Steve Hodel*
P1373. Premières armes, *Faye Kellerman*
P1374. Onze jours, *Donald Harstad*
P1375. Le croque-mort préfère la bière, *Tim Cockey*
P1393. Soul Circus, *George P. Pelecanos*
P1394. La Mort au fond du canyon, *C. J. Box*

P1395. Recherchée, *Karin Alvtegen*
P1396. Disparitions à la chaîne, *Ake Smedberg*
P1407. Qu'elle repose en paix, *Jonathan Kellerman*
P1408. Le Croque-mort à tombeau ouvert, *Tim Cockey*
P1409. La Ferme des corps, *Bill Bass*
P1414. L'Âme du chasseur, *Deon Meyer*
P1417. Ne gênez pas le bourreau, *Alexandra Marinina*
P1425. Un saut dans le vide, *Ed Dee*
P1435. L'Enfant à la luge, *Chris Mooney*
P1436. Encres de Chine, *Qiu Xiaolong*
P1437. Enquête de mor(t)alité, *Gene Riehl*
P1451. L'homme qui souriait, *Henning Mankell*
P1452. Une question d'honneur, *Donna Leon*
P1453. Little Scarlet, *Walter Mosley*
P1476. Deuil interdit, *Michael Connelly*
P1493. La Dernière Note, *Jonathan Kellerman*
P1494. La Cité des Jarres, *Arnaldur Indridason*
P1495. Électre à La Havane, *Leonardo Padura*
P1496. Le croque-mort est bon vivant, *Tim Cockey*
P1497. Le Cambrioleur en maraude, *Lawrence Block*
P1539. Avant le gel, *Henning Mankell*
P1540. Code 10, *Donald Harstad*
P1541. Les Nouvelles Enquêtes du juge Ti, vol. 1
Le Château du lac Tchou-An, *Frédéric Lenormand*
P1542. Les Nouvelles Enquêtes du juge Ti, vol. 2
La Nuit des juges, *Frédéric Lenormand*
P1559. Hard Revolution, *George P. Pelecanos*
P1560. La Morsure du lézard, *Kirk Mitchell*
P1561. Winterkill, *C.J. Box*
P1582. Le Sens de l'arnaque, *James Swain*
P1583. L'Automne à Cuba, *Leonardo Padura*
P1597. La Preuve par le sang, *Jonathan Kellerman*
P1598. La Femme en vert, *Arnaldur Indridason*
P1599. Le Che s'est suicidé, *Petros Markaris*
P1600. Les Nouvelles Enquêtes du juge Ti, vol. 3
Le Palais des courtisanes, *Frédéric Lenormand*
P1601. Trahie, *Karin Alvtegen*
P1602. Les Requins de Trieste, *Veit Heinichen*
P1635. La Fille de l'arnaqueur, *Ed Dee*
P1636. En plein vol, *Jan Burke*
P1637. Retour à la Grande Ombre, *Hakan Nesser*
P1660. Milenio, *Manuel Vázquez Montalbán*
P1661. Le Meilleur de nos fils, *Donna Leon*
P1662. Adios Hemingway, *Leonardo Padura*
P1678. Le Retour du professeur de danse, *Henning Mankell*
P1679. Romanzo Criminale, *Giancarlo de Cataldo*
P1680. Ciel de sang, *Steve Hamilton*

P1690. La Défense Lincoln, *Michael Connelly*
P1691. Flic à Bangkok, *Patrick Delachaux*
P1692. L'Empreinte du renard, *Moussa Konaté*
P1693. Les fleurs meurent aussi, *Lawrence Block*
P1703. Le Très Corruptible Mandarin, *Qiu Xiaolong*
P1723. Tibet or not Tibet, *Péma Dordjé*
P1724. La Malédiction des ancêtres, *Kirk Mitchell*
P1761. Chroniques du crime, *Michael Connelly*
P1762. Le croque-mort enfonce le clou, *Tim Cockey*
P1782. Le Club des conspirateurs, *Jonathan Kellerman*
P1783. Sanglants trophées, *C.J. Box*
P1811. - 30°, *Donald Harstad*
P1821. Funny Money, *James Swain*
P1822. J'ai tué Kennedy ou les mémoires d'un garde du corps *Manuel Vázquez Montalbán*
P1823. Assassinat à Prado del Rey et autres histoires sordides *Manuel Vázquez Montalbán*
P1830. La Psy, *Jonathan Kellerman*
P1831. La Voix, *Arnaldur Indridason*
P1832. Les Nouvelles Enquêtes du juge Ti, vol. 4 Petits meurtres entre moines, *Frédéric Lenormand*
P1833. Les Nouvelles Enquêtes du juge Ti, vol. 5 Madame Ti mène l'enquête, *Frédéric Lenormand*
P1834. La Mémoire courte, *Louis-Ferdinand Despreez*
P1835. Les Morts du Karst, *Veit Heinichen*
P1883. Dissimulation de preuves, *Donna Leon*
P1884. Une erreur judiciaire, *Anne Holt*
P1885. Honteuse, *Karin Alvtegen*
P1886. La Mort du privé, *Michael Koryta*
P1907. Drama city, *George P. Pelecanos*
P1913. Saveurs assassines. Les Enquêtes de Miss Lalli *Kalpana Swaminathan*
P1914. La Quatrième Plaie, *Patrick Bard*
P1935. Echo Park, *Michael Connelly*
P1939. De soie et de sang, *Qiu Xiaolong*
P1940. Les Thermes, *Manuel Vázquez Montalbán*
P1941. Femme qui tombe du ciel, *Kirk Mitchell*
P1942. Passé parfait, *Leonardo Padura*
P1963. Jack l'éventreur démasqué, *Sophie Herfort*
P1964. Chicago banlieue sud, *Sara Paretsky*
P1965. L'Illusion du péché, *Alexandra Marinina*
P1988. Double homicide, *Faye et Jonathan Kellerman*
P1989. La Couleur du deuil, *Ravi Shankar Etteth*
P1990. Le Mur du silence, *Hakan Nesser*
P2042. 5 octobre, 23h33, *Donald Harstad*
P2043. La Griffe du chien, *Don Wislow*
P2044. Les Nouvelles Enquêtes du juge Ti, vol. 6 Mort d'un cuisinier chinois, *Frédéric Lenormand*